名門庶女

1

不游泳的小魚 著

風文創 068

目錄

序

終於完結了，我不由長吁了一口氣，看著自己伏案苦戰了大半年的心血之作，雖仍覺得有些不盡如人意，但也是滿懷欣喜的。

自幼就喜愛看那環髻高聳、裙裾飄飄、廣袖長衫的古裝美女，更是嚮往那毫無污染的藍天碧草，可隨心縱馬奔馳的廣闊大地。每每夜深人靜之時，躺在床上輾轉反側，思緒萬千，曾不止一次地設想過，如果我穿越到那不知名的朝代，又是什麼樣的光景？

也許容顏嬌美、身姿婀娜卻明珠深埋；也許出身低下、不受重視卻不甘命運擺布；也許被人輕忽，卻也能恃才脫穎而出；也許在無才便有德的時代卻暗自擁有滿含智慧的狡黠靈魂；也許無法在現代的職場上拚個你死我活，卻能在後院中戰鬥得風生水起；也許在無權無勢的境遇下，也能手握鬥爭勝利的權杖；也許在男尊女卑的時代也能尋覓到傾心相戀的愛人；也許在金錢權勢至上、思想為主的朝代也能收穫一份真摯的愛情；也許在女子深鎖後院的時代，卻也能與愛人笑傲江湖、馳騁天地；也許能夠突破女子作為花瓶擺設、只為男子而存在的生活方式而一展所長；也許……

幾番在天色微明，雞鳴夢醒時分，隱隱覺得那身著襦裙繡襖的古裝美女一顰一笑好似就在眼前，那脈脈溫情的男子似乎正情深款款地與我相視而笑，那些心如蛇蠍的豔麗仕女彷彿匍匐在腳下，聲淚俱下地哀哀告饒，那些親如長輩的僕婦、愛若姊妹的侍女，好像若有若無地輕輕梳理著我的長髮……夢中一切愛恨情仇如絲般纏繞在心頭，久久不能散去。

思及所夢，屢屢唏噓感嘆，總有一個小小的聲音不時在耳邊輕輕吟唱：寫下來、寫下來，把它寫下來！把妳所想寫下來，獻給所有心懷相同夢想的讀者們！

是的，寫下來！將我的愛我的恨我的情都用筆寫下來，讓自己夢想中的所有都在指尖漸漸流淌，愛我所愛，恨我所恨，怨我所怨，喜我所喜，讓紛飛的思緒飄得更遠更遠。

就著點點晨曦，打開電腦，十指如飛，答答的敲打聲將夢想緩緩傳送。如此日復一日，月復一月，時光飛逝，稿子在夢想的催化下已經成篇累牘，所幸為許多讀者所喜，這讓時時深夜還在埋首寫文的我倍感欣慰。

當我抹下最後一筆，貪念如藤蔓緊緊地纏繞著我，想讓更多的讀者認可我的夢認可我的文。也許這不是一個夢，對嗎？

第一章

終於繡好了最後一個荷包，錦娘抬起頭，扭扭痠澀僵硬的脖子，把荷包遞給一邊正在打絡子的秀姑。

秀姑接過後仔細察看了一遍，笑道：「嗯，姑娘的手法是越來越好了，一會兒我打好絡子，就可以叫四兒送給大夫人了。」

錦娘站起來正扭著腰，聽了便道：「今兒我要自己送去，您也說了，這十個荷包個個都是好的，我倒要看看，大夫人還能挑出什麼錯兒來。」

秀姑聽了，錯愕地看著錦娘。一向老實膽小的四姑娘怎麼說話這麼大膽硬氣了？

錦娘知道她奇怪什麼，笑道：「秀姑，我不想再挨餓了。」她的眼睛不似平日的呆滯麻木，倒變得靈動清澈起來，眼神中帶著一絲堅毅之色。

這不是秀姑平日熟悉的那個姑娘了，自從前些日子落水救醒後，四姑娘就像變了個人似的，以前木訥膽小，見了大夫人嚇得連話都說不利索，要她去見大夫人，就像要她的命一樣，今兒倒好，自己提出來要去？難不成是落水後遇到龍王了，把四姑娘的腦子衝開了竅？

不過，這樣的四姑娘讓秀姑很欣慰，至少會懂得自衛了，這深宅大院的，又是個庶出，身分上也就比下人高那麼一丁點——不對，比起大夫人身邊得力的紅梅、紫英，差了不止一點、兩點呢！如今大夫人掌著家，誰見了紅梅、紫英兩個不是拚命巴結？四姑娘有什麼？出去了，有身分的婆子哪個不是兩眼望天，當她空氣似的。

手腳麻利地打完最後一個荷包上的絡子，秀姑用塊寶藍色的布將荷包包好，起了身。

大夫人正在用早飯，一小碗金絲燕窩，一碟水晶蝦餃，一碟小花卷，一碟鹹菜，很好，清淡卻營養豐富。

這三天只吃了五頓飯的錦娘靜靜地垂手立在門邊。請了安，大夫人眼都沒抬，半天才叫了聲起後，便自顧自優雅地吃著飯。

看著小几上的早點，錦娘眼睛都直了，拚命吞著口水。她前世可是普通平民，哪裡喝過燕窩啊。

大夫人小口小口地喝了幾口後，皺著眉嫌惡地推開小碗。「稠了點，紅梅，拿去餵絲絲吧。」

大丫頭紅梅笑著將燕窩端了下去，挾了個水晶餃放在大夫人的小碟裡。

另一個小丫頭便抱了隻胖乎乎、毛茸茸的白色小狗過來，小狗聳著鼻子聞了聞燕窩，搖著尾巴走了，估計也和大夫人一樣，天天吃，厭了。

大夫人總算吃完了，抬眸掃了錦娘一眼，見她安靜而老實，便道：「拿過來我看看。」

紅梅便從秀姑的手上將荷包拿了過去打開，攤在桌上，大夫人伸出戴著指套的手，拿了一個在手上瞧著，正要說話，外面傳來一陣笑聲。

「是玉娘來了嗎？」大夫人一臉笑意。

「女兒給娘親請安。」孫玉娘如風一般捲了起來，裊裊婷婷地給大夫人請了個安，就撲進了大夫人的懷裡。

「多大了還撒嬌，昨兒娘讓廚房做的栗粉糕好吃不？」大夫人慈愛地摸著孫玉娘的頭問道。

「好吃，就是膩了點，娘，妳讓她們少放點糖，再加點花生粉進去。」孫玉娘在大夫人懷裡拱了拱後才退了出來。

一抬頭，便看見立在一邊的錦娘，秀眉一挑。「娘，她來做什麼？一副病殃子相，沒得污了您的眼。」

大夫人斜眼看了看錦娘，難得厚道地嗔了孫玉娘一句。「又胡說，錦娘是妹妹。」

孫玉娘頭一昂，嘟了嘴道：「我才沒這麼傻的妹妹，瞧那副憨樣！」

錦娘笑著上前一步，給孫玉娘規規矩矩地行了一禮道：「四妹給二姊請安，二姊萬福。」

孫玉娘一時怔住，忘了要還半禮，她便笑著又叫了聲：「二姊。」

屋裡雖然沒有外人，但丫鬟婆子一起還是有七、八個的，相府最是守禮守制，規矩又大，作為相府小姐，規矩禮儀是打小就要教的，剛才四姑娘可是規矩地給二姑娘行了禮的，可二姑娘發著呆，忘了回半禮，這讓大夫人臉上很過不去，輕喝了聲：「玉娘！」

孫玉娘這才反應過來，卻任性地將身子一偏，逕自走到桌邊去，當剛才那幕根本沒發生似的。

大夫人見了沒說什麼了，繼續看著桌上的荷包，看得很仔細。

錦娘也絲毫不以為忤，含笑靜靜地走回剛才的位置。

孫玉娘到底覺得丟了面子，也隨手拿起一個荷包看了起來，正好紅梅沏了茶來，給她上了一杯，也給錦娘上了一杯。錦娘感激地看了紅梅一眼，難得紅梅不勢利，從不捧高踩低，雖是看大夫人臉色做事，但在一定範圍內，她總儘量做到得體。

孫玉娘喝了口茶，把茶放回桌上，趁著大夫人不注意，手輕輕一揚，一杯濃濃的熱茶就全往包袱裡的荷包上潑去，可憐錦娘繡了整整十四個小時的荷包便全沾上了茶水，粉紅的緞面一下子染成了茶色，哪裡還用得？

「唉呀，我不是故意的。」孫玉娘大驚失色地叫道，回過頭愧疚地看了錦娘一眼。「四妹妹，妳不會怪姊姊吧？」卻掩不住眼底的一抹得意。

錦娘只覺得心火一冒，差點脫口就罵了，強忍住怒氣，笑道：「不會，姊姊也是不小心，只是母親讓妹妹我繡一百個荷包給大姊做嫁妝，這下怕是來不及了。」

說著，也一臉愧意地看了眼大夫人，又道：「不過，二姊向來比四妹我聰明靈巧，府裡上下都知道，二姊的女紅可是比京裡雲繡坊的雲師傅都不差呢，尤其是正反雙面繡，那更是比雲繡坊還要繡得出彩兒，若是二姊能給大姊繡上十個金緞面的荷包，大姊拿著在寧王府裡打賞，那才是體面呢！」

孫玉娘聽錦娘在母親面前如此誇她，小下巴揚得更高了，得意道：「那是，我的女紅可是娘特意請了雲師傅來教的，豈是妳這笨手粗腳能比的？」

錦娘忙上前一步，一福到底。「謝二姊，明兒大姊見了二姊親手繡的正反雙面繡荷包，定會喜不自勝，二姊可真是有心了。」

「那是，我原就是個有心的人，和大姊又是嫡親姊妹，大姊出嫁，我當然要——」

孫玉娘話還沒說完，大夫人便皺著眉。「玉娘！」

她看到母親正用一副恨鐵不成鋼的樣子瞪著自己，才反應過來自己剛才答應了什麼。用正反雙面繡繡荷包？天，一個小小的荷包用得著那樣繁複的針法嗎？正反雙面繡的荷包拿來賞人，那不是暴殄天物？最重要的是，一個荷包看著小，得繡上兩天啊，她怎麼會突然著了四丫頭那小笨蛋的道呢？

可現在話都說滿了，再也圓不回來，只得認倒楣了。孫玉娘苦著一張臉，硬著頭皮對大夫人道：「娘，我給大姊做幾個好荷包也是應該的，一會兒讓巧兒去庫房拿料子吧，半個月就起了。」

大夫人無奈地點點頭，眼光凌厲地瞪了錦娘一眼。

錦娘乖巧地又說道：「二姊真重姊妹情誼，四妹妹我還得多向二姊姊學習呢！母親，明兒的荷包我會繡得更用心的，一定會讓大姊滿意。」

大夫人原想再挑些錯，這下倒不好開口，只得乾笑著對身邊的杜嬤嬤道：「四姑娘做事用心，嬤嬤去取了飯給她吧，喔，還賞盤水晶餃給她。」說著，眼光便落在了她吃剩下的那盤餃子上。

錦娘忙上前道謝。

一出大夫人的院子，她難得地長吁一口氣，覺得秋日的陽光不那麼刺眼了。

秀姑也難得地露出了舒心笑容，不過到了避陽處時，仍勸道：「剛才實在是險，姑娘以後還是小心一點的吧，大夫人可不是心胸寬仁的人。」

「知道了，秀姑。」錦娘撒著嬌。

走到一座假山前，她便看到前面垂花門裡進來一個滿頭白髮卻精神奕奕的老人，錦娘手搭涼棚，想看清一點，秀姑卻在她身後一扯。「那是老太爺，傻站在這裡做什麼？小心挨罵。」

錦娘這才知道那由遠而近的人是自己的祖父。她穿越過來後還是第一次見了老太爺呢，雖然腦子裡原本的記憶還在，只是對這位高高在上的祖父還是模糊得很。

躲在假山後，就聽老太爺邊走邊與跟著的白大總管說話。「過兩日，簡親王妃要來府裡，你去跟大夫人說聲，讓她準備準備。」

白大總管躬身應了，隨侍在老太爺身後，老太爺走了幾步後，又像想起什麼了。「喔，讓大夫人跟四丫頭說下，好好打扮打扮，那天就讓四丫頭出來吧，三丫頭定了靜寧侯的次子，二丫頭是個眼高的，找了幾個都沒看對眼，這個提都不用跟她提了。簡親王既然開了口，老夫也不能落了他的面子，就四丫頭了。」

白大總管恭敬地應了諾，兩人越走越遠，錦娘心裡就活動開了。簡親王？記得前世最愛看清穿小說，清廷的簡親王可是鐵帽子王，王位世襲，這裡的也是嗎？

先且不管是不是鐵帽子王，老太爺那話是啥意思？為什麼要自己去見簡親王妃？以自己這個身分，夠資格見王妃？

一時，她腦子怔怔的，沒想明白，疑惑地看向秀姑。

秀姑皺皺眉，斟酌道：「可是要議親？」

錦娘臉一白，眼睛瞪得老大，心裡就在腹誹，天哪，這身體才十四歲，等於才國中呢，哪裡就能訂親了？這不是殘害未成年少女嗎？

秀姑見她一臉的痛苦和不可思議，戳了下她的腦門。「老太爺肯對妳的婚事上心，這是好事，難不成妳想讓大夫人為妳作主？都十四歲了，轉年就得及笄了，是該議了。」

「簡親王應該很尊貴吧，為啥二姊會看不上呢？老太爺還說提都不要跟她提？」錦娘摸著頭迷惑地問道。

秀姑也迷惑著呢，她只是個相府奴婢，一直服侍的又是個不受寵的庶出姑娘，平日裡出門也少，見識上就短缺了許多，興許大夫人身邊的杜嬤嬤、老太太身邊的顧嬤嬤會知道呢，那兩個平日裡雖說走得不勤，但畢竟都是府裡的老人，老臉還是會顧一點的。

「姑娘莫急，等得空我問問顧嬤嬤去，她興許知道。」錦娘不知道顧嬤嬤是誰，不過，猜也猜得出是有身分的婆子，只好放下疑惑，跟秀姑回了梓園。

四兒和平兒正坐在屋裡做錦娘的秋衣，粉紅的細棉與絲織的葛布做面子，白色細棉葛布做裡子，中間墊上薄薄一層雪白棉花，看著就柔軟舒服。錦娘高興地走過去摸了摸，好東西啊，前世想穿這種純天然的棉布還買不起，可貴了。

她不受寵，四兒和平兒兩個雖然是貼身的丫頭，按理是大丫頭的分位，享受的卻是二等的月例，比起芸娘身邊的貼身丫頭來，是差了一等的。

秀姑見姑娘一臉的小家子氣，又心酸又無奈，想了想，安慰道：「等過年時，再做件杭綢面的吧，先用這個將就著。」

大戶人家裡混的就是不一樣啊，上好的混絲棉布只能算「將就」，錦娘不由在心裡嘆服秀姑的眼界。她把目光從秋衣上轉開了，拿過秀姑提的食盒對四兒和平兒道：「來，吃飯，吃了飯再做。」

四兒便看向那食盒，那樣小，又只有三屜，能裝多少啊？有四個人呢，姑娘又要挨餓了，想了想，她忍住腹中的餓意，笑笑說：「我不餓呢，就剩絞邊了，妳們先吃著吧，眼看著天就涼了，得趕緊著做出來給姑娘穿。」

秀姑知道她是想緊著姑娘吃呢，可憐見的，昨兒晚上起就沒吃東西，到這會兒，半上午了，再不吃人會暈的，正要勸，錦娘一揮手，豪邁地對四兒道：「來，吃吧，人是鐵，飯是鋼，一頓不吃餓得慌，雖說少點，但總好過不吃不是？」

四兒聽了噗哧一笑。四姑娘倒是越發有趣了，以前要嘛就呆呆的，一整天一句話也沒說，要嘛說了，也不利索，半天也弄不明白她說啥，如今倒好，人開朗了，話也多了，也不知道她是哪兒學來的。

心情一好，飯雖少，大家吃得都開心。水晶餃聞著就香，不過，一看就是大夫人吃剩下的，碟子都沒換呢，但錦娘也不介意，想著大夫人要是能把那碗燕窩粥也賞給她，那就圓滿了。

錦娘吃得眼都瞇了起來，好吃啊，只是，一人兩個太少了，肚子還是沒填飽，也不能總這麼著下去吧，人還在長呢，想起洗澡時自己飛機場似的胸部，心裡就一陣鬱悶。這樣下去，再過幾年怕也還是飛機場，想想前世的D罩杯，唉……

不是過兩日要見簡親王嗎？若是黃皮寡瘦地去見，只怕老太爺也會覺得沒臉，一個病殃子似的姑娘，人家簡親王妃也不會看得上，嗯，要不要更過分一點？

這天下午，錦娘又繡了五個荷包。

要說大夫人還真惡，一百個荷包非得錦娘親自一針一線地繡，說是大姊孫芸娘最喜的就是四姑娘的女紅，寧王府又是規矩大的，荷包當然要繡一樣的，換個人，針法就不一樣，得一個人繡出的，才顯得體面，所以，任錦娘繡得眼睛發腫、指頭戳爛，四兒、平兒幾個都只能眼巴巴地看著，幫不得。

好在秀姑會打絡子，錦娘繡一個，秀姑就打一個絡子。晚上，錦娘說什麼都不肯再吃飯，把秀姑幾個急得，好說歹說，她拿筷子挾了點青菜吃了，一吃下去就哇哇吐了起來，秀姑嚇得不得了，要去報大夫人，被錦娘死死拽住，不讓她去。

喝了點溫茶，她緩過勁來，挑燈接著繡，十個荷包全都繡完時，都到晚上子時了。

第二天一早起來，錦娘照樣親自拿了荷包去見大夫人。

大夫人果然又在吃早飯，今天是燉得稠稠的銀耳蓮子羹，一碟小籠湯包，一碟油炸香酥卷，一小碟麻油調的榨菜絲。那香味老遠就飄了出來，錦娘咂咂嘴，嚥了口口水，儘量將目光從吃食上挪開，和昨天一樣，低眉順眼地立在一旁，等大夫人用飯。

大夫人正吃著，老太太身邊的紅袖來了，大夫人身邊的紫英忙迎了出去。「今兒什麼風把紅袖姊姊吹來了？我們夫人正說一會子要去給老太太請安呢，老太太身體可好些了？」說著就把紅袖往正屋引。

紅袖給大夫人行禮，大夫人笑著放下筷子問：「可用過了？要不在我這兒再用些，今兒的銀耳蓮子羹味道很好呢。」

「謝大夫人，奴婢用過了呢，老太太打發奴婢來問，四姑娘的的秋衣可準備妥當了？明兒簡親王妃就要過府來了。」

是知道自己平日穿得太寒酸了，怕丟相府的臉吧？看來，那個病著的老太太也知道自己的遭遇，卻睜隻眼閉隻眼，從沒管過自己，怎麼說也是親孫女吧，太不當人看了。

大夫人掃了錦娘一眼，笑著對紅袖道：「昨兒白總管來一說，我就讓針線坊的人去趕做了，今兒晚上就會起，裡裡外外的有四套，請老太太放心，我會把四姑娘打扮得漂漂亮亮的。」

紅袖這才看到了旁邊的錦娘。錦娘站了快小半個時辰了，又睏又累又餓，紅袖看過來時，她虛弱地對紅袖一笑，剛要點頭，眼前忽然一黑，整個身子就往地上栽了下去。身後的秀姑急忙上前，卻還是慢了一步，錦娘重重地摔在青石地板上了。

大夫人看得一驚，不過很快鎮靜下來，裝作關切道：「四姑娘這是怎麼了？快，快把她扶回去！」

紅袖也很是震驚。早就聽說過四姑娘身子不好，面黃肌瘦，一臉的菜色，看樣子只怕是……餓的吧？

原來傳言都是真的，老太太最擔心的事還是發生了，聽大夫人說把人扶回去，就再也沒有了下文，她的心便沈了下去。她只是個奴婢，主子在的地方沒她說話的分，但不表示她不會把見著的事情跟該說的人說。

秀姑將錦娘抱在懷裡，淚就出來了。可憐的姑娘，沒日沒夜地幹活，又吃不飽飯，終於還是病倒了，再這麼下去，怕是……她不敢往下想。

剛要開口求大夫人給四姑娘請醫，忽地感覺有隻小手在她懷裡輕扯她的衣服，低頭一看，窩在她懷裡的姑娘對她眨了眨眼。

秀姑雖不明白她的意思，但卻沒吱聲了，淚水仍無聲地、傷心地流著，心裡卻好害怕。幸好姑娘的臉是朝裡的，就她一人看得見，不然，非讓人看出破綻來不可。

紅袖看著覺得心酸，但她也無法，只能跟大夫人告辭出去了。

紫英便叫了個粗使婆子進來，幫著秀姑把錦娘扶了回去。

人都走後，大夫人身邊的杜嬤嬤擔心道：「紅袖剛才在呢，夫人該做做樣子，請個大夫給四姑娘看看的，一會子老太太知道了，終歸是不好的。」

大夫人正看著帳，手頓了頓，不以為然道：「老太太原就不相信我，不然，那個賤人生了兒子為什麼不讓養在我的名下，還不是怕我會對她的長孫不利？哼，她是樂極生悲，現在還靠我撐著家呢，老爺如今在邊關，一年半載地回不來，老太爺又從不管後院的事情，她就算知道了，也是心有餘而力不足。」

說著，大夫人放下帳本，杜嬤嬤忙遞上剛沏的碧螺春，大夫人接過優雅地揭開蓋，用蓋子撥了撥面上的茶沫，啜了一小口。「那賤人如今正躺在床上養月子呢，她以為有老太爺、老太太給她撐腰，就安枕無憂了？一會兒找個人遞個話去雲舒院，就說四姑娘病重，暈倒了。哼，可是她親生的閨女，我看她能安心養多久？」

杜嬤嬤聽了便嘆了口氣，勸道：「何必呢，總是婆媳，讓老太太心裡生了膈應，總是對您不好，對大小姐和二小姐也不好。老太太現在是管不了事，保不齊哪天病好了，權又抓回去了，又或者哪天透個信給老太爺，都會讓您難做的，不如做做樣子，騙騙她們的眼睛也成啊。」

見大夫人眼光凝了凝，知道她的心有所鬆動，又勸道：「明兒簡親王妃還要來呢，這病著不起來也不是個事啊，不如您乾脆做個好，請醫送藥，再加點補品，全都送齊過去了，她再不好也不是您的錯，簡親王妃看不上眼是她自己太差了，怪不得您不是？就算將來老爺回了，四姨娘想拿這事在老爺跟前說，也無人會信，那時，您裡子面子也就都齊全了。」

大夫人聽了點點頭。「把我前兒得的那串玉珠子讓紅梅給紅袖拿過去，叫紅袖緊著點嘴，其他的那些，妳就看著辦吧。」說完，又拿起帳本翻開看。

杜嬤嬤聽了一喜，見大夫人一副不願再說的樣子，便悄悄地退了出來，打發紅梅辦事去了。

第二章

老太太屋裡，小丫頭端了剛熬好的藥進來，剛從外面回來的紅袖連忙接了，端到老太太的床邊，吹了吹，說道：「還燙著呢，擱涼些再喝吧。」

老太太不置可否，伸伸手，紅袖便去扶她，拿了個大迎枕墊在老太太的背後。

「您看著比昨兒氣色好多了，劉太醫的藥還真的管用，今兒再吃了，就十副了，要不要再幾劑？」紅袖輕軟地說道。

「行，妳看著辦吧，讓白總管拿了老太爺的名帖去太醫院就成了。」老太太說話還是沒啥力氣。半個月前，兒子的小妾終於生了一個男孫，老太太盼了多年，天天吃齋唸佛求菩薩總算應驗了，孫家有了後，老太太一喜，血壓升高，人便暈倒了，連吃了十幾天的藥，現在才有了點起色，雖下不得床，但畢竟能坐起來好好說話了。

紅袖應了，又用手探了探藥碗邊，覺得差不多了，端了起來自己喝了一口。「嗯，能喝了，就是苦。」

老太太笑了，眉眼裡都是欣慰。「傻子，藥有什麼好試的。」嘆口氣又道：「沒妳在我身邊可怎麼辦呢？」

紅袖笑道：「青兒、綴兒她們都是能幹的呢，沒我，還有她們呢。平日裡老太太疼奴婢們，奴婢們當然要盡心盡力了，再說了，奴婢們不都是老太太您調教出來的嗎？」

老太太聽了眉開眼笑。「妳這丫頭就是會說話，來，把藥給我喝了吧。」

紅袖便端了藥拿了湯匙去餵，老太太自己拿過藥碗，一口氣喝了下去，紅袖忙接過碗，拿了帕子給她擦嘴，又拿了些果脯遞過去。

老太太含了口梅子，口裡的苦味消了些，才問道：「可問過了？她給準備了沒？」

「問過了，說今兒晚上就有了，裡裡外外的做了四套，明兒四姑娘應該能穿上。」紅袖招了小丫頭，示意她把藥碗拿走，回道。

老太太身子向後一靠，嘆口氣道：「她就是心太窄，眼裡容不得人，得讓人盯著點，軒哥兒那兒一定要找得力的人看著，好不容易得的一條根啊，也是給她積福。」

紅袖點點頭，嘆息道：「您就是心好，事事為小輩們著想，這病了啊就少操點心，小少爺那兒沒離過人呢，放心吧。」

老太太聽了，搖了搖頭沒再說話，眉宇間卻是滿是擔憂之色。紅袖看她靜靜的，似在休息，又似在沈思，便張了張嘴，欲言又止。

「有什麼話就說吧，若是連妳也有事瞞著我，我這老婆子還不如去了乾淨。」老太太像察覺到了似的，閉著眼說道。

紅袖一驚，想了想，從懷裡拿出個荷包來遞給老太太。「這適才大夫人讓紅梅送過來的。」

老太太驀然睜開了眼，眼中精光一閃，看著紅袖，卻瞧也沒瞧那荷包一眼。「妳是我身邊得力的，她賞妳也是對的。」話只說了一半，卻不肯往下說了。

看似虛弱不堪的老太太卻給了紅袖一種壓力，她勉強笑道：「這東西奴婢卻不敢拿呢，雖說往日也得過更好的，只是不是奴婢該拿的，奴婢拿了，是想給老太太您看。」

「封口的吧。說吧，什麼事？巴巴地讓紅梅送過來，定是怕妳在我跟前說什麼。」老太太臉上帶了笑意，淡淡地問道。

紅袖也笑了。「其實也沒什麼，只是奴婢才去大夫人那兒時，四姑娘正好也在，說是送荷包給大夫人的。」

老太太看著她。「四姑娘平日最是老實木訥，不是最怕見她的？」

紅袖原以老太太會問荷包的事，微微有點失望。她早就聽說大夫人讓四姑娘每天繡十個荷包，有半點差池就不給飯吃，四姑娘那個樣子，明顯就是餓的，心裡雖覺不平，卻不敢管。那是主子們的事，她只是個奴婢，沒資格管，但總希望老太太能主動問起，她再說了，也只是回主子的話，不算說嘴挑事。

「奴婢也覺得奇怪呢，奴婢原想逗她兩句的，可還沒開口，四姑娘突然暈倒了，看著像是很不好呢。」紅袖笑笑說了出來。

老太太臉色一黯，長嘆口氣。「去拿些補品給四姑娘吧，喔，一會兒劉太醫來了，也請他給四姑娘看看脈，明兒簡親王妃來了，成與不成都是一說，總不能讓人家笑話咱們，連個姑娘都養不起吧？」

紅袖聽了先是一喜，忙應了，老太太雖病倒在床上，其實目光如炬，什麼都知道，只是不說也不管，是要給大夫人面子吧，如今既是把家裡的事兒全交了手，當然就不好管得太多，回頭招大夫人怨，老太太也是無奈啊。

想想四姑娘也是個可憐的，她不由多了句嘴。「簡親王可是鐵帽子王，身分貴不可言，他家二公子，就算不是世子，四姑娘怕也……」

紅袖的話沒說完，就見老太太眼裡露出些許無奈，便停了嘴。

老太太知道她疑惑，以簡親王的家世，他家嫡出的兒子怎麼可能會娶相府一個不受寵的庶女？可是那孩子是個殘疾啊，不然，哪有不緊著二姑娘的？

簡親王的二公子雖說腿腳不便，但畢竟是王妃親生，四姑娘又老實，過去後，王妃王爺怎麼也會疼著點；再說，嫁過去怎麼也有個嫡妻之位，若真成了，反倒是四姑娘的福氣，不然，真等媳婦來安排，說不定會指門多差的親事呢。

四姨娘是生了兒子的，雖然不能再給她升位，但給她女兒找門好親事倒是重中之重的事，既讓四姨娘心生了感激，更加用心地撫養軒哥兒，又給軒哥兒找了靠山，將來，就算相爺致仕了，軒哥兒還有個貴重的姊夫，大夫人要下手，也得顧及王爺的面子。

紅袖說完便後悔了，看老太太沒有回答，倒是陷入了沈思，心裡更是有點慌，又不敢說話，只好尷尬地站著。

老太太不由笑了，拍了拍紅袖的手，卻轉了話題。「大夫人只怨我沒把軒哥兒放在她的名下養，妳當我不想呢，她如今年紀大了，哪還再生得出來？唯一的一個男孫，養在她的名下就算嫡出的了，可妳看看她做的這些事，哪件是讓人能放心的？我能容忍她嫉妒獨權，但不能容忍她對孫家子嗣下手，軒哥兒若真在她身邊，她能像親生的那樣待嗎？四姨娘雖說身分不高，但終是親娘，沒有親娘不疼自己孩子的。」

這還是老太太第一次如此直白地跟自己說大夫人的事，紅袖聽得更慌了。雖說老太太這是拿她當心腹看，但做奴婢的，主子們間的事還是知曉得越少越安全，就爛在肚裡吧。

她又勸道：「所以啊，您要想著小少爺好好長大，您就得快快好起來，要長命百歲，守著小少爺成親，給您生曾孫。」

老太太也笑了起來。「妳呀，就是會說話。」

錦娘被秀姑和那婆子送回了梓園，四兒和平兒兩個見自家姑娘被抬了回了，嚇得臉色慘白。不是又挨打了吧？

婆子一走，錦娘就睜開眼睛，對一旁擔憂的四兒和平兒兩個眨了眼，她們這才放了心，不過看姑娘臉色真的很不好，不由鼻子一酸，眼圈都紅了。

「我沒事的，妳們別擔心。」錦娘笑著安慰道。

「還說沒事，才沒嚇掉我的魂去，傻乎乎地直往地上栽，摔壞了怎麼辦？」秀姑氣得就想打她，又捨不得，只得罵道。

「不那樣騙得過大夫人的眼睛？安啦、安啦，我省得的。」錦娘忙勸道。

「看吧，一會兒大夫人就會給我送好吃的來，大家一起好好吃一頓。唉、唉，好久沒吃過飽飯了。」她兩眼發亮地看著頂上繡著青梅的帳頂，開心道。

沒多久，杜嬤嬤果然領了大夫來，後面跟著的小丫頭手裡也提了不少東西，錦娘忙閉眼繼續裝暈，秀姑拿了帕子幫她擦臉，四兒和平兒忙去張羅著給杜嬤嬤沏茶。

秀姑讓了位，讓大夫給錦娘探脈。那大夫伸出兩指在錦娘腕上搭了一會兒，說道：「體內心血短缺，氣血不足，陰虛有寒，開些溫補的方子，補一補就好了。」

說罷起身去開藥方，錦娘忍不住想翻白眼。什麼心血短缺，氣血不足？姑娘我這是餓的好不好！是血糖太低，大腦供養不足才會暈的，需要食補，不知道就亂開藥，不是請啥蒙古大夫吧？

四兒沏了茶上來，恭敬地端給杜嬤嬤，杜嬤嬤輕瞟一眼，見那茶裡都是沫子，便放在了桌上，再也沒看一眼，只是尋秀姑道：「大夫人關心四姑娘的身體，一會子大夫開了方子，就派個小的去藥房拿吧，這裡有些補品，也是大夫人賞給姑娘的，姑娘可要好生將養身子，別讓大夫人太操心。」

秀姑忙應了，又說了些感謝大夫人的話，杜嬤嬤見差不多了，便起了身，秀姑便從懷裡拿出個荷包塞過去，杜嬤嬤看都沒看就遞了回來，乾笑道：「留著四姑娘用吧。」

秀姑見人遠去了，便噗哧一笑，倒出荷包裡的東西。哪裡有銀子啊，不過是些小石子，真有銀子，早買了東西給四姑娘吃了，不過是做做樣子，知道杜嬤嬤是看不上梓園裡的東西的。

紅袖帶著劉太醫來時，錦娘正繡好一隻蝴蝶，秀姑坐在一邊整理打絡子的線，四兒和平兒兩個正在做那件未完工的秋衣。

秀姑沒想到紅袖姑娘會來，錯愕了下，忙迎了出去。

紅袖一進門便看見四姑娘盤坐在床上，腿上蓋著被子，手裡正拿著繡繃子，心裡不由感慨。早上還暈著的人，這會子身子稍好一點，又開始繡了，怕是今天繡不了十個，明日會交不了差，大夫人又會不給飯吃吧……

想起來時老太太的話，紅袖心裡便有了主意，周到地給錦娘行了一禮，說道：「老太太聽說姑娘病了，特地請了太醫院的劉太醫來給姑娘把脈，姑娘快歇了躺著。」

錦娘聽了忙道：「多謝紅袖姊姊，明兒我好了，就去給老太太磕頭謝恩去。」說著便依言躺了下來，眼睛卻向紅袖身後的太醫看去，不過是個中年男人，身著太醫院的官服，一臉嚴肅正經的模樣。

秀姑在錦娘手腕上搭了塊帕子，劉太醫撩袍在床邊坐下，認真地診起脈來，探過右手後又要求探左手，越探，眉頭皺得越緊。

秀姑和四兒幾個見太醫久久不說話，心裡著急起來，相互對視一眼，秀姑便想要開口問，一旁的紅袖忙搖手，示意她別吵著劉太醫了。

劉太醫是相府的常客，府裡老太太、大夫人，還有幾位嫡出的小姐們身子有恙了都是請這位太醫，他的醫術深受府裡人信服，只是這位太醫很有個性，探脈時最忌人家吵他，一個不耐煩，就會摔了脈枕子走人，一點情面也不留，又或是開的方子便揀那苦得難以下嚥的藥，紅袖在老太太身邊待得久了，自是清楚他的脾性。

總算在大家期望又擔心的眼神下，劉太醫不緊不慢地開了尊口。「體內寒毒纏綿不息，傷至內腑，又無及時調理，致宮寒陰虛，且勞損過度，又加之營養不足，腸胃長時空虛，以致心血不足，是為不足之症！」

不足之症？那是什麼病？是腸胃有毛病還是心臟有毛病，再要不就是婦科病，說了一大串，到底說的是啥？錦娘聽得一頭霧水，中醫就是太玄了，沒有西醫那樣直接。

「您是說，四姑娘她……她以後不能……」她正走神時，秀姑的臉色早白了，小心地試探著問道。

「還不到那個地步，先用幾劑重藥下去再說，三個月後再來複查，若有好轉，再換個方子，只要調養得當，還是會好的。」劉太醫難得語氣有些和緩，秀姑聽了這才鬆了口氣。

四姑娘前些日子確實是落到水裡了，雖說沒到冬天，但深秋的湖水也是寒得很，那天被救上來時，人就凍得就像個烏雞，渾身紫烏紫烏的，雖說後來用了熱水泡過後好多了，但一直發燒，身上一陣冷一陣熱的。那時，秀姑也報過大夫人，大夫人渾沒當回事，別說請醫問藥了，就連飯菜用度還是照樣剋扣著，四姑娘怕是就在那時得了病根子吧？

如今聽太醫說得凶險，不足之症也就是以後子嗣艱難，一個女兒家，若是不能生育，誰還肯娶？就算能嫁了，婆家也是不會待見的，那……四姑娘就是一輩子受苦的命了……

平兒服侍太醫開方子。

錦娘茫然地看秀姑，秀姑一臉的疼惜之色，嘴唇嚅動幾下，到底沒有說什麼，只是坐到錦娘床邊，一把將她抱在懷裡，拍著她的背，壓抑心裡的酸楚，說道：「無事的，劉太醫醫術高明，一定能治得好，姑娘再不可做傻事了，答應奶嬷嬷，萬事以身子為重，啊？」

說得錦娘的鼻子也酸酸的，伸出手臂回抱秀姑，在她肩頭蹭了蹭，撒嬌道：「我省得，放心吧，以後我會把身子養得好好的，將來有出息了，一定養妳。」

秀姑再也忍不住，淚水像決了堤似的，嘩地就流了出來。她第二個孩子生下來就夭折了，一腔母愛便全施在錦娘身上，以前的四姑娘哪裡能說出這麼窩心的話，膽子小不說，為人小器涼薄，就是對四姨娘，她眼裡也是瞧不起的，更別說秀姑這樣的下人了。

一場意外奪走了四姑娘的健康，卻換回一個靈慧的腦子，還有一顆善良的心，這倒是幸還是不幸呢？

劉太醫開好了藥方，又囑了幾句要禁口的東西和注意之事，便提起藥箱要走。秀姑這下慌了，從頭上拔下自己唯一的首飾，一根銀簪，要給劉太醫作謝禮。紅袖心知那只怕是秀姑最值錢的東西了，忙攔住她。這樣寒酸的東西，莫說劉太醫不會要，拿出去也是給相府丟臉啊，堂堂相府千金，竟連一件像樣的首飾也沒有，說出去，不是打老相爺的臉嗎？

「給太醫磕個頭吧，謝儀銀子老太太早就備好了。」紅袖使了個眼色說道。

秀姑也回過神來，知道自己無狀了，跑到劉太醫面前納頭就要拜。

「秀姑，妳別——」床上的錦娘實在不忍心秀姑為了自己去向別人下跪，穿越來都十幾天了，她還是有點受不了這裡動不動就下跪的規矩。

可話還沒說完，就被一邊的平兒捂住了嘴，並用身子擋在錦娘的前面，讓紅袖和劉太醫看不到錦娘的臉。姑娘也太不懂事了，磕頭可是紅袖姑娘下的令，姑娘若是阻止，那不是給紅袖姑娘沒臉嗎？再說了，紅袖姑娘這樣可是為了姑娘，姑娘這裡窮得叮噹響，一個大子兒也拿不出，雖說老太太那裡給了謝儀銀子，但哪個院裡的主子不是要另外再打發謝儀的啊，這早已成了規矩了。

好在劉太醫倒是身子一偏，不肯受秀姑的禮，抬腳出去了，紅袖卻意外地沒跟著送出去。

「去把門關了。」紅袖臉色嚴峻地坐到錦娘床前，看著錦娘嘆了口氣，安慰道：「放心吧，來時老太太跟我說了，以後梓園裡的一應用度全在松香院裡直接讓白大總管拔過來，姑娘可以安心養病了。」

錦娘聽了忙向紅袖道謝，紅袖笑著說了幾句客氣話，回過頭時，笑容已經收起，聲音也變得嚴厲起來。「劉太醫診斷的話，妳們可都聽見了？」

平兒幾個忙點了點頭，秀姑聽了卻是眉頭一挑，眼睛亮了起來。紅袖她……

果然，紅袖又說道：「今兒四姑娘的病情可就這屋裡幾個人知曉，妳們也知道，不足之症指的是什麼意思，明兒簡親王妃就要過府來，若讓有半點風聲傳出去，仔細妳們的皮，打板子事小，老太太可是說了，直接拉出府去，賣給人牙子。」

平兒幾個忙低眉順眼地應了。

紅袖聽到了滿意的答案，又囑咐了秀姑幾句便走了，秀姑娘忙送了出來。出了正屋，一到穿堂，秀姑對著紅袖就跪下了。

紅袖身子一偏，忙道：「您也別謝我，這都是老太太吩咐下的，我不過照著老太太的意思來辦罷了。」

看著秀姑又在袖袋裡掏，忙笑道：「別，我那兒啥沒有？還要貪妳這點子東西？快去給四姑娘抓藥去是正經。」說完，再不停留，轉身走了。

屋裡，錦娘正在問四兒「不足之症」究竟是什麼病，四兒有些猶豫，又有些奇怪，深宅內院裡哪個女子不知道不足之症指的是什麼啊，才還說四姑娘變聰明了，怎麼這會子又木了？

「好像就是生育上有些艱難吧。」平兒有些難過地勸道：「太醫也說了，還算看得及時，能治好呢，只要好好吃藥，別再凍著累著就成了。」

喔，能治好的啊，那不用急了。錦娘又拿起床上的繡繃子，下意識地又要繡，秀姑正好從外面進來，一看錦娘又在繡荷包，一時火起，走過來就將她手裡的繡繃子搶了去。

「沒聽劉太醫說嗎？姑娘以後不能再累著了，要好好休息。」

錦娘想自己也真是被大夫人壓迫出了奴性，不繡這荷包還有點無所適從的感覺，不由笑了。

沒了活幹，她就躺在床上休息，腦子裡又想起不足之症這個詞來。突然，她從床上坐起，瞪大眼睛看著正在做秋衣的四兒。「那個……要是治不好，以後我就不能生孩子了？」

她原沒把這病當成一回事，前世的夫妻不生孩子的多了，再說，如果不能正常受孕，還可以做試管嬰兒呢，但回過神來，想起自己可是在古代，最講究的就是傳宗接代，不能生孩子的女人無疑就是個廢物，嫁不嫁得出去還是一回事，就是嫁出去了，丈夫公婆也不會待見啊！

*天……我的命怎麼這麼悲催……*錦娘在心裡哀嚎。

有了飽飯吃，又不用做荷包了，錦娘難得睡了一個好覺，覺得精神奕奕的，用過早飯，又喝了藥，吃了些補品，就想起昨天說過要給老太太磕頭謝恩的話，跟秀姑商量著，要不要今天就去。

「前兒說是簡親王妃今天就要來，只是不知道是什麼時辰，要不，先做好準備，把昨兒送來的新衣裳先穿上，再去給老太太磕頭，就算王妃來了，召見時也從容一些，不用再回來換衣了。」

錦娘一想，正是這個理，便依秀姑的意思打扮齊齊整整地出去了。

老太太住的松香院離梓園有些遠，要經過二姑娘孫玉娘的荷園，錦娘只帶了秀姑，正走著，就看見孫玉娘帶了巧兒和蓮兒正從荷園裡出來。

她不太喜歡孫玉娘，便與秀姑一起躲到路邊的樹後，想等孫玉娘過去後再出來。

孫玉娘一出園子，便遠遠地看見了錦娘，只見平日蔫不拉嘰的孫錦娘一身簇新，裡面穿了件淡紫色緞面半長夾襖，外面罩了件淡粉綢面褙子，一條淡紫色羅裙，頭髮梳得光亮亮的，雖然只插了支寒酸的玉簪子，但整個人顯得鮮活了，就連那雙眼睛也是靈動清澈，像變了個人似的。

孫玉娘怔怔地看著，有點不相信自己的眼睛，原想等到錦娘走近了再細看下，誰知那小婦養的看見了自己不上來行禮也罷，還躲到大樹後面去了，她當自己是瞎了嗎?!

她立即火冒三丈。前兒著了錦娘的道，害得她這兩日老實待在屋裡繡那正反雙面繡的荷包，氣還沒消呢，今天正好送上門來，不打這小賤人一頓，難消心頭之恨。

孫玉娘也不說話，提起裙襬便衝了過來。

錦娘正躲在樹後望天，孫玉娘就這樣沒有任何徵兆地衝了過來，一把揪住了錦娘的頭髮。「我叫妳躲！妳個小婦養的賤蹄子，前兒不是很懂禮儀規矩的嗎？今兒怎麼不來給姊姊我行禮了？」

一邊罵，一邊就揪住錦娘的頭髮往路上拖，她原就比錦娘大一歲，身量高出了小半寸，養得也好一些，力氣當然大得不止一點，驟然出手，錦娘被她抓住，只覺頭皮疼痛難忍，下意識地雙手扯住孫玉娘的手，好讓減輕她揪住頭髮的力度，對孫玉娘喝道：「放手！妳這個瘋子！」

她還敢回罵?!孫玉娘更火了，另一隻手就來抓錦娘的臉，秀姑看了嚇一跳，原本二姑娘打四姑娘她是不敢動手去扯的，二姑娘這樣也不是一回、兩回了，以前是她們越扯二姑娘就越生氣，還叫人打過秀姑幾次板子，所以，她只好在一邊哀求著。

可這回二姑娘也太壞了，她的指甲又尖又長，那一抓下去，只怕四姑娘就得破相了。秀姑再也顧不得那許多，猛地撲了過去，堪堪在孫玉娘的手碰到錦娘的臉時，擋開了她的手。

錦娘也是嚇出一身冷汗。媽的！還是親姊妹呢，就算是對著陌生人也不用這麼歹毒吧?!

她氣得心火直冒，忍痛鬆開手，兩手在孫玉娘腋下一架，身子貼近孫玉娘，提起膝蓋，猛地向孫玉娘腹部大力頂去。

孫玉娘立即覺得肚子一陣劇痛，她哪裡受過這等痛楚，立即鬆了手，捂著肚子蹲了下去，哇哇大叫起來。

一邊的巧兒和蓮兒先前見二姑娘打四姑娘，她們便懶懶地站在一邊，都習慣了，只當看戲就成，可沒想到一向老實巴交的四姑娘竟然敢還手，還打傷了二姑娘，她們一個跑去扶孫玉娘，另一個就要去稟報大夫人。

孫玉娘蹲在地上，一巴掌搧在巧兒臉上。「死蹄子！見妳主子挨打不幫忙?!去，妳們兩個今兒不去把那小娼婦的臉給我撕爛了，我就打死妳們！」

剛跑出去的蓮兒一聽，嚇得立即轉了回來，與巧兒對視一眼，沒敢動。

雖說四姑娘在府裡地位不怎麼樣，但她到底是主子，她們哪敢對主子動手？

「好、好，妳們兩個死蹄子是合著那小娼婦來欺負我吧?哼，吃裡扒外的東西！明兒我就叫人牙子進來，把妳們賣妓院裡去，讓妳們和這娼婦一起去……」孫玉娘咬牙切齒地罵著。

錦娘實在聽不下去了，不等她口裡更惡毒的話說出來，走上前去，一巴掌搧了過去。

孫玉娘沒半點防備，原又是蹲著的，一下被錦娘搧到地上去了。

秀姑這下嚇得腿都軟了。先前錦娘回手，可以說成是防備之舉，就算說到老太太那兒去，也還是有理的，可如今這一巴掌下去……就算老太太有護著四姑娘的心，怕也講不過大夫人。哪有妹妹出手打姊姊的，還是庶出的打嫡女，翻天了！

「妳……妳竟敢打我？」孫玉娘總算回過神來，指著錦娘氣得話都說不利索了，返身就往大夫人院裡而去。

錦娘見了就急了，她受些苦不要緊，害了秀姑可不好。孫玉娘吃了虧，在場的怕是誰都脫不了關係，正急得無計可施，遠遠地看見紅袖朝這邊走，身邊還跟著一個穿著體面的管事嬤嬤。

她靈機一動，跑到孫玉娘面前攔住了她。「讓開！小娼婦，妳當真要造反嗎？」孫玉娘冷喝道。

「二姊，妳最好嘴巴放乾淨點，妳我可是同一父親的親姊妹，我是娼婦，妳又是什麼？再說了，庶女可都是在嫡母名下的，妳總這樣罵我，不是在指責母親教導無方？」錦娘也不氣了，臉帶微笑，淡定地說道。

「妳……妳也配說是母親教導妳的？妳就是四姨娘那賤人生的賤種！」孫玉娘大吼道。

對，就這樣，罵得再大聲一些。錦娘在心裡說道。

眼看著紅袖兩個走近了，她裝得無比委屈和傷心。「妳……妳罵了母親不說，還罵父親。不管是誰生了我，我都是父親的親骨肉，妳說我是賤種，那父親是什麼？」

孫玉娘不耐煩，對她猛推一掌。死蹄子，擋在前面做什麼?!

錦娘被她一推，身子就直直地往後倒去，啪地一聲，重重地摔在地上。

第三章

紅袖與孫嬤嬤早就聽見二姑娘罵四姑娘賤種，接著就看見二姑娘又動了手。四姑娘昨天才量了，好不容易吃了劉太醫的藥好了點，二姑娘又打她，怎麼著也是妹妹吧，怎麼就這麼容不得呢？

再說，簡親王妃就要來了，她可是專程來看四姑娘的……

「二姑娘，妳怎麼能動手打四姑娘呢？」紅袖邊去扶錦娘，邊對孫玉娘道。

「紅袖，妳可別胡說，我可沒打她！」孫玉娘辯解道。

「唉呀，簡親王王妃說著就要來了，四姑娘身子又弱，要是再傷了，唉，這可怎麼跟老太太交代啊……」孫嬤嬤嘮嘮叨叨著。

那意思很明白，二姑娘打四姑娘是她和紅袖兩個親眼看見了的，可沒看見四姑娘動手。

孫玉娘只覺得又急又氣，有苦難言，她哪受過這等委屈，衝口就道：「明明是她打了我，妳們看，我臉上還有印子呢！」

「二姑娘，這事奴婢們也不能說什麼，您說四姑娘打了您，可奴婢們看見的又不一樣，許是先前還有些是奴婢們沒看見的，要不，咱們就去老太太那兒，有什麼委屈就到老太太跟前說去，自有老太太給您作主。」孫嬤嬤便似笑非笑道。

孫玉娘聽了剛要答應，忽然又想起紅袖和孫嬤嬤都是老太太身邊的人，她們又都認定自己是錯的，到時她們在奶奶那兒一說，自己就是有理也會變得沒理了，還是去娘親那兒的好。

打定主意，孫玉娘便道：「老太太病著呢，何必為了這些事去吵她老人家，現在家裡大夫人管著事，咱們去大夫人那兒說。」

孫嬤嬤道：「去大夫人那兒原也是對的，只是這會子簡親王妃只怕是來了，大夫人如今要接待她，您和四姑娘這樣子，能去見客嗎？沒得讓大夫人憂了心。」

錦娘聽了就鬆了一口氣，撣了撣身上的塵土，對紅袖和孫嬤嬤道：「其實四姊只是跟我鬧著玩呢，要不，就不要去吵老太太了，我這樣子還真是見不得客，還是趕緊回去梳洗換身衣服再出來吧。」

孫嬤嬤聽了就暗暗點頭。嗯，是個寬仁的，知道輕重緩急，也還孝順，想了想，剛要應了，那邊孫玉娘可不幹。她可是平生頭一回被人打，還受了冤枉，這場子一定要找回來。

她冷笑道：「哼，誰跟妳鬧著玩？明明就是妳這個小婦養的不懂規矩，對姊姊不敬，還敢動手打人，看老太太不打妳幾板子！哼，正好教教妳，什麼是嫡庶有別，什麼是長幼有序！」

孫嬤嬤聽了便皺了眉。這二姑娘還真不是個息事寧人的主，她非要鬧得大家都臉上難看了才肯罷休嗎？以前只聽說二姑娘囂張，如今見了，還真是那麼回事。既然她非要去，那就成全她好了。

孫嬤嬤冷冷一笑。「那就走吧，時辰不早了，一會兒四姑娘就在老太太那兒讓紅袖給妳梳個頭吧。」又看了看錦娘的衣服，說道：「還好，不是很髒。」

紅袖巴不得錦娘就頂著被扯得亂七八糟的頭髮去給老太太看。什麼事，還是眼見為實的好。

幾個人便一起去了松香院。

她們一走，從另一邊的大樹後出現了張輪椅，椅上坐著個相貌奇美的男子，膚色很白，白得有點透明，一雙鳳眼大而清亮，有種水汪汪的感覺，眼神純淨而無害，甚至看起來很無辜。寬闊的額頭、長入鬢間的秀眉，使他看起來更顯秀氣陰柔，尤其那唇，光澤亮麗，整張臉豔若桃李，傾國傾城。

輪椅上的少年靜靜地看著錦娘幾個遠去的背影，冷冷地開了口。「很有意思是嗎？」聲音醇厚，沙啞中透著性感，與他柔媚的外表極不相稱，若只聽他說話，必定認為他是個不折不扣的男子，若只看相貌，卻是雌雄難辨，當他是傾城美人。

他身後是一個神情冷酷的黑衣男子，身材高大結實，線條硬朗的臉龐，繃得緊緊的，一雙眼冰冷得全無半絲人氣，渾身散發著肅殺之氣。聽見主子問話，他面無表情地嗯了聲，表示聽見了。

「你說，若我娶她回去做少奶奶，會不會很好玩呢？」輪椅上的少年摸著手中的念珠，隨意地說道。

他身後的黑衣人還是只嗯了聲，再沒反應。

輪椅少年似乎習慣了他的沈默，仍然把玩著手裡的念珠，無所謂地聳聳肩，說道：「我們回去吧。」

黑衣男子便推著他走了。一人一椅走得極快，又是揀偏僻的小路，到了一處無人的牆邊，黑衣人停了下來，椅上的男子突然自己從椅上縱身而起，一下坐到了院牆之上，黑衣人便提著輪椅躍過院牆，再把椅子放好，牆上的少年又跳了下來，穩穩地落在了輪椅上。

錦娘和玉娘兩個乖巧地給老太太行了禮，各站一邊，秀姑站在錦娘身邊，而巧兒和蓮兒兩個卻離孫玉娘有點遠，那不是貼身丫鬟該站的地方。

看著錦娘被扯得亂糟糟的頭髮，老太太就嘆了口氣。「紅袖，給四姑娘梳頭，把多寶格裡那根綴著綠寶石的簪子給四姑娘插上。」

錦娘聽了忙上前道謝，紅袖笑著拉她去耳房梳洗。

孫玉娘愣了。老太太什麼都不問，就讓錦娘下去梳洗，還送她一支上好的簪子，心中又氣又急，衝口說道：「奶奶，四妹她竟敢打我！」

老太太眉頭又是一皺。這個丫頭就不能有點眼力嗎？沒看到自己想息事寧人？難道非得鬧起來讓她自己沒臉了才高興？

這就是媳婦教出來的嫡孫，竟然如此無禮又霸道，這樣的腦子、這樣的性子，以後嫁出去，怎麼在人家府上做人啊？

「那妳想如何？」老太太忍著怒氣，淡淡地問道。

孫玉娘突然有些害怕，覺得今天的老太太不像平日那樣和善，這話的意思讓她有點不好接口，她想如何，當然是懲罰錦娘那小蹄子，可老太太的意思明著就是不想追究，她有點想順驢下坡就這麼算了，反正以後還有機會整死那個死丫頭，只是她先前把話說滿了，就這樣回去也太沒面子了，何況，還當著好幾個下人的面呢，就這樣妥協，她以後還有什麼尊嚴可言？

於是深吸一口氣，她想了想要如何措詞才對自己更有利一些，一會兒才道：「回奶奶，孫女原是要來請安的，路上碰到了錦娘，她對孫女出言不遜，所以孫女就教訓了她幾句，誰知她竟然打孫女！這事，巧兒、蓮兒可都在，她身邊的奶媽不攔著也罷，竟然還出手幫她，太過分了！」

老太太聽了便看向巧兒和蓮兒兩個，巧兒和蓮兒兩個立即嚇得跪到堂中，只是磕頭，卻不說話。

「二姑娘說的可是真話？」老太太一見，心裡更加明白了，對孫玉娘也更加失望了，連最貼身的丫鬟似乎都不想幫她，可見她平日待人有多差。

巧兒蓮兒兩個被問了，又不敢不回，但如何回，說二姑娘說的全是實話，先不說自己的良心上是否過得去，就是秀姑、紅袖、孫嬤嬤幾個也會戳穿啊，可說二姑娘撒謊，再借她們一個膽子也不敢，真把她惹惱了，她發起瘋來，真把她倆賣去妓院也不是不可能的。

兩人對視一眼後，巧兒膽子大一些，對老太太道：「奴婢兩個是二姑娘的人，奴婢說的怕是難以讓人信服。適才紅袖姊姊和孫嬤嬤也在，老太太，您可以問紅袖姊姊的。」

老太太聽了眼裡就露出了不豫。這兩丫頭太沒擔當了，眼神凌厲地看了巧兒和蓮兒一眼，並未作聲。

巧兒嚇得一哆嗦，又拚命磕頭，只求老太太能放過她們。孫玉娘聽了巧兒的話是氣得牙齒發癢，恨不得上前去撕碎巧兒、蓮兒兩個，一雙原本漂亮的大眼死瞪著地上磕頭的兩個丫鬟，快噴出火來了。

孫嬤嬤是見過二姑娘怎麼打罵身邊人的，嘆了口氣，又看了老太太一眼，倒是有些同情巧兒、蓮兒兩個，但現在老太太明顯是不想把事情鬧大，她也不好再說什麼了。

老太太冷冷地看著巧兒和蓮兒兩個，說道：「紅袖我自是要問的，妳們只管把當時情況老實說出來即可。做奴才的，若是連親眼所見的事情也不敢稟報主子，要妳們又有何用？」

巧兒見終是逃不過去，回頭又看自家小姐那惡狠狠的似乎要吃了她的樣子，更加怕了，又內疚地看了眼梳妝好後站在一邊的錦娘，無奈道：「奴婢確實看見四姑娘打了二姑娘。」

這話倒是沒錯，只是太討巧，有斷章取義之嫌。

錦娘聽了錯愕了片刻，雖然氣，卻能理解，知道她們兩個也是怕孫玉娘事後報復，不由搖了搖頭，心想，何必連累這些丫頭們受罪，便走上前一步，在老太太面前跪了下來。

「老太太，您責罰孫女吧，孫女不該意氣用事，對二姊姊動了手。」

老太太眼中閃過一絲欣賞之色，但面上仍是嚴厲。「好，妳能認錯就好，是個好孩子。不過，既是錯了，就要罰，自明日起，就罰妳抄《女訓》一百遍，妳可服氣？」

老太太這是高高舉起，輕輕放下啊，錦娘原以為會挨板子什麼的，沒想到只是讓罰抄書，也好吧，就當練毛筆字。

忙給老太太磕了個頭，好聲應了。

老太太一揮手，讓她起來，錦娘便站到了邊去。

孫玉娘可沒想到老太太只是讓錦娘罰抄書，那也太輕了吧，脫口就道：「老太太……」

「妳也是個不省心的，定是妳先動手打了妹妹，妳四妹妹才犯錯的，現在也罰妳抄《女訓》一百遍。」老太太不待孫玉娘說完，就截口道。

孫玉娘張了張嘴，心不甘情不願地給老太太磕了個頭，轉身氣沖沖地走了。

老太太看著那被甩得兩邊搖晃的門簾，長長嘆了口氣。

主子走了，巧兒、蓮兒兩個當然也得跟著走，可她們怕啊，跪在地上，慢騰騰地不想起來。

孫嬤嬤看著不忍，笑著對老太太道：「這兩丫頭說話也不怎麼實在，老太太，不如降了她們的等，就留在松香院裡做灑掃丫頭吧。」

老太太看了孫嬤嬤一眼，說道：「這事妳去辦吧，我如今精神也差了，管不得這許多事，只是要去大夫人那兒說聲才好，讓她再安排兩個好點的人去服侍二姑娘。」

孫嬤嬤忙應了，巧兒、蓮兒兩個從一等丫頭貶成了三等，她們卻不憂反喜，對著老太太又是連磕了三個頭，心裡對孫嬤嬤是萬分的感激。

她們兩個賴在老太太屋裡不肯走，就是怕，平時沒犯什麼大錯二姑娘都能整她們，今天她吃了大虧，又那樣生氣，更加不可能放過她倆了，但今後她們好歹也是老太太屋裡的人了，大夫人的手也難伸進來，何況二姑娘？她們再也不怕被二姑娘報復了，當然對孫嬤嬤感激涕零。

老太太道：「一會子簡親王妃就要過來了，四丫頭妳就待這裡吧，也省得又去叫妳。」

錦娘便老實應了，紅袖看老太太確實乏了，便引了錦娘去東次間喝茶，孫嬤嬤服侍老太太躺下。

一會子，老太太身邊的小丫頭過來了，說是老太太讓四姑娘過去，簡親王王妃來了。

錦娘心裡有些七上八下的，仔細檢查了遍自己的衣裝，看看沒什麼問題，才隨著紅袖去了老太太屋裡。

簡親王妃看著不過三十多歲的樣子，一身宮裝顯得貴氣莊重，錦娘一過去便被她吸引住了，她還是第一次看見長得這麼美的女人，九天嫦娥也不過如此。

王妃原也是等著看錦娘呢，見小丫頭從東次間裡叫了兩個人出來，一個十六、七歲的樣子，身上雖然穿的也是上好的衣料，但看那打扮也知道應該是個體面的丫鬟，便再看後面那個。

後面那個十三、四歲的樣子，身量看著還沒長齊，面黃肌瘦的，長得倒是清秀，只是她也太大膽了吧，竟然直愣愣地看著本妃?!太沒規矩了，怎麼配得上庭兒？

王妃的臉上就有了幾分冷意，對面的孫嬤嬤看著就著急，輕咳了一聲，錦娘這才反應過來，立即臉一紅，低眉順眼地站到了一旁。

老太太見了，不由哈哈笑了幾聲，對王妃打趣道：「王妃，這孩子平日裡可是最懂規矩的，今天這可怪不得她啊。」

王妃聽了一愣，再看錦娘，規規矩矩地站著，臉色微紅，卻沒有不自在的樣子，便想起自己平日裡見著陌生人也確實被如此盯著看過，早該習慣了才是，只是事關庭兒，她才忘了，便也笑了笑道：「看著是個好孩子呢。」

王妃身邊就坐著大夫人，方才錦娘露醜時，她可是全看在眼裡，原想著王妃會因此討厭錦娘的，沒想到老太太一句話就抹平了，嘴角不由勾起一抹譏笑，順著王妃的話說道：「可不是，這孩子平日裡最是乖巧了，話也不多，整日裡就知道刺繡女紅，安靜得很呢。」

是拿錦娘的木訥說事吧，這也正合了剛才錦娘那愣愣的樣子，王妃聽了果然有些不豫，便想與錦娘交談幾句。王府裡來往出入的可都是貴人，若娶個媳婦回去膽小怕事，連話都不敢說，那可就真丟王府的臉了。

「是叫錦娘吧，來，到本妃身邊來，今年多大了？」王妃親切地說道。

錦娘低眉順眼地走到王妃身邊站著，神情有些羞澀，王妃便更加擔心了。

「回王妃的話，過了年，我就十五了。」錦娘聲音清脆，吐詞清晰，許是因為才出了點醜的緣故，有點不敢再抬眼看王妃。

王妃便拉起她的手，示意她不要緊張，就近看。這孩子看著還不錯，只是身子有點弱，不過，王府裡什麼好東西沒有，調養調養就成了。

摸了摸她的手心，感覺不似小女孩的柔軟細嫩，反而有點粗糙。

「平日裡都喜歡些什麼？會彈琴嗎？」王妃邊問邊親熱地將錦娘的手掌攤開放在自己的手心，左手指頭上竟是傷痕點點，有的地方已呈瘀紫色，一看便是平日做太多女紅的緣故，心裡不由發酸。聽說只是個庶女，嫡母怕是待她嚴苛吧……

大夫人聽王妃問起錦娘會不會彈琴，眼裡不由露絲譏諷。這府裡會彈琴的也只有她的兩個女兒，其他幾個不是木訥，就是老實，哪裡有機會學琴？

老太太見王妃攤開錦娘的手看時，心裡不由嘆了口氣，只怕王妃看出些什麼來了，又聽問琴棋書畫類的事，就更加灰心了。

「會的，不過，只是幾支簡單的曲子。」王妃的手溫暖柔軟，輕輕地摩挲，很舒服，有媽媽的味道。錦娘鼻子一酸，有些忘乎所以地回道。

老太太和大夫人聽了均是一怔。四丫頭什麼時候會彈琴了？她從小長到大怕是連琴也沒摸過。

大夫人笑著道：「想我孫家原就是書香世家，府裡的姑娘打小就是琴棋書畫樣樣兒要學，不過，也有多少日子沒聽過四姑娘彈琴了，今兒湊巧，正好王妃在，四姑娘，妳就彈一首給王妃聽聽吧。」

是想當場揭穿四姑娘，讓她出醜吧？老太太終是忍不住，凌厲地睃了眼媳婦。

大夫人還是有些忌憚老太太的，斂了笑，不再說話。

王妃卻是想著錦娘那指頭一個個傷痕累累，真要她彈琴，還有點於心不忍，便笑著看著錦娘道：「既然是琴棋書畫都學了的，這琴就不要彈了，不若畫一幅畫如何？」

錦娘聽了一愣，大夫人還真敢亂誇海口，自己何時就學過琴棋書畫了，以前的她連字都認不得幾個，有口飽飯吃就了不得了，哪有閒工夫去學那些高級東西？

幸虧前世的自己學過九年的古箏，後來在大學裡還參加了書法社，一筆簪花小楷寫得還算漂亮。至於畫嘛，以前學過一點素描，可這裡也沒炭筆，畫不了，國畫是沒有碰過，那就不能出醜了。

於是她便道：「王妃，畫畫的時間太長了，不如寫首小詩吧。」唉，雖說狗血，偷竊前人的詩文是所有穿越女必經之事，自己也就不免俗了，先過了這一關再說。

王妃聽了眼前一亮，當然同意。

老太太便滿是擔憂地看著錦娘，大夫人聽了忙叫人去拿筆墨，唯恐晚了四姑娘反悔，就看不到出醜的一幕了。

紙墨鋪開，秀姑一邊磨著墨，一邊擔憂地看著自家姑娘，就連屋裡的孫嬤嬤和幾個丫頭都提著一口氣，眼睛緊盯著四姑娘提著毛筆的手，似乎那枝筆有千斤重一般。

錦娘神態自若地沾上墨，提筆想了一想，才下了筆。站在案桌前的她一改平日的拘謹木訥，身體裡彷彿注入新的靈魂一般，整個人看起來自信而恣意，寧靜中透出一股靈動的美。

她下筆毫不凝滯，一揮而就，秀姑雖不認得字，但到底是相府的老人，牆上掛著的字畫還是知道一些的，姑娘這筆字至少是不醜的。

錦娘放下筆，吹一吹紙上的墨跡，等墨跡乾了後才拿了過來，雙手恭恭敬敬地呈給王妃。

一落眼，那漂亮的小楷就吸引了王妃的眼睛，字體纖秀雋永，筆力恣意灑脫，人說以字看人，看來，這孩子並不如表面那樣木訥啊。

再看那詩，好一個「零落成泥碾作塵，只有香如故」，王妃轉頭認真地看著眼前瘦弱的女子，她的眼睛清亮純淨，看似怯懦，眼底卻藏著淡淡的孤傲疏遠，就憑這首小詩，她也配得起自己的庭兒，老相爺果然家教良好，只是一個小小的庶女就有驚天之才，今天這一趟果然沒有來錯。

王妃滿心歡喜，對錦娘的喜愛之意溢於言表。

「老太太，貴府姑娘果然才情卓絕，這一首詠梅，堪稱絕品，字也寫得好，您真是教導有方，本妃佩服。」

老太太還處於震驚當中，王妃說完半晌，她都沒反應過來，紅袖機靈，適時地給老太太送上茶水，說道：「老太太，瞧您高興的，四姑娘以前不是也常繡些詩文到帕子上嗎？」

老太太這才回過神來，接過茶，喝了一口，神態也鎮定了下來，欣慰地笑道：「小孩子家家的，就喜歡弄些詩啊詞的，我這老太婆可不大懂。」

王妃就笑了。「您過謙了，老相爺乃是文官之首，又是清流泰斗，書香世家，兒女們自是都文采出眾，驚才卓越。」

大夫人不信錦娘真能寫出什麼好詩好字來，可看王妃的樣子又不似作偽，再說，王妃又何必作偽，她真的很想親眼看看錦娘所作之詩，只是王妃已經收起，她也只能裝作淡定，笑著也誇了錦娘幾句。

老太太被王妃誇得眉花眼笑，看錦娘的眼神更是歡喜，當著王妃的面，便讓人賞了一套上好的筆墨硯臺給錦娘。

王妃仍是拉過錦娘的手，從自己腕上取下一個羊脂白玉手鐲，那玉通體瑩白，色澤溫潤。

老太太笑道：「如此重禮，這孩子只怕受不起啊。」

王妃不由分說地將玉鐲套在錦娘手上，笑道：「她若不能受，還真無人能受本妃這禮了。」

這意思再明白不過了，就是這媳婦，王妃她訂下來了，老太太自是高興，忙讓錦娘行禮謝恩。

錦娘心情有些複雜。自己剛才的表現是不是過了？這手鐲一戴，那就是定下終身了，可那個男人長得是方是圓，她都不知道呢……

第四章

王妃帶著喜悅的心情回去了，老太太讓大夫人去送王妃，卻把錦娘留了下來。

老太太用深究的眼光看著錦娘，她低著頭，眼都不敢抬。這會子她才想起自己做了什麼。這下死定了，以前的錦娘可是個文盲，別說寫詩，扁擔倒下來不知道是個一字啊。

「說吧，誰教了妳讀書寫字的？」老太太冷靜地問道。

錦娘的腦子飛快轉著，要找個什麼理由才能說服精明的老太太呢？她眉頭緊皺，咬牙沈思，看在老太太眼裡就像有難言之隱一般。

老太太想起大夫人對她的苛刻，忽地心就一酸。這孩子就算偷偷地學了，也是不敢讓別人知道的吧，算了，她能識字是好事，何必逼她呢，誰沒一點小秘密？

簡親王妃回到府裡後，便興沖沖地去看自己的兒子。

冷華庭正坐在自己的院子裡，落雨軒內，一大堆丫鬟、婆子都守著他，可她們的二少爺一直坐在輪椅裡引頸而望，明淨美麗的鳳眼睜得大大的，看著天，一動也不動。

王妃進來時，正好看見這場景。

「庭兒，你這是在做什麼，為什麼坐在院子裡？」王妃心疼地問道。

冷華庭動也未動，仍然仰望天空，似乎萬里無雲的天空正上演一部精采絕倫的好戲。

「庭兒，你聽見母妃跟你說話沒有？庭兒……」這孩子，莫非又發病了？

冷華庭仍沒有反應，王妃急了，對一邊侍候著的人訓道：「沒看外面風大嗎？快推少爺進屋去，若少爺受了寒，仔細妳們的皮！」

立刻有人放了塊木板斜搭在高高的門檻上，好方便輪椅推進屋去。

輪椅推動，冷華庭才有了些許反應，他一轉頭，看見一臉心痛看著自己的王妃，紅唇一勾，露出笑。「母妃。」

王妃這才鬆了口氣。看來，沒有發病，只是發呆呢，不由心疼地去撫摸他的頸脖。「脖子瘦嗎？在看什麼呢？」

「看雲。」他答道。

可是朗朗晴空，碧空如洗，哪裡有一片雲彩？王妃不由皺了眉，說道：「天上沒雲呢。」

「所以庭兒才要看啊，看雲為什麼不出來呢？」

他與王妃長得有七、八分相似，若不是頭上的髮式、平坦的胸部，再加上那醇厚沈穩的嗓音，任誰都會把他看作女子。

王妃被他說得啞口無言。也是，她的庭兒就是聰明，天上的雲常有，可有誰會說出，為什麼有時天上會沒有雲呢？

進了屋，王妃讓侍女打了熱水來，親自拿著熱帕子敷在冷華庭的後脖子上。仰了那麼久，不痠才怪，得舒緩一下筋絡才行。

冷華庭乖巧地任王妃施為，王妃的手很輕柔，摸得他很舒服，沒多久，冷華庭竟然在王妃的撫摸之下甜甜睡去。

王妃看著便嘆了口氣，等他睡熟後，便讓冷謙將他抱上了床。

王妃幫冷華庭蓋好被子，靜靜地坐在床邊，心疼地看著床上睡得正香的兒子，心裡百感交集。

庭兒十二歲時，突然得了一場怪病，那場大病差點奪去了他的生命，病好了後，他的雙腳便失去了知覺，從此不能行走，而且，每月初一，那病還會發作一次。王爺找遍天下名醫，也沒找出病因，無法根治，致使世子之位落到了側妃所生之子、冷華庭的大哥——冷華堂身上。

她曾經也懷疑過，是不是有人對華庭下毒，但經過所有的太醫集體診治，一致判定他身上並未有中毒跡象，她也只好認命作罷。

屋裡除了冷謙以外，其他的丫頭小廝們全都悄悄地退了出去。他們知道，一般在這個時候，王妃都不希望有人打擾母子倆的。

冷謙就像一株偉岸的青松般挺立在屋裡，卻又儘量隱藏自己，儘量減少自己的存在感。

屋裡三人，一睡一坐一站，足足又待了一個時辰，誰也沒說一句話，終於在王妃覺得腰背痠痛時，冷華庭醒了。

「庭兒，醒了？要不要喝點茶？」王妃習慣地又去撫摸他光潔的額頭。

「要喝。」冷華庭坐了起來，王妃忙拿了個大迎枕塞在他身後，讓他靠著舒服一些。那邊的冷謙也不再裝作隱形，倒了一杯茶遞過來。

冷華庭喝了口茶後，對王妃燦然一笑。「謝謝母妃。」

王妃見他終於正常了，才對他說道：「庭兒，父王和母后準備給你娶個媳婦回來，你說好嗎？」

冷華庭純淨的鳳眼裡露出迷茫之色，王妃也不介意，只是拿了錦娘先前寫的那首小詩給他看。

庭兒雖然腦子時好時壞，但從小喜歡詩詞，書也讀得不錯，若不是身體不好，就算不能承爵，走正常的科舉也是不成問題的。

冷華庭將那首小詩展開，一手漂亮的小楷便映入眼簾，是那個精靈古怪的女子寫的嗎？好一句：「無意苦爭春，一任群芳妒。」她也是寂寞的嗎？

豔若桃李的臉上綻出一朵漂亮的笑容，靜靜地將小詩收起，放入床頭的多寶格裡。

王妃也不問。她知道，庭兒是喜歡了。「母妃明日便請寧王作媒，將你的生辰八字送去孫相府可好？」

冷華庭沒有回答，耳根卻微微紅了。王妃見了便更加欣喜，又囑咐了冷華庭幾句，便走了。

王妃從落雨軒出來，打算去王爺的書房，將今日之事說與王爺聽。書房外，正好遇見側妃劉氏提著食盒，帶著貼身侍女青紅過來。

劉氏長得不比王妃差，只是一個纖細柔和，另一個豐滿嬌嬈，兩種不同的美。

「給姊姊請安，姊姊今日不是去了孫相府上？這麼早就回了？」劉氏對王妃盈盈行了一禮道。

王妃淡淡地看了她一眼。「嗯，沒什麼事，就回來了，看來王爺在書房裡。」

不在她也不會提了食盒過來。

「姊姊可是為了庭兒的婚事？見著人了嗎？」劉氏也不在意，一副熱切關心的樣子。

王妃懶得理她，只管自己往前走。劉氏追上來幾步，又問道：「聽說孫相府上有四女，兩位嫡女，兩位庶女，不過，大女兒說的是寧親王世子，三女兒定的是靜寧侯次子，只餘嫡出的二女和庶出的四女，姊姊今日所見，可是嫡出的二女？」

這話正觸到王妃的痛處，庭兒原是仙人之姿，若不是一場大病，如何會身落殘疾，又如何看得上人家府上的庶女，又如何會丟了承襲資格，怕是滿城的王孫貴女搶著要嫁庭兒吧……

王妃終於停了下來，目光清冷地看著劉氏。她非要觸怒自己不可嗎？

劉氏見了，忙笑道：「咱們庭兒英俊聰明，孫相必定是想將二姑娘許配給庭兒對吧？」

還在說，這個女人就不能安靜點嗎？王妃微瞇了眼，目光如刀般刺向劉氏，劉氏倒一點也不介意，微低頭作溫順狀，但眸內閃過一絲譏誚，小意道：「看姊姊的樣子，這親事定是能成，小妹恭喜姊姊了。」

王妃強壓了心中的火氣，腦子不由閃過那個瘦弱的身影來，雖說不是嫡女，卻才情卓越，性子單純，與庭兒倒是很配。嫡女又如何，若是娶進門來，嫌棄庭兒那可怎麼辦？如今的庭兒要的不是名利，只求安穩平靜，不如娶個性情和善的女子來照顧他的一生，方是上策，這樣一想，她的心氣就平和了。

「本妃這次倒是看中了孫相家的四姑娘，一位賢良淑德、才情絕佳的好女子。」

「啊，是庶出的四姑娘嗎？庭兒可是正經的王府嫡子，孫相也太過分了，這不是污辱我們庭兒嗎？」劉氏大驚小怪地尖呼道。

她哪是真的為庭兒不平，明明就是在故意諷刺庭兒身有殘疾，配不上嫡女，王妃就是再好的修養也有些忍不住了，正要喝斥，突然就聽劉氏一聲尖叫。

王妃不解地轉頭看，只見劉氏正一隻手捧住自己的後腦，痛苦地看向身後，指縫中淌出血跡，一只上好的端硯正摔落在劉氏的腳邊。

劉氏的侍女青紅看了也嚇著了，忙上前去扶住劉氏，見劉氏還一隻手提著食盒，忙將食盒幫著提了過去。

王妃回過頭去，就看見冷謙正推著冷華庭的輪椅過來。

「你……你怎麼能打我，我怎麼都是你的庶母！」劉氏痛得眼淚都流出來了，憤怒地看著冷華庭。這該死的癱子！太過分了！竟然敢對她下手，活該他一輩子癱著！可惜這些話她只敢腹誹，不敢真罵出來。

「庭兒，你不是在睡覺嗎？」王妃才懶得管劉氏，嘴賤的人就該打，不過，看兒子的眼裡還是有著不贊同。

冷華庭沒有回答，只是讓冷謙推著輪椅繼續走，到了劉氏身邊，他輕輕彎下腰，伸出白皙修長的手，將剛才作案的凶器撿了起來。

這可是父王前些日子才送給他的一方上好端硯，他拿起硯臺看了看，還好，並沒摔壞，回頭對王妃燦然一笑。「詩很好，字也好，庭兒拿來給父王看。」聲音平靜得不帶一點波瀾，好像剛才用硯臺砸庶母的根本不是他。

劉氏氣得大哭起來。「姊姊，妳也不管管庭兒，他這脾氣再這樣下去……」

冷謙不等劉氏說完，徑直推著輪椅向王爺的書房走去，過去時，寬大的輪椅輕輕擦著劉氏華麗的衣裙而過，冷華庭連看都沒有看她一眼。

劉氏氣得一跺腳就要跟上去，正好找王爺理論，也讓王爺親眼看看，這個癱子如何地混帳囂張。

王妃也懶得管她，反正庭兒這樣也不是一回、兩回了，她早習慣了。

三十多歲的王爺長得俊帥儒雅，一雙與冷華庭相似的鳳眼溫潤深邃，正在書房察看公文。

見冷華庭坐著輪椅進來，他有一些詫異，隨即從書桌後走了出來。「庭兒，今天怎麼會想起要來看父王？」語氣裡，竟然有著些許討好的味道。

冷華庭懶懶地看向父親，清澈純淨的雙眼裡透著孩子氣，他從懷裡拿出一卷白紙，獻寶一樣遞給父親看。

王爺高興地接過，問道：「是什麼？庭兒寫的詩嗎？」

庭兒都好久沒有拿過詩作給自己看了，他才思敏捷，聰慧異常，自小便熟讀諸子百家，幾步便能成詩，又長得俊若謫仙，世子之位原就早定給庭兒了，但誰知一場大病，竟奪去了庭兒健康，不但雙腿從此不能行走，就是腦子也是時好時壞，十八歲的人了，卻還像個十二歲的孩子長不大，王爺心痛之餘又很內疚。簡親王爵是世襲爵位，是大錦朝少有的幾個鐵帽子王之一，皇家不允許堂堂的簡親王世子是個身有殘疾之人，因此，王爺在遍尋名醫仍治不好他雙腿的情況下，不得不將世子之位改讓大兒子華堂承襲。

但王爺自此便覺得虧欠了他，庭兒才是自己的嫡子啊，何況又是自己與婉兒所生。

「臣妾給王爺請安。」王妃進來時，正看見王爺在攤開錦娘寫的那首小詩。

王爺聞言放下手中紙卷，親自扶王妃起來。「婉兒，不必多禮，今日可去了孫相府？」

王妃嫣然一笑，指著桌上的紙卷說道：「見著了，桌上正是那孩子寫的東西呢。」

「喔，還會詩詞？本王倒要看看。」王爺有些意外，轉身正要去看。

「王爺……您可要為妾身作主啊，王爺……」劉氏捧著後腦，哭泣著向王爺走來。

王爺一愣，抬眼看她，劉氏哭得如梨花帶雨，嬌俏逼人的臉上滿含委屈。

「這又是怎麼了？」王爺皺了皺眉。

「王爺，庭兒這孩子再不管教可不成，他竟然用硯臺砸妾身……您看，出血了。」劉氏說完扭著身子，低頭將傷口給王爺看。

王爺看了也吃了一驚，真有一條口子，正流著血呢，不由沈了臉。「胡鬧，既是流血了為什麼還不請太醫？」

看劉氏的侍女青紅還提著個食盒跟著，不由斥道：「妳還傻愣著做什麼？快扶妳家姨娘回屋裡去，快快包紮。」又憐惜地對劉氏道：「很疼吧，一會兒好好包紮了，上點藥，這兩天就不要出來走動了，就在院裡休養吧。」

王爺語氣關切溫柔，卻自始至終也沒有對華庭責怪半句。劉氏臉色微白，她早在兒子華堂被定為世子之後就升了側妃，六年過去，王爺仍不肯改口，在府裡一直叫她姨娘，根本就不肯承認她平妻之位，剛才的話看似對她關懷憐惜，內裡卻是怪她擅自作主到了書房。

王爺的書房在前院，後院女人不經允許一般是不能來書房的，可她是堂堂世子生母、親王側妃，那些妾室不能來，她怎麼不能來？王妃不也來了？

「王爺，妾身不走嘛，妾身看王爺公務繁忙，怕您勞累，特意親手做了好幾樣點心來看您，您怎麼能趕妾身走？」劉氏不依地撒著嬌。

一旁的王妃聽了便皺起眉。都多大歲數了，還發嗲，也不怕噁心，但她有良好的修養，冷冷地看著，並未說什麼。

冷華庭在父王面前乖乖地坐著，俊美的臉上帶著純真的笑容，就是在劉氏控訴他打人時，他也笑意不改，似乎劉氏說的根本與他無關。

「妳不是正受著傷嗎？快回去醫治才是正經，來人，快扶劉姨娘回去。」王爺好言哄道。

立即進來兩個婆子，上前來扶了劉氏出去。

這時外面小廝來報，世子爺求見。

冷華堂只比冷華庭大一歲，他綜合了劉氏與王爺的優點，五官俊美硬朗，身形修長挺拔，舉手投足都透出良好的修養與儀態，一雙星目黑如墨，深邃中透出不屬於他這個年齡的沈穩，不得不說，這位如今的簡親王世子是一位俊雅的翩翩佳公子。

他在書房外看到了自己的生母，見兩個婆子扶著她，眼睛裡閃過一絲煩惱，可還是很快走過來。「姨娘，您這是怎麼了？」

劉氏見到兒子，立即喜出望外，原本壓下去的眼淚立即又湧了出來。

「堂兒……」劉氏委屈地喚了一聲。

冷華堂有些無奈。這可是在父王的書房前，母親又當著下人的面叫自己堂兒，若是讓父親聽見，必定又不高興了。可他看見了生母腦後的血跡，心裡還是驚了一下。莫非母親又惹了小庭生氣？

「姨娘，您的頭怎麼了？怎麼還流了血？」自己的母親再怎麼淺薄，也是自己的母親，冷華堂心裡看著也傷心。

「堂兒，你可要幫娘，你弟弟越來越粗暴了，竟然不聲不響地用硯臺砸我。」劉氏很想罵冷華庭那癱子幾句，但當著兒子的面，她不敢，兒子自小與那癱子感情不錯，他比王妃更不喜歡聽到有人侮辱那癱子。

果然，冷華堂聽了，眼中只是閃過一絲無奈，安撫母親道：「姨娘，妳以後說話注意些，小庭他不懂事，別惹他，妳也別生他的氣，他還是孩子呢。」

「怎麼是孩子，他只比你小一歲呢！都要成親的人了，還是小孩子？連你都不幫娘嗎？」說著，劉氏楚楚可憐地哭了起來。

小庭要成親了？冷華堂一時被這個信息震住了，臉色不自然地沉了下來。

「王爺也是只寵著他，你也寵著他，他傷了娘你都不管，好吧，看吧，再寵下去，只會無法無天的。」劉氏還在嘮嘮叨叨著。

冷華堂突然覺得有些煩躁，耐著性子安慰道：「姨娘，妳的頭受傷了，快去請太醫來醫治吧。」又對一邊服侍的青紅道：「使個人去請大少奶奶來服侍姨娘。」

劉氏聽兒子說要讓媳婦來服侍她，心裡立即覺得兒子還是把她話放在心上的，原本委屈的心情也消散了不少，還想再說點什麼，但冷華堂對那兩個婆子使了眼色，那兩婆子便扶著劉氏走了。

進了書房，見父王正與弟弟一起看著一張紙卷，王妃靜靜地站在父王和弟弟身邊看著，偶爾會拿了帕子去擦小庭頭上的汗，父王正含笑低聲與弟弟說著什麼，場景很溫馨安寧，似乎他們三個才是真正的一家人，而自己的到來像是破壞了那份溫馨與安寧，明明自己才是父王的長子……

「兒子給父王、母妃請安。」冷華堂還是走進去，優雅地行禮。

王爺果然愕然地抬頭，看見是他，臉上笑容不減，說道：「堂兒來了。」便又低下頭去看那張紙卷了，目光並未在他身上停留多久。

王妃對他溫婉地點了點頭，又示意一邊的小丫鬟給世子爺上茶。

冷華庭回過頭看了看哥哥，唇邊漾開一抹微羞的笑意，如輕輕綻放的睡蓮一般優美動人。冷華堂目光微凝，定了定神，也對弟弟笑了笑，溫和地問道：「小庭在看什麼？」

王爺似乎這才注意到他，對他招了招手道：「堂兒你也來看看，這是孫家四姑娘寫的一首小詩。」

孫家四姑娘？冷華堂的心裡咯噔了一下，轉瞬笑道：「是給小庭議親的那位孫家小姐？」說著走近幾步，正要接過那張紙卷，冷華庭卻先一步出手搶了過去，迅速收了起來，連耳根都紅了，白皙的雙頰染上了兩片紅雲，美得讓人窒息。

冷華堂一瞬不瞬地看著自己弟弟，伸出的手停滯在了空中，眼中閃過一絲複雜的神色。

冷華庭收好紙卷後，白了自己的父王一眼，咕噥道：「閨中之物，怎麼能拿給別的男子看？」聲音一如既往地醇厚，卻帶了絲嗔意。

冷華堂聽了怔了怔，忍住心中的一抹失落，隨即大笑了起來。「父王，你看，弟妹還沒進門呢，小庭就開始護著了。」

王爺聽了也笑起來，難得看見自己小兒子臉紅，而且看樣子，孫家姑娘很合庭兒的心，看來，這婚事倒是可以早些辦了。

王妃也是一臉欣慰。近幾年來，庭兒的脾氣越來越古怪了，常常連自己這個母妃都不願意搭理，就是他父王跟他說話，他也是一臉淡漠，像不認識似的，沒想到孫小姐的一幅字就能得了他的眼，看來這緣分啊，真是說不清的東西，希望孫小姐進門後能改變庭兒，讓他開心快樂起來。

錦娘可不知道自己隨意寫的一首小詩能得了新婚丈夫的眼，她正難得悠閒地坐在屋裡，繡著自家小弟的虎頭帽呢。

弟弟就要滿月了，她想做些東西送給弟弟做滿月之禮。有時她也挺慶幸的，自己穿越過來不只得了原主的身體，還承襲了原主的記憶，她以前可是從沒繡過花，更別說什麼做虎頭帽、帕子、鞋子之類的東西，但事情就這麼妙，只要她一拿起針線，腦子不用想，就知道針應該下到哪裡；以前孫錦娘會的，她照樣也會，一點也不凝滯。

秀姑坐在她身邊，幫她絞著虎頭帽的布邊。

「姑娘，一會子這帽子就做好了，我陪著妳去看四姨娘吧。」秀姑縫完最後一針後，低頭咬斷了絲線。

「嗯，自從小弟生下來後，一直沒時間去看，正好把前兒在老太太那兒得的燕窩也給四姨娘送去。」說著，她直起身子，想著要去見那個既熟悉又陌生的母親，心裡有些茫然。

秀姑看著她仍是蠟黃的臉，這幾天好吃好喝地養著，但打小就一直吃不飽穿不暖的，哪裡這麼快就養好呢，姑娘……明明自己就很喜歡喝燕窩……

「姨娘那兒也不缺這點東西，到底是生了大少爺的，老太太怎麼著也不會虧了姨娘的，姑娘妳就——」

「前兒聽四兒說，姨娘身子不好呢，大夫人雖說是給請了醫來了，可也沒看出什麼毛病，只說是月子裡的人都這樣，唉，弟弟還小呢……」錦娘不等秀姑說完，便截口道。

秀姑便沒說什麼了，繼續幫她又縫下一個鞋幫子。

這時，四兒蹦跳著進來，眼裡閃著興奮。「姑娘、姑娘，簡親王府送納吉禮來了，有二十四抬呢，比寧王府送的還重。」

錦娘聽了便放下手裡針線。她不知道二十四抬是個什麼概念，但比寧王府送的還多，只怕大夫人又要恨上了。

秀姑聽了倒是很高興，問四兒道：「是大夫人著人去收的禮嗎？」

四兒聽了歪頭想了想。「不知道，我也沒去前頭看，只聽惠兒在那兒說呢。」

秀姑聽了目光一閃，急道：「就知道玩呢！也不問問清楚，快去，託個相熟的問問看。」

四兒看秀姑那著急的神情，雖然不懂是什麼意思，還是飛快地去了。

「竟然比寧王府來的禮多，我看大夫人定是要恨上了，只是希望老太太能使個人看著就好。」秀姑擔心地放下手中的針線，眼睛看著窗外，有些心神不定。

「唉，隨她吧，反正她不恨也不會對我好，我無所謂了。」錦娘也懶得在意這些了，好不容易有了飯吃，又不用沒日沒夜地趕繡品，幹麼不輕鬆點過？

秀姑聽了就用手指戳她的頭。「妳傻啊，那些可都是妳以後的陪嫁呢，二十四抬，又是簡親王府送的，肯定都是好東西，若是大夫人著人全換了，到時到了婆婆府裡，妳陪嫁的東西比納吉禮還差，還不是沒臉？那時妳就哭去吧！」

錦娘哪裡知道這些婚嫁的規矩，她可還沒有做好嫁人的準備，這個身子才十四歲，要嫁也得再過兩年吧，怎麼簡親王府那邊這麼急呢？

心裡猜想那個沒見過面的未婚夫，也不知道長成個什麼樣子，希望不要太難看就好……唉，簡親王府，自己過去了應該可以當米蟲被養吧？算了，反正也由不得自己，只希望嫁的那個人不是個惡棍就成，能吃飽穿暖又不當童工，就比在相府強。

約莫過了半個時辰，四兒回來了，小臉紅撲撲的，兩隻眼睛閃閃發亮。「姑娘、姑娘！」一路喊來。

秀姑便敲了下她的頭道：「急什麼，慢慢說。」

四兒不好意思地在秀姑身邊的小繡凳上坐下，拿起秀姑放在几子上的茶，咕嚕一聲全喝了，穩穩神說道：「唉呀，嬤嬤耶，可全是好東西，簡親王府可比咱相府要富有得多了。」

秀姑聽了作勢又要敲她，四兒便將頭一縮，怕道：「別打，我不再亂說了。」

秀姑聽著便笑了，心急地問：「快說，都是什麼東西？」

四兒便神神秘秘道：「剛才我可是冒著風險偷偷溜到前院去的，不過，真的是大夫人在那兒收禮呢，好在，白大總管好像也在。」

秀姑聽了先是擔憂，後來聽到白大總管也在，倒是鬆了一口氣，不過，臉色還是有點嚴肅，又催四兒快說。

四兒正要開口，錦娘突然想起了什麼，說道：「等等，去拿了筆墨來，妳說一樣，我就記一樣，就算以後真被大夫人換了東西去，我要不回來，也心裡有數，別讓人當了傻子還不知道。」

秀姑聽了也點頭。「嗯，這樣也行，不過，最好的法子便是找白總管要禮單，四兒快去拿筆墨吧。」

筆墨備好，四兒便一樣樣地說了起來。「聽前院的長青哥哥在那兒唱禮單，我全記下了呢，二十四抬裡有，南海珍珠一箱，金首飾頭面一箱，玉首飾頭面一箱，杭綢五十疋，蜀錦五十疋……」

錦娘全都一一記了下來。她也知道，若現在自己著人去討那禮單子，只會讓人說她不信任嫡母，到時大夫人在老太太面前說起來，沒理的反倒是自己，因此，還不是時候。

第五章

終於做好兩雙鞋、兩頂虎頭帽、外面兩件小衣，錦娘用藍布包了，又讓秀姑拿了燕窩來，才帶著四兒一起去四姨娘那兒。

四姨娘屋裡的貼身丫鬟冬兒正端了盆水、打了簾子出來，見錦娘來了，忙放下手裡的盆子，迎了過來。

「四姑娘，妳可來了，姨娘可是念叨好幾天了呢。」她熱情地幫錦娘掀了簾子。

錦娘邊走邊笑道：「先前要繡荷包，一直不得空，這不，得了空就來看姨娘了？冬兒姊姊，妳可比年前長俊了呢。」

「看四姑娘這張嘴，什麼時候抹了蜜了，可真甜呢。」冬兒有點詫異，以前的四姑娘見了她可從沒說過話，自己再對著她熱情，也就是木木地點個頭，嗯嗯兩聲，哪裡像現在，看著就活泛多了。

錦娘掩嘴笑著，跟著冬兒進了門。進了穿堂，冬兒便先一步進去稟報了。

她見四姨娘的內屋門口掛著厚厚的棉簾子，正是秋天，雖說變涼了，可也不冷，四姨娘這是坐著月子，怕吹了風吧……

一會子冬兒又出來了，熱情地說道：「快進吧，四姨娘可是等著急了呢，正罵奴婢該直接送了您進去。」說著又打起了簾子。

錦娘不以為意，笑著邊走邊說道：「冬兒姊姊，妳可是姨娘身邊最得力的，講規矩可沒錯，就是要像妳這樣穩重的，才讓姨娘舒心呢。」

冬兒也就說說而已，可四姑娘的話聽著就是受用，不由笑得眼都瞇了起來。

屋裡，四姨娘頭上繫著塊頭抹，隨便穿了件淡藍色的夾襖，正歪坐在床上，身後墜了個大迎枕，見錦娘進來，眼圈立即就紅了。

「四姑娘……」

錦娘鼻子一酸，屬於孫錦娘的記憶又湧上了心頭。四姨娘其實還是很疼她的，只是地位太過卑微，常常自顧不暇，也照顧不了她多少，但只要見著她，倒也想方設法地掏點錢給她。只是以前的錦娘對四姨娘並不怎麼熱乎，似乎還頗有點嫌棄的樣子。

「姨娘，您快躺好，快躺好。」錦娘見四姨娘激動著想要起來，忙坐到床邊去，按住四姨娘。

「姨娘身子可養好了？」錦娘關切地問道。女人生孩子，若月子裡沒養好，就會落下月子病，很難好的。

「好好好，勞四姑娘牽掛了。」四姨娘看著自己的女兒，有一點恍惚，感覺既熟悉又陌生，但模樣是沒有變的，只是那神情卻是開朗大方了起來，莫非真如秀姑所說，病了一場就開竅了？

錦娘將送給大少爺的東西和那包燕窩一起遞給四姨娘。「姨娘，大少爺就要滿月了，我就做了幾雙鞋和兩頂虎頭帽，這點燕窩是老太太賞的，您燉點吃，補補吧。」

四姨娘忙將那燕窩拿了往她懷裡放。「妳身子也不好呢，快拿回去，我這兒也有呢。」

四姨娘臉色也是黃黃的，一看就是月子裡並未好好養，只怕吃的也不是很好吧，只是這樣怎麼養大少爺？

「姨娘，大少爺呢？我想看看。」錦娘將燕窩強放在四姨娘床頭櫃上，不許她再推辭，想著進來一會兒了，卻沒看見大少爺，不由奇怪。

「奶娘抱去了呢，冬兒，去讓奶娘抱過來給四姑娘看看。」四姨娘微怔了怔，才說道。

冬兒聽了就遲疑起來，站著沒動，四姨娘就瞪了她一眼，她才無奈地轉身去了。

一會子，奶娘抱著襁褓中的大少爺進來了。奶娘大約二十四、五的年紀，長得豐潤圓珠，胖胖的臉上帶著絲冷傲。

「張氏，把大少爺抱過來。」四姨娘冷冷地看著奶娘說道。

「奴婢才餵過奶，大少爺正睡著呢，可別吵醒了他，一會子又要哄半晌他才肯睡呢。」奶娘語氣比四姨娘更冷，一副很不情願的樣子。

錦娘便站起來，一聲不響地走了過去，突然出手將大少爺抱了過來交到四姨娘手上。

「張氏嗎？妳現在可以出去了，大少爺有他的生母看著呢。」錦娘似笑非笑地看著奶娘，一點也不像在生氣的樣子。

奶娘愣了半晌，才反應過來，想要再去抱回大少爺，卻觸到四姑娘眼裡一抹淩厲，目光微閃，只覺得這看似柔弱的四姑娘身上似乎有著懾人的氣勢，不容她反抗，便吶吶地退了出去。

四姨娘驚愕地看著錦娘，張了張嘴，卻什麼也沒說出來。錦娘就湊過去看自己的弟弟，還沒足月的孩子，小臉皺皺的，像個小老頭，不過，眉眼間與自己倒有幾分相似，兩隻小手緊緊握著拳頭，睡得很安穩。

很好，很健康，希望以後他也能健康地成長起來，可以保護四姨娘不受欺負才好。

四姨娘也低頭看著自己的兒子，眼裡是滿滿的憐愛與滿足。作為一個小妾，她能幸運地生下兒子，她很滿足，有了兒子，就算位分不會上升，但也有了在孫府立足的根本，後半生也就有了保障，何況自己生的還是孫家的長孫。

只是唯一擔心的就是四姑娘，她與簡親王府的婚事……

一抬眸，四姨娘便觸到一雙清亮靈動的眼睛，饒有興趣地看著兒子，眼裡有著不容置疑的喜愛，那自然流露的親情讓四姨娘微微動容。

「聽說姑娘前兒見了簡親王妃？」四姨娘斟酌著問道。

「嗯，見過了，王妃長得真美。」錦娘看著自己的弟弟有些錯不開眼，粉嫩嫩的，很想咬一口。

四姨娘聽她的話有些不著調，目光微閃，對屋裡正侍候著的小丫鬟靈兒道：「靈兒，四姑娘難得來一趟，妳去大夫人那兒討點點心來吧，順便再幫我要些好茶葉來，前兒給的茶葉吃完了，明兒又是大少爺的滿月酒，怕有客來呢。」

靈兒不過十二、三歲的樣子，人也和她的名字一樣，機靈精明得很，見四姨娘一副想把她支出去的樣子，她撇了撇嘴，有些不情願，一邊的冬兒看了便沈了臉。「快去快回吧，姨娘還等著呢。」

靈兒瞪了眼冬兒，還是不情不願地走了。

錦娘看著靈兒出去的背影，又想起奶娘對四姨娘的態度，不由微微嘆息。看來，四姨娘的日子只怕比自己過得更加艱難，心裡便想，若是自己嫁得好，大夫人是不是就會有些顧忌呢？

等人走了，四姨娘才拉住錦娘的手道：「姑娘以後說話可得注意了，王妃身分多高貴啊，哪是妳我能評論的。」

錦娘聽了便看著四姨娘，有點莫名，四姨娘也不好說透，只道：「雖說是好話，但也得注意修辭。唉，以後說不定就是妳婆婆了，在那親王府裡，規矩怕是比相府更大，妳說話就更要小心了。」

錦娘知道四姨娘在關心自己，想想就笑了，安慰道：「姨娘放心，我省得的，王妃很好的。」

四姨娘聽了便嘆口氣，眼圈紅了。錦娘便問道：「那個人，真的有殘疾嗎？」

四姨娘點了點頭，不捨又無奈地看了女兒一眼道：「唉，聽說是得了一場大病後才癱了的，不過，好在是嫡子，雖然不能承爵，但王爺和王妃也是很疼他的。老爺在家時，曾聽老爺說過簡親王家裡的一點事，很好的一個孩子，真的可惜了。」

大少爺在襁褓裡動了，似乎睡得有點不安，四姨娘便抱著搖了搖，看大少爺舒展了皺著的小眉頭，才又接著道：「不過，要不是那樣，也分得妳沒分了。那孩子聽說長得很俊的，要不是那病，京裡的大家小姐們還不搶著去求親，就是輪上幾十個圈，也沒妳什麼事了。」

錦娘一聽長得俊，心裡就好受了些。都說穿越女是要遇到帥男靚哥的，自己倒楣的來了這許久，就遇到了個白雪公主的後媽，一個俊男也沒見著。

四姨娘看女兒臉色好了些，心裡也鬆了口氣，又勸道：「唉，女子啊，一輩子就是要嫁得好才成。簡親王府可是朝裡少有的幾個親貴皇族，妳嫁進去了，再怎麼也是錦衣玉食，一輩子不愁吃穿了，而且最好的就是有個正妻的位，不像奴婢我……給人做小，一輩子也抬不起頭來。」說著，眼裡就泛起了淚光。

兩母女又說了會子話，這時靈兒倒回來了，提了盒點心，還有茶葉，面上也帶著甜甜的笑。

「四姑娘，這是大夫人特地吩咐奴婢拿來給妳的桂花糕呢，適才大夫人還誇了四姑娘，說妳有孝心呢。」

四姨娘和錦娘聽了便面面相覷。大夫人會誇自己？那母豬會不會上樹啊？錦娘暗忖著。

四姨娘忙接靈兒的話道：「是嗎？大夫人可真是有心了，妳沒替四姑娘謝謝她嗎？」

靈兒擺好點心，又把茶交給了冬兒，笑道：「當然說了，大夫人也說姨娘是個知進退懂規矩的人呢，比起──」說一半，頓了頓，又道：「喔，四姑娘，妳還不知道吧，寧王妃送了帖子來了，邀請了妳還有大姑娘、三姑娘秋夕節去寧王府賞花呢。」

怎麼沒有二姑娘呢？錦娘有點不明白，不過，關自己什麼事，那個女子不去正好，省得看見自己就吹鼻子瞪眼。

吃了點點心，靈兒又乖巧地給錦娘沏了杯剛拿過來的新茶，錦娘喝了後，看時間差不多了，也知道靈兒是大夫人的人，她回來了，與四姨娘說話就沒那麼方便了，便起身告辭。

四姨娘忙喊住她，讓冬兒從裡間拿了個布包出來。「四姑娘，這是奴婢給妳做的兩件秋衣，原想著讓冬兒送過去的，正好妳來了，就帶回去吧。」

這也是四姨娘做娘的一點心意，錦娘沒說什麼，歡喜地收了。

剛回梓園，就見秀姑面色焦急地迎了出來，錦娘不解地問她：「怎麼了？」

「姑娘妳怎麼才回來？剛才老太太打發人來說，簡親王爺親自上門來了，說要見見妳呢，如今正在老太爺那兒。」

咦，剛才靈兒不是正好從大夫人那兒出來？簡親王爺親自登門這麼大的事，怎麼沒聽靈兒說起呢，還特地拿了點心出來，泡了新茶……

錦娘不由嘆口氣，難怪大夫人怎麼會突然對自己好了起來，原來是想讓自己在簡親王心裡留下不好的印象呢，她為了害自己，還真是什麼機會都不錯過，也不嫌累。

「唉呀，我的好姑娘，快進來換身衣服吧！聽說簡親王世子也來了，妳這個樣子可不能出去見人。」秀姑見她還在發愣，拖起她就往屋裡走。

簡親王世子？他來做什麼？錦娘木木地跟著秀姑進了屋，秀姑拿了套墨綠色杭綢面的夾襖給她穿上，又在外面套了件淡色絹紗褙子，整個人看起來亮色多了，只是身板還是瘦瘦的，皮膚也黃，好在眼睛亮亮的，看著精神。

又把她先前綰的團髻給放了下來，重新梳了個吊馬髻，只插了一根玉簪子，清爽而簡約，看著很舒服。

收拾好後，錦娘便帶著秀姑一起往前院走，好死不死又碰到了正要去大夫人那兒的孫玉娘。

錦娘這會兒學乖了，遠遠地見孫玉娘過來，便恭敬地迎了過去，老老實實地給孫玉娘行了一禮。「錦娘給二姊姊請安。」

孫玉娘冷冷地哼了一聲，下巴一揚，逕自走了，走了幾步，不覺地回頭，卻見錦娘像逃一樣往前院方向去，心裡有點納悶。後院的女子可不能隨便去前院，看那小婦養的那個樣子似乎是要去會什麼人？

「孫錦娘，妳站住！」孫玉娘猛喝道。

錦娘會聽她的才怪，只當聽不見地拉著秀姑快走，不一會兒，便轉過一座假山，讓孫玉娘看不到自己的身影。

哼，死蹄子膽子真大！議了親還敢私會男人？要不要告訴娘親去？孫玉娘心裡莫名興奮著，不行，得抓她個現行才好，那小婦養的如今不知道是哪根筋又接對了，比以前狡猾多了……嗯，最好是叫一個人同去？

總算找到能整死錦娘的機會，孫玉娘一點也不想錯過。她叫過身邊剛配過來的貼身丫頭紅兒。

「去，幫我請了大姑娘來，就說我在前院的石亭那兒等她，叫她務必要來。」

說完，自己帶著另一個丫鬟翠兒順著錦娘的路追了過去。

錦娘回頭見孫玉娘沒有追來，才放慢了腳步，盡力保持著最淑女的姿勢繼續前行。

冷華堂無聊地坐在花廳裡聽著父王與孫老相爺閒聊。父王之所以讓他來，無非還是想讓他多結交朝廷重臣，為他以後承爵鋪好官場上的路子。雖說簡親王是鐵帽子王，但哪個親王背後沒有幾個世家大族撐著？孫家也是百年老族了，和自己岳爺上官大將軍家在朝裡是一文一武、兩根巨柱，若是能得了這兩家的支持，自己以後的仕途會更加順暢，也許能超過父王現在的權勢也未可知啊。

不過，私心裡，他也真的想見見讓小庭看重的女子，不過是個庶女，竟然隨便寫首小詩就讓平日在詩詞上眼高於頂的小庭看上，必定不簡單。

他無聊地把眼光投向花廳外。相府裡倒是開了不少金菊，秋風吹過，那金燦燦的菊花便迎風搖擺，層層疊疊的，就像他現在的心情，有種莫名地煩躁。

這時，一個墨綠色的小身影從外面慢慢地走了進來，屋外，金燦燦的菊花映得她有如一個綠色的仙子一般，讓他瞬間清明起來，再抬眸，便觸到一雙清亮靈動的眼睛，淡定而從容，卻帶著一絲審視和探求。冷華堂微怔了怔。

她……就是小庭即將過門的娘子？

「錦娘快過來，給王爺見禮。」孫老相爺也看到了自家孫女，他這還是第一次與這個庶出的孫女說話，但那慈祥的語氣任誰也聽不出來他們曾經陌生。

錦娘裊裊婷婷地走到堂中，規規矩矩地給簡親王行了一禮。

簡親王爺笑著看她，嗯，真和王妃說的那樣，身子好像不太好，年紀看著也小，好像只有十三、四歲的樣子，心裡便有些微微失望。

「這就是四姑娘嗎？聽說妳讀過不少詩文？」簡親王努力忽略對錦娘身體健康狀況不滿意，問起了冷華庭感興趣的問題。

老太爺雖然聽老太太說過，這個庶出的四孫女會寫一手好字，還會作詩，但畢竟沒有親眼見過，自己又對這個孫女不瞭解，不禁有點擔心，怕錦娘一會子應對不來。誰都知道簡親王是儒學大師，世子爺也是滿腹經綸，若他們出題較考，就是自己，怕也有點難以應付的。

「回王爺的話，錦娘學過一些，但並不精。」錦娘老老實實地回答道。她前世是喜歡古詩詞，但並未讀過四書五經之類的東西，所以，還是保守點回答的好。

「嗯，不錯，女孩子嘛，會一點就行，只是庭兒自小便酷愛詩詞，前兒妳寫了一首小令過去，他很是喜歡，便央著本王又來和姑娘討一首回去。」

「錦娘，王爺讓妳再作一首詩，妳能作嗎？」老太爺問道。

「回爺爺話，孫女才疏學淺，寫的東西怕是入不了王爺的眼。」錦娘低頭老實地答道。

老太爺聽了便笑了，忙吩咐下人去備紙墨，錦娘便移步去案桌前。

冷華堂靜靜地坐在廳裡。這個女子從進門起便並未向自己投來一個目光，難道只是太守規矩因此目不斜視？

他自認相貌堂堂風度翩翩，不管去何處，有他的地方就是風景，尤其是遇到姑娘，哪一個見了他不是含羞帶怯地暗送秋波？

今天竟然被這小小的女子無視了，這種滋味還真不習慣。

要寫詩嗎？那就來個命題的吧……

「老相爺，四小姐的詩小姪前次也聽小庭說起過，說是用詞優美簡練、意境深遠，今日小姪有幸正好見識一二。」

錦娘聽了這才抬頭，發現廳裡還坐了一個容貌俊朗的世家公子，怎麼剛才爺爺也沒讓自己行禮？不過只看一眼，便觸到那公子一雙漆黑如墨的眼睛正饒有興趣地看著自己，若不是知道自己的未婚夫是個殘疾人，她還會誤以為這一位就是呢。

不過，長得還真帥，修長挺拔的身材，俊美精緻的五官，硬朗中透著淡淡的儒雅氣質，若不是他眼底那抹略帶侵略的眼神，還有那絲難掩的自傲，錦娘還真會為他芳心搖動。

老太爺聽了便是微怔。錦娘可是世子爺未來的弟媳，說是見識，就有相較的意識，世子爺怎麼會要和一位閨中女兒相較詩詞？不過，看王爺並沒有阻止的意思，他只好笑道：「錦娘不過是寫著好玩，她那點子學識，哪裡能和世子相提並論？世子太抬舉她了。」

簡親王卻不以為然，笑道：「堂兒，說起來，你在詩詞上的造詣不如庭兒，四小姐的詩詞連庭兒都很看重，不如你也在此賦上一首，給老相爺較考較考？」

簡親王如此說無非是想借冷華堂的詩來襯托冷華庭的才華而已，自家兒子身有殘疾，做父母的，還是想把他最好的一面展示給別人看，尤其是親家，他希望華庭以後來相府，能得到相府的尊重。

有了王爺的應允，老太爺自是不再多說什麼，只是心裡還是為孫女揪著心，既不願意孫女寫的東西太好，把世子爺比了下去讓世子爺沒臉，又不能太差，會入不得王爺的眼，唉，這全憑孫女自己掌握了。「錦娘，妳……」老太爺還是想提醒一二。

但冷華堂已經起身。「老相爺，上次四小姐乃是詠梅，今日不如就以竹為題，小姪與四小姐各作一首如何？」

老相爺見世子一副胸有成竹的樣子，又是他自己命的題，料想他心裡早有成詩，反而鬆了一口氣，點了點頭。

冷華堂便瀟灑地走到了案桌前，提起筆，唰唰幾下，寫下一首五言絕句。

花廳外，孫玉娘躡手躡腳地躲到大樹後，透過開啟的一扇窗向裡面望去，只聽得爺爺正與人談話，沒看到人影，正要走開，一個俊朗的身姿突然出現在她的視線裡。

那人面如冠玉，氣質軒昂，一身絳紫色錦袍穿在他身上顯得尊貴與優雅。他……他是何人？不會是與那個死丫頭議親的吧？

正胡思亂想，那人突然轉過頭來看向窗外。孫玉娘的心頭一顫，人也被定格了一般，他的眼睛深邃如潭，像要將她吸進潭底一般，她的臉霎時便紅透了，明知偷看有違禮數，可她就是挪不開眼——

孫芸娘正在屋裡繡著自己的嫁妝。再過一個月，她就要嫁給寧王世子了，寧親王世子她也見過一、兩次，長得一表人才，年紀又輕，正是她夢中的良配。

她身邊的大丫頭玉容走了進來。「大姑娘，二姑娘說是有事請您到前面去呢。」

「做什麼？二妹妹她不是被罰抄嗎？又在鬧什麼？」孫芸娘頭都沒抬，仍是繡著。

「大姑娘，二姑娘說這事很重要，非要奴婢把您請了去，您就可憐可憐奴婢吧，要是您不去，二姑娘必定會責罵奴婢的。」紅兒聽孫芸娘不肯去，急得眼淚都要出來了。

「唉，她又想做什麼？」孫芸娘很無奈地放下手中的活兒，站了起來。

紅兒一喜，忙作揖道：「奴婢也不知道是什麼事，只聽二姑娘說很重要，求您快去吧。」

孫芸娘也知道自家妹妹對下面的人很是嚴苛，經常打罵。算了，看這小丫頭可憐，就走一遭又如何？

冷華堂自信地拿起寫好的詩恭敬地遞給孫相爺看，錦娘靜靜地站在一邊，見他寫完了，便微微對他福了福，等他走開，自己也走到案桌邊，提筆想了想，才下筆。

簡親王見她寫完，也不去看自家兒子的詩，讓人拿了錦娘的詩來看。嗯，若不是親眼所見，還真不知道她小小年紀能寫得這樣一手漂亮的簪花小楷呢！

詩當然是不錯的。錦娘寫的是：「露滌鉛粉節，風搖青玉枝，依依似君子，無地不相宜。」

王爺看著便不停地點頭，比之前日的詠梅來，這首小詩雖然差一點，卻顯出寫詩人隨遇而安的心境，由詩來見，錦娘是一個心境平和、淡漠權勢的女子，王妃的眼光果然不錯。很好，這樣的性子正好符合庭兒的身分，怕就怕那心境高的，進了王府就想要得更多。

孫老相爺看了世子的詩也是讚不絕口。世子果然不愧是王位的承襲者，文采不同凡響。

王爺聽了只是微笑，拿了錦娘的詩給老相爺看，冷華堂聽老相爺不住口地誇他，自是不好意思地謙虛幾句，但看王爺拿了錦娘的詩點頭，他就有點著急，很想看看這個不把他看在眼裡的女子會寫出什麼樣的好詩來。

孫相爺看了錦娘的詩後，雖然震驚於錦娘的才華，不過，心裡倒是鬆了一口氣。錦娘的詩雖好，但不如冷華堂的詩有氣魄，世子的詩一看便知胸有丘壑，將來怕也是個有野心的人，孫相在朝堂權勢裡摸爬滾打幾十年，自是一眼便看出世子的胸懷。嗯，男人嘛，本身又生得高貴，會有野心是正常的。

一抬頭，見世子正眼懷期待地看著自己手裡的紙卷，老太爺不由笑了起來。年輕人啊，還是不夠沈穩，錦娘不過是個女孩子，何必與她爭高下，爭贏了又有什麼意思？不過，想歸想，他還是很好心地把錦娘的詩遞給了冷華堂。

第六章

花廳裡，冷華堂接過孫相遞來的詩卷。

好漂亮的簪花小楷！字體秀氣但筆力卻瀟脫，怪不得小庭會拿著她的字不肯給自己看。再看那首五言絕句，果然才華不錯，他不由轉頭看向那個安靜地站在一旁的女子。

她微低著頭，一副低眉順眼的樣子，神情卻很閒適，不似其他閨中女兒見男子時的羞怯，也沒有半點緊張，不過十四歲的樣子，卻從容地站著。就這份從容的氣度，比之自己的妻子就要強過不止一點、兩點。小庭果然好福氣，父王心裡，怕還是很看重小庭的吧……

只是不知道這個女子若知道小庭是那樣的身子，又時常像小孩子一樣亂發脾氣，會如何應對？

錦娘感覺有人注目，不由抬起眼眸，見世子正含笑看著自己，便對他禮貌地點了點頭，清亮靈動的眼眸裡傳遞著友善。

她長得並不很美，至少在他看慣了府裡兩位母妃之後，再看別的女子，他都覺得很平常，但看似平淡的微笑讓他感到一絲暖意，心裡某根僵硬許久的弦似乎被撥動了下。這種感覺很陌生。冷華堂微皺了下眉，但隨即也對錦娘笑了笑，心底裡忽然很怕這個女子對自己留下壞印象。

「孫小姐不但字寫得好，詩作也很有內涵，果然是名門閨秀，大家風範。」冷華堂微笑著讚道。

老太爺見世子爺的話說得誠懇，沒了先前那副要相較高低的氣勢，倒是親切了許多，心裡便更為寬慰，便殷勤地留簡親王父子在孫府用飯。

簡親王想著庭兒還在家裡等著呢，便笑著拒絕了，今天來的主要目的便是親自考察兒媳，如今目的達到了，兒媳也讓他滿意，便要告辭回家。

老太爺正要挽留，就聽得有人在說：「玉娘給爺爺請安了。」深閨小姐沒有長輩召喚擅自到前院拋頭露面，成何體統？老太爺頓時沈下臉來，瞪了孫玉娘一眼。

孫玉娘心裡微慌，不過老太爺向來對她和大姊和善，倒不是很怕，一抬眼，就看見錦娘靜靜地立在案桌邊，心裡就來了氣。憑什麼孫錦娘能來，自己不能來？自己還是正經的孫家嫡小姐呢！

這樣一想，剛才的那點慌亂便消失了，反倒坦然了起來，心中竊想，眼睛就瞄向了冷華堂，一觸之下，頓時耳根子開始發熱，忙垂了眼簾，不敢再看。

簡親王原是想討了孫家的二姑娘給華庭的，只是孫相爺太狡猾，捨不得把嫡孫女嫁給華庭，他心裡就有了比較，也很想看看讓孫相如此寶貝的嫡孫女是什麼樣子。

這會子見有個女子不合禮數地闖進花廳來，還對著華堂秋波暗送，簡親王的心裡便對這個女子有些不屑了，若這個真是嫡女，比起那位庶出的四姑娘來，差的可也不只一些了。

人都已經來了，老太爺也不好太過讓孫玉娘難堪，只好向簡親王和冷華堂介紹。

「這是老朽的二孫女，名喚玉娘。」又瞪了眼孫玉娘，道：「玉娘，還不過來給簡親王和世子行禮！」

孫玉娘輕盈地走到簡親王身前，恭敬地行了一禮。「玉娘見過王爺，王爺萬福金安。」

王爺輕笑著說道：「免禮。」隨手摘下身上戴著的一塊玉珮遞給孫玉娘作見面禮。

孫玉娘謝過簡親王，輕移蓮步，走到冷華堂身邊，福身行禮。「玉娘見過世子。」

冷華堂拱手還了一禮。「二小姐有禮。」

這就是孫家的二姑娘？那天姨娘就是因為諷刺了孫家不肯將嫡出的二姑娘嫁給小庭，小庭才用硯臺砸了姨娘的頭吧？長得倒是比四姑娘要好看一些，但是……也太膚淺了吧，孫家既然已經定下了將四姑娘嫁給小庭，為什麼又讓這位二姑娘出來見客呢？

冷華堂微抬頭，有些不解地看向簡親王，卻正好觸到孫玉娘羞澀傾慕的眼眸。這樣的眼神太過熟悉了，自他成年以來，幾乎就被這樣的眼神包圍著。他臉上帶著禮貌的微笑，卻微微有些厭惡地撇開眼。剛才的疑惑這會子倒是有些了然，心裡便不屑起來。孫相爺莫非想要將此女嫁與自己不成？

轉念一想又不可能，孫家嫡女，身分雖比不上皇親貴胄，卻也清貴，自己已有正妻，二姑娘不可能肯屈居人下的。

簡親王原已打算告辭，只是被孫玉娘的到來延遲了而已，既然客套話已經說完，便沒有再留下的必要，又與孫相爺閒聊了幾句，才抬腳往外走。

冷華堂也與孫相行禮告辭，臨行前，走近錦娘，拱手一禮道：「四小姐，華堂今日有緣見識小姐詩文，真乃幸之，希望他日還有機會再見小姐佳作，華堂就此別過。」

錦娘淡笑福了福道：「世子爺言重了，錦娘不過寫些閨中玩物，不敢再次獻醜。」意思也很明顯，兩人男女有別，她寫的東西是女兒的閨中之物，不能隨便拿給丈夫親人以外的男子看。

冷華堂聽了，不由笑了起來。此女果然聰慧，竟然委婉地拒絕了他，還想再說什麼，孫玉娘高興地走了過來，拉住錦娘的手道：「四妹妹，妳和世子在說什麼？妳剛才寫了詩給世子嗎？」

什麼叫寫了詩給世子？自己議親的對象可是世子的弟弟，寫詩給丈夫的哥哥算什麼？私相授受？不對，應該算偷情！孫玉娘也真是什麼都敢說。

冷華堂心裡也是一沈。孫家二姑娘怎麼說也是嫡出之女，說出的話怎麼如此不合禮數？但他就是想看看錦娘會如何應對，便含笑看著錦娘，並未出口解釋。

「二姊誤會了，剛才只是王爺在較考錦娘的詩詞，並非寫詩與世子爺。」錦娘淡笑著對玉娘說道，對玉娘的語氣也很恭敬。

冷華堂聽了便微頷首，外面，簡親王已經走出了一段路。

錦娘忙對冷華堂再施一禮。「恭送世子。」

冷華堂這才瀟灑轉身離去。

孫玉娘站在花廳裡，看著冷華堂離開的背影錯不開眼，錦娘不想理她，便帶著秀姑悄悄往外走。

「孫錦娘！」孫玉娘反應過來，喊道。

錦娘無奈地停步。「二姊還有何事？」

孫玉娘冷笑著走了過來，突然一揚手，一聲脆響打在錦娘的臉上。錦娘不知道她會猝然出手，半邊臉頓時火辣辣痛了起來，她抬眼，憤怒地看著孫玉娘。真是個瘋子！

「妳在男人面前還滿風騷啊，連簡親王世子都對妳刮目？也不想想自己什麼德行，一副病殃子相，妳配和世子說話嗎？」孫玉娘尖刻地罵道。

她輕蔑地看了孫玉娘一眼，轉身繼續往外走。

孫玉娘好不容易逮著一個欺負她的機會，哪裡肯就此放過？見她要走，就拽住了她的胳膊。「怎麼？被我說中了？妳不是很有本事的嗎？妳不是連我都敢打的嗎？怎麼不還手了？」

「二姊，老太爺可就要回來了，妳最好不要再鬧。」錦娘扯著自己的衣袖，警告玉娘道。她實在有點心疼，這件夾襖可是才穿上身的呢。

「哼，妳少用老太爺來壓我，上次妳在老太太那兒陰我，我還沒找妳算帳呢，今天得一起討回來，看我不打死妳個小婦養的賤蹄子！」孫玉娘看錦娘有些服軟，就不依不饒起來。說著作勢又要打，錦娘回頭就見案桌上那寫了詩的紙卷，突然靈機一動，說道：「妳想知道世子剛才寫了什麼嗎？」

孫玉娘一聽，高抬的手便硬生生停在了半空，急切地問道：「他寫了什麼？」那個男子翩翩身影立即浮現在她的眼前，她的心怦怦直跳起來。

錦娘拍了拍自己的衣衫。真像隻瘋狗，好好的衣服又被她弄得縐巴巴的了，可惡！心裡將孫玉娘罵了千百遍，卻還是走到案桌前。

奇怪，自己寫的那首詩不見了？桌上只有冷華堂寫的那首，她便拿起丟給孫玉娘。「看吧，這是世子寫的詩呢。」

孫玉娘如獲至寶地接過，看了起來。世子的字如他的人一樣俊逸挺拔，筆力強勁瀟灑，詩更是氣勢磅礴，很大氣，孫玉娘的一顆芳心再也抑制不住對那個男子的喜歡，臉漸漸紅了起來。

見她拿著那張紙發花癡，錦娘乘機往外溜。快點離開這個瘋子就好。

秀姑也很有眼力地悄悄跟上。一出花廳門，錦娘鬆了一口氣，秀姑卻心疼地摸了摸她的臉。「太狠心了，下這麼重的手！」眼圈跟著也紅了。「回去吧，別一會子二姑娘又追來了。」

「妳們兩個在說二妹妹什麼話？我可聽見了。」孫芸娘不知從哪裡冒了出來，正冷冷地看著錦娘和秀姑。

「錦娘給大姊姊請安。」錦娘不太熟悉孫芸娘的脾氣，記憶裡，這位大姊比孫玉娘性子要溫和一些。

「妳的臉怎麼了？」孫芸娘看著自己的四妹，想起她剛才聽到的談話，心裡有絲了然。

「沒什麼。」錦娘低了頭。她可不敢說是孫玉娘打的，人家可是嫡親姊妹，再怎麼也不會向著自己。

孫芸娘果然不再問了，錦娘撫著臉跟她行禮告退，孫芸娘點頭，讓開身子。

等錦娘走了，她又忽然想起什麼道：「四妹妹，上次娘讓妳繡的一百個荷包可都繡齊了？」

錦娘聽得一怔，不得不停了步子，回頭看她。荷包的事，上次老太太不是說不讓她繡了嗎？怎麼又問起了？

可她又不敢說，只好回道：「回大姊姊，還沒有呢。」

孫芸娘聽了，眼神便沈了沈。「不是說十天就能繡好的嗎？這都半個多月了，怎麼還沒繡好？我可是等著拿妳的荷包去打賞呢，也好讓寧王府的人見識見識，我妹妹的手藝有多高超。」

這話恩威並施呢，錦娘低頭回道：「前些日子錦娘的身子不好，太醫來看過了，說是不能太操勞，所以就慢了幾天，還請大姊姊多多擔待一二。」

孫芸娘聽了，便抬眼仔細看她，看著氣色是不太好，不過眼睛倒比以前亮了很多，整個人氣質都清爽了，看來應該沒什麼大礙了，便道：「那妳趕緊著吧，別讓到時候我在寧王府裡沒有拿得出手的東西，讓我沒臉就成。」

進花廳時，孫芸娘就看見二妹孫玉娘正捧著一張紙在發呆，小臉紅通通的。

「二妹，妳在幹麼呢？」孫芸娘皺了眉問道。

孫玉娘被嚇了一跳，抬頭看是大姊，慌忙把那首詩摺了收進袖袋裡。「沒……沒什麼，寫著東西好玩呢。」

孫芸娘不信，就要去奪她的袖子，孫玉娘從椅子上跳了起來。「大姊妳幹什麼?!」

孫芸娘噗哧一笑，道：「小妮子，思春了吧，給姊看看，什麼好東西呢？」

孫玉娘的臉更紅了，涎著臉討饒道：「真的沒什麼。喔，上次繡給妳的荷包怎麼樣？」忙扯開了話題。

「二妹妹花了心思繡的，當然好了，那花樣底子和選料都是上層的，再加上妳的正反雙面繡，妹妹辛苦了。」孫芸娘倒真沒想到自家懶散的二妹妹會繡了十個如此好的荷包給她做嫁妝。

「姊姊喜歡就好。」孫玉娘心不在焉地說道。

「方才四妹妹的臉是妳打的嗎？」孫芸娘看她還有心事的樣子，問道。

「哼，那個小婦養的！上次竟然敢打我，今天那一耳光不過是小懲，明兒再看見她，看我不踢死她！」孫玉娘狠聲說道，一臉驕橫。

「妳打她做什麼？聽娘說，她是訂給簡親王府二公子了，以後可不能像以前那樣對她了，怎麼說她將來也是簡親王府的二奶奶。」孫芸娘嘆口氣勸道。

「她真是訂給簡親王府了？」孫玉娘一聽簡親王幾個字，眼睛亮了起來，熱切地問道。

「嗯，聽說那二公子是個殘疾，但還是很受王爺和王妃寵愛的，所以，妳以後別再打她了，省得簡親王知道了，臉上不好看。」孫芸娘聽了小聲說道。

孫玉娘不屑地輕哼了聲，心裡卻是鬆了口氣，只要孫錦娘不是嫁給那個人就好。想起那人俊挺的身姿，她又忍不住問道：「那今天來的簡親王世子，他可娶親了？」

孫芸娘奇怪地看了她一眼，眼裡有著探詢的意味。「妳問他做什麼，我聽爺爺說，簡親王世子早就成親了，娶的可是青寧郡主，妳可別想那些有的沒的，仔細娘罰妳。」

他娶親了？娶的還是青寧郡主？有如一盆冰冷的雪水猛澆到她頭上，孫玉娘只覺心裡透涼透涼的，整個人都有點發木。

「二妹，妳怎麼了？」孫芸娘不解地看著她，摸了摸她的額頭，見她眼裡一片死灰般的失望，心裡一驚。「莫非妳……」

孫玉娘半晌才回過神來，煩躁地偏開頭，打掉孫芸娘的手。這會子她誰也不想理，只想一個人回屋裡去好好靜一靜。

「喂，妳別傻了，有的人不是妳能妄想的，放心吧，娘會給妳尋門好親事的。」孫芸娘安慰道，看著妹妹失魂的神情，她有些心疼。

「大姊，娘給妳的嫁妝都備齊了沒？」孫玉娘不想再討論那個問題，但又不想忤了姊姊的好意，只好轉移話題。

說起嫁妝，孫芸娘的臉色黯淡了下來，悶悶地說道：「應該備齊了吧，娘說先前太子妃出嫁時是二百四十抬，我嫁過去是世子妃，嫁妝不能越過太子妃去，就是一百六十抬。」

「那也不錯了呀，比前兒劉家二姑娘嫁妝可多了四十抬，聽說她嫁的可也是靜寧侯世子呢。」孫玉娘說道，心裡卻在暗想，姊姊可不錯了，嫁妝都備了一百六十抬，不知道自己出去時，是不是也有這麼多。

「哼，多什麼？還比不得錦娘那個小婦養的呢。」孫芸娘想想就氣憤。簡親王府真大方，竟然納采禮就送了二十四抬來，這才一禮呢，六禮全完，送過來的加起來不就比自己的嫁妝還要多？再加上府裡要陪的，那就更可觀了，憑什麼？她可只是一個庶女呢，卻又恨寧王府小器，娶世子妃送的吉禮比不過人家一個公子爺的，這不是讓自己沒臉？

「大姊說笑了，娘親怎麼可能會給錦娘那麼多嫁妝？」孫玉娘根本不信，大夫人對錦娘什麼樣她是知道的，正是因為大夫人不待見錦娘，她才敢肆無忌憚地欺負錦娘。錦娘出嫁，大夫人也許會意思意思陪一點東西，但說破天去也不可能會比大姊的好呀！

「哼，妳知道什麼，老太太偏心著呢，她知道娘親不會給錦娘備什麼嫁妝，就讓白總管把簡親王府送來的東西全都記了冊，將來錦娘嫁過去時，這些東西原封不動地都跟著過去。

妳不知道，簡親王府送的那些東西有多好？除了東宮娶親時有這樣好的，其他王親貴族哪家有那樣的大手筆啊，光這麼大的東珠就有一盒子呢。」孫芸娘說著用手比了個大小。

聽孫芸娘這樣一說，孫玉娘心情更鬱悶了，越發覺得可惜。為什麼爺爺沒有搶先一步將自己嫁給簡親王世子呢？若是一個公子都有那麼多吉禮，那世子不是身價更高？

不過，憑什麼那樣好的東西讓錦娘那個笨蛋得了去？就算是簡親王府送過來的又怎麼樣？哼，家可是娘親掌著的，到時陪什麼過去，還不是娘一手操辦著，孫玉娘靈機一動，拉過孫芸娘就在她耳邊嘀咕起來。

回到梓園，錦娘覺得自己背後都出了一身冷汗了，坐下歇了口氣，四兒乖巧地沏了茶給她，看她半邊臉都是腫的，心裡便有些難過，默默地去拿了藥膏來遞給秀姑。

平兒從外面回來，一臉的喜色。「四姑娘，老爺回來了！」

錦娘聽得一怔。老爺？這個身體的父親？記憶裡有個長相粗獷、個性端方嚴肅之人，他太過嚴正，讓自己沒來由感到有些畏懼，不敢親近。

「老爺這回可是凱旋而歸的，聽說老爺在那邊打了大勝仗了，還救了太子爺一命呢！」平兒興奮地說著。

錦娘木木地聽著，面上沒什麼反應，心裡卻想：老爺救了太子，那太子必定會感激於他，會招攬於他，也就是說，老爺很可能就是太子的人，將來太子即位後，老爺的仕途也會扶搖直上，雖說不一定比得過祖父，但地位也肯定低不了。

而四姨娘又生了府裡的長子，大夫人年紀大了，是不可能再有嫡子的了，那麼，作為為孫家添了繼承人的四姨娘就應當受到重視，如果四姨娘的位分能再上升一步的話……

想到這裡，她心裡就有了打算。孫玉娘開口閉口罵自己是小婦養的，不就是個出身嗎？若是讓父親將四姨娘的身分升為平妻，那自己也就有了和孫玉娘一樣的身分了，她就再也不能欺負自己了。

既然這個該死的封建制度讓自己受了欺負，那就想辦法用這個制度讓自己翻身，保護自己和自己想保護的人！

第七章

「秀姑，我想去看四姨娘。」錦娘突然站起身來道。

秀姑聽了一愣。姑娘不是才看了四姨娘的嗎？今兒這是怎麼了？受了委屈想撒嬌？就不怕四姨娘擔憂傷心嗎？

「姑娘，妳這臉……」秀姑遲疑著勸道。

「無事，就是去送給四姨娘看的。」錦娘從容地答道。有些事情，痛過後會有好的結果，不如就讓它痛著吧。

看姑娘態度堅決，秀姑也不好說什麼，打起簾子先出去了。

四姨娘聽到四姑娘一天中第二次來看自己，心裡很是詫異。多少年了，這個孩子早就不依戀自己了，今兒早上來時，她就覺得如今的四姑娘變了，比以前通情達理，也比以前靈泛些了。看著襁褓中的大少爺，想著即將進屋的四姑娘，四姨娘第一次感到兒女雙全的幸福。

錦娘進來時，正好看到四姨娘臉上幸福的微笑，心裡一緊，突然有點微微的後悔，何必讓這個可憐的女人為自己擔心呢……

果然四姨娘看到錦娘臉上傷痕的瞬間，臉色立即黯了下來，跟著眼圈就紅了。「四姑娘妳……」

「姨娘……」錦娘拖著長音撲進了四姨娘的懷裡，嗚嗚地哭了起來。

「怎麼了？孩子，怎麼了？」四姨娘聲音也哽咽起來，心疼地摸著錦娘的頭。「妳……以後少在外面走動，就乖乖地待在自己院子裡吧，都是議了親的人了，別再像個孩子呀。」

靈兒打簾子進來了，看見錦娘也在屋裡哭得傷心，愣了一下，想說什麼又忍住了，悄悄退了出去。

冬兒見了便沉了臉，跟著走了出去，看見靈兒果然正往園子外走，冬兒便叫住她，道：「靈兒，唉呀，妳昨兒說找我要鞋樣的，妳看我這記性，快來，我這兒有宮裡來的樣式呢！」說著就親熱地走上前去挽了靈兒的手，不由分說地把她往自己屋裡拖，還壓低聲音說道：「這可是從簡親王家裡來的鞋樣子，簡親王妳知道不？朝裡少有的幾個鐵帽子王爺，朝裡除了正經的皇子公主，就是他最貴重了。」

靈兒聽了怔了怔，轉頭認真地看著冬兒，冬兒又不經意地接著道：「唉，咱們四姑娘也算是命好的，聽說嫁過去就是正經的二少奶奶呢。」

靈兒聽了，不以為然，低聲咕噥。「又不是世子奶奶，嫁的還是個殘疾的。」

冬兒一聽，便故意沉了臉。「這是什麼話？聽說那簡親王二公子原是世子的，只是得了一場怪病身子才這樣的，但人家可是正經的嫡子呀，王爺王妃是心肝兒似地疼著呢！前兒王妃親自來見過咱們四姑娘，很高興地走了，今兒王爺不放心，又來了，這事妳也是知道的，咱們四姑娘嫁過去，可就是貴人奶奶了，保不齊，四姨娘也跟著貴重起來了呢——」

靈兒聽了便若有所思起來，先前還有點抗拒被冬兒拖著走，這會子是自己跟著冬兒走了。「也是，咱們四姨娘不就是要貴重起來了？大老爺回來了，看吧，肯定立馬就會來看咱們大少爺的。」

屋裡的娘兒倆哭成了一團，外面就傳來洪亮的說話聲。「素心、素心，我的寶貝兒子在哪裡？」

緊接著，棉簾子被一隻寬大的手掌掀開，一個高大魁梧的身影像一陣風似地捲了進來。

錦娘錯愕地看著記憶裡有些熟悉的男人，這是自己的父親？

孫正安四十出頭的模樣，一副標準的武將樣子，面部輪廓粗獷硬朗，多年邊塞的行軍生活讓他的面容略顯滄桑，卻一點也不影響他周身透出的颯爽豪邁。

錦娘一見這個男人，眼淚便止不住地往下掉，乖巧地從四姨娘懷裡站了起來，福身一禮下去。「父親——」

孫正安一進府，只匆匆去給老太太磕了個頭，就跑來素心這裡，進來卻看見素心正與四女兒錦娘兩個抱頭痛哭，再看這個正在給自己行大禮的女兒，淚流滿面，半邊小臉腫得老高，一副淒楚可憐的樣子。

素心也是含淚看著自己，眼裡既有濃濃的思念還有隱忍的悲切，孫正安的心便開始往下沈，一股怒火充斥心間，幾步走了過去，先一把拉起錦娘，問道：「妳的臉是誰打的？」

錦娘只是乖巧地用帕子抹了抹眼角。「父親，女兒好想你。」

孫正安還是頭一次聽到自己的女兒如此直白地說出對自己的想念，不由心中一暖。塞外苦寒，拚死殺敵，為的還不就是兒女們？他第一次開始正眼看自己這個以前沒怎麼注意過的女兒，問道：「聽老太太說，妳議親了？」

錦娘立即耳根紅了，用幾乎聽不見的聲音回道：「是的。」

孫正安立即哈哈大笑了起來，想著自己去邊關時，這丫頭還只齊他的腰呢，一年不見，竟然長得齊肩了。

「老爺，快看看大少爺。」四姨娘很滿意錦娘的表現，見老爺笑得開心，乘機又抱起兒子獻寶。

孫正安抱起襁褓中的兒子，大少爺正好睡一覺醒了，睜開大大的眼睛四處張望著，孫正安的心立即柔軟起來，用手點了點兒子的小臉。大少爺以為有奶吃，小嘴跟著孫正安的手指偏動著，孫正安見了，笑得合不攏嘴，高興地把兒子抱到四姨娘跟前，得意地說道：「素心、素心，快看，軒哥兒知道我在逗他呢。」

這麼小的孩子哪裡懂得別人逗不逗他，要明兒才滿月呢，眼睛都看不太清周圍的事物，只是憑著感覺而已，不過，有父親、母親，還有弟弟，這才是完整的一個家啊，屋裡的氣氛變得溫馨起來，錦娘忍不住也湊了過去。

大少爺因為總吃不到奶，被逗火了，瞪著眼睛對他父親吐泡泡，錦娘被他逗樂了，一高興，脫口就說道：「爹、娘，你們看弟弟吐泡泡了，好可愛！」

孫正安和四姨娘兩個同時怔住，四姨娘一臉驚惶，小意地看了孫正安一眼，忙拉了下錦娘，對孫正安賠禮道：「老爺，錦娘不懂事，您別生她的氣，我會好好教導她的。」

孫正安看向這個自己最心愛的女人。西涼邊塞，她跟隨自己住帳篷、睡草地、挖土灶、穿獸皮，冰天雪地裡為自己洗衣做飯盡心服侍，卻從無怨言，幾個小妾裡，就是素心最為溫柔聰慧、善解人意，最難得的是，她從來不爭，從來沒有在他面前給大夫人或別的小妾說過什麼，就算是受了委屈，也只是背著自己默默承受，從沒半點不滿。

她也想孩子能叫她一聲娘的吧，哪個女人不想啊……

素心眼裡的愧疚和惶恐讓孫正安心裡有些難過。不就是叫了她一聲娘嗎？她竟然嚇成這個樣子，再看懷裡自己唯一的兒子，正快樂地吐著泡泡，難道要讓這唯一的兒子連叫自己親生母親一聲「娘親」也不成嗎？

「素心，無事的，孩子只是由心而發，妳原就是他們的娘親，叫聲也無妨。」孫正安拍了拍四姨娘的手，安撫她道。

四姨娘的眼圈立即紅了，囁嚅著說道：「老爺……這、這可使不得，奴婢可不敢讓四姑娘這樣稱呼。」

又低頭看了眼老爺懷裡的大少爺，淚水止不住地流。「別讓錦娘帶壞了軒哥兒，他可是孫家的大少爺啊。」

孫正安聽了心裡越發酸澀，陡然抱著兒子站了起來。「說什麼傻話呢！以後，妳就是錦娘和軒哥兒的娘親。這次我回來，就存著要升妳的心思。放心吧，明兒我先去和老太太商量著，大夫人也不是個不講理的，如今就只妳生了個兒子，對孫家也是有功的，就算有那不長眼的要鬧，也說不過這個理去。」

四姨娘聽了，驚得紅唇張得老大，不可置信地看著老爺。這可是她想了十幾年的事情啊，今天終於從老爺嘴裡說出來了，這個男人，自己跟了十幾年，終於在生了兒子之後，得了他的心。

四姨娘喜極而泣。

錦娘也終於聽到了她最想聽的話，忙走上前一步，拉著四姨娘一起向孫正安跪下。「錦娘和軒哥兒一起，多謝爹爹，多謝爹爹！」說著，她真磕了一個響亮的頭。

孫正安心疼地拉起四姨娘和錦娘，又俯身在軒哥兒的臉上親了一下，才把軒哥兒還給四姨娘。

這時，冬兒和靈兒才打簾子進來，見老爺在，冬兒和靈兒對視一眼，忙屈膝行禮。

孫正安對冬兒還是有點印象的，對她微點了點頭，眼睛又看向了四姨娘。「素心，我看妳氣色不大好。」

四姨娘聽了感激地笑了笑，感覺老爺這次回來，比以往體貼了。「無事的，只是見了老爺高興，有些氣喘而已。」

冬兒聽了老爺這話，心裡不由嘆氣。氣色當然不好了，生了大少爺後，根本就沒吃過什麼補品，老太太送過來補身子的東西大多都給下人們苛刻貪沒了，又擔心著四姑娘，常常憂心，能養好嗎？可這話她也不敢跟老爺明說，靈兒還在屋裡呢。

她突然靈機一動。「老爺，難得您今兒回來，四姑娘也在，不如留下用飯吧。說起來，大少爺今兒是滿正月的，明兒出月，晚些時候您還可以抱了大少爺去給老太太瞧瞧呢。」

錦娘聽了，立即看向冬兒。四姨娘跟前的這個貼身丫鬟很不簡單呢，不由笑了，也跟著對孫正安道：「是呀，爹爹，我們一起抱著弟弟去看老太太吧。老太太身子不好，一直想看軒哥兒又看不到，要是抱了去，指不定她老人家的病就好了呢。」

孫正安聽了，摸了摸下巴上的鬍子，看著錦娘說道：「嗯，就依妳，一會子讓妳娘親也跟著去。」說著又轉頭問四姨娘。「妳身子還好嗎？一會子用了飯後，穿厚實點吧。」

冬兒和靈兒聽到老爺那句「妳娘親」皆是一震，冬兒立即欣喜地看向四姨娘，而靈兒那雙機靈的大眼飛快地轉了轉，又若有所思地低下了頭。她很慶幸剛才被冬兒拽了回來，若真去大夫人那兒打了小報告，那可真得罪死四姨娘了，這位眼看著就要升位分了……

「謝老爺關心，身子還行的。」四姨娘嬌羞地看了孫正安一眼。她也很想帶著兒女跟在老爺身後去見婆婆，這可是她夢想多年的事情了，以前只是個小妾，每日只能給正室大夫人晨昏定省，沒資格去給婆婆請安，不到年節下，是不能隨便打擾婆婆的。

如今竟然能跟在丈夫身後一同去，那是何等的體面？越想越開心，心裡一激動，臉色就有些潮紅，喉嚨發乾，忙掩嘴，忍不住咳了幾聲，結果越咳越止不住，大咳了起來。

孫正安見了，微皺了皺眉，幫她拍背。「月子裡沒養好嗎？怎麼這麼咳，冬兒，去請太醫來給姨娘看看。」

冬兒聽了就有點為難。四姨娘這樣咳也不是一日、兩日了，也稟過大夫人，大夫人請來的那個大夫每次看了，只說是月子裡受了風寒，讓把門窗都關死了，不能放一點風進來，可這裡就氣悶得很，四姨娘便是越發咳得厲害了。

這會子去請醫，又得經過大夫人……若還是那個大夫來……又有什麼用？

「怎麼不動？沒看到姨娘正咳著嗎？」孫正安見冬兒並未動身，臉便沈了下來喝道。他是一軍主帥，威嚴慣了，語氣總是帶著不容抗拒的氣勢。

冬兒嚇得一凜，忙跪下了來。「奴婢不敢，只是奴婢想……這些日子裡姨娘也是常咳的，大夫人請了大夫來看了，藥也吃了，總不見好，還……」冬兒頓了頓，大著膽子說道：「奴婢斗膽，能不能換個大夫來給四姨娘看看？」

孫正安立即有些了然，一股怒火就直往心上冒。那就是自己明媒正娶的嫡妻嗎？心胸狹隘、善妒也就算了，他一直容忍她，任她對院裡的其他小妾任意打壓，想著她才是自己的妻子，小妾終不過是玩物，沒了一個再收就是，可這屋裡的……她明知道自己是用了心待的，而且還是生了自己唯一兒子的人，她竟然敢……

「拿了我的名帖，去請太醫院的劉醫正來，讓他來給四姨娘請脈。」孫正安壓住怒火對冬兒道。

冬兒忙歡喜地磕頭起來，立即出去辦事了。

四姨娘立即深呼了幾口氣，感覺沒那麼喘了，才順了氣，靈兒趕忙給她倒了杯茶，遞給她喝了。

一會子冬兒進來，稟報道：「老爺，奴婢拿了您的帖子給了白總管，白總管著人去請劉醫正了，說是劉醫正這會子正在太子妃府裡，一時來不了，老太太知道了，就給了一瓶枇杷玉露，讓奴婢帶來給姨娘先喝了，止止咳。」

說著，拿了一個小瓶子出來，老爺臉上這才有了笑容，說道：「這枇杷玉露原是宮裡娘娘們用的藥，前兒也是太子爺賞了我的，我看老太太身子不好，就給了老太太，早知道應該留一瓶給素心妳的，好在老太太心好，又賞了一瓶給妳了。」

四姨娘聽了便要福禮致謝，老爺忙扶住她。「身子不好，無須那麼多虛禮。」

四姨娘的眼圈又紅了。老爺真是對她比以往好太多了，唉，是搭了軒哥兒的福了，若沒生兒子，怕是沒這待遇吧，想想又趕緊說道：「老太太把自個兒的藥都賞給奴婢了，奴婢真是受用不起，一會子去了，定要好生給老太太磕個頭，謝老太太賞。」

這話老爺愛聽。他是個孝子，平日裡最是孝順老太太了，於是越發覺得四姨娘知禮懂事了。

一會子，外面的管事婆子進來，說是飯好了，冬兒、靈兒幾個在正屋裡擺飯，老爺自去抱了軒哥兒，捨不得放手，四姨娘終於起床收拾打扮了。

一會子奶娘進來，給老爺行了一禮，卻沒有睬四姨娘。「老爺，該給軒哥兒餵奶了。」

老爺便抬眼看奶娘，只見她面色紅潤、體態豐滿，比四姨娘和錦娘的氣色可強多了，不過，身體健康倒是對軒哥兒好，軒哥兒有奶吃才會長得快。

老爺把軒哥兒遞給了奶娘，奶娘便又對老爺行了禮，退了下去，自始至終沒有對四姨娘說一句話，而四姨娘似乎也習慣了，看著奶娘把軒哥兒抱走，也沒有一絲擔心的樣子。

老爺便看了四姨娘一眼，溫和地拍了拍四姨娘的肩膀，抬腳率先走了出去。

但他看到桌上擺著的飯菜時，怔住了。四菜一湯，一個小炒筍尖，一個榨菜肉絲，一個煎豆腐，再加一個皮蛋燒莧菜湯，竟然就是這幾個菜……

老爺心裡便起了火氣，看向冬兒，怒斥道：「怎麼全是小菜，連點子肉星都不見?!」就是在邊關，不打仗時，他吃的也是大魚大肉，哪裡如此清苦過？

冬兒嚇得忙跪了下來，紅了眼，卻不敢說話。

四姨娘一臉尷尬，囁嚅著半晌才乞求地看著老爺。「都是奴婢的錯，奴婢讓她們再做幾個好菜來給爺下酒。」說著便慌亂地跑進裡屋，一會子出來時，手裡拿了幾兩碎銀子遞給那管事婆子。

「煩勞嬤嬤再弄幾個好菜來吧，快點，老爺等著呢。」那婆子為難地看了眼手裡的碎銀子，又看了眼老爺，才轉身要走。

老爺卻震在屋裡半天沒有說話，等那婆子快走出門時，才大喝道：「站住！」

那婆子轉了回來，嚇得也跪在了地上，驚恐地看著老爺。

老爺的臉已經黑如鍋底了，氣得手有些發顫，指著那婆子說道：「妳這狗奴才！平日裡給四姨娘吃的就是這些？她可是正在月子裡！」

那婆子被老爺罵得一臉冤屈，無辜地看了眼四姨娘，才提著膽子說道：「老爺，不是奴婢不給四姨娘吃好的啊，是四姨娘的定例裡，每月的吃食就五兩銀子，奴婢也是划算著給四姨娘儘量弄些好的呢，今兒也是看老爺您在這兒才添了兩個菜的，平日裡，正餐也就兩個菜，沒有湯的。」

「五兩？素心，妳一月的吃用只有五兩銀子?!」老爺強壓怒火問道。

四姨娘為難地看著老爺，老爺看四姨娘的臉色，心中的怒氣更盛了，正好奶娘奶完軒哥兒回來，見了屋裡的情形，怔了怔，很見機地想要抱了軒哥兒出去。

老爺看見了便對四姨娘說：「她也是吃的這些嗎？這些東西吃下去哪裡來的奶水？不能讓軒哥兒也跟著受苦吧？」

管事婆子聽了抬起頭，討好地對老爺說道：「回老爺，奶娘的吃食是另外配著的，老太太那裡有定例下來，奶娘一月的用度是二十兩，您放心，餓不著軒哥兒的。」

老爺再也忍不住怒氣，抬起一腳便將管事婆子踹翻了，又一腳踢了擺著飯菜的桌子。

冬兒嚇得跪了下來。

錦娘不由暗暗佩服冬兒的靈慧，竟然想著要把老爺留下來用飯，好讓老爺親眼看看四姨娘所受的虐待，真是高明啊，這荷香院裡，沒有一個人對老爺說過一句抱怨的話，卻讓老爺明明白白地感受到了大夫人的苛刻與惡毒，而且更加同情憐惜四姨娘和軒哥兒。

看著滿屋的狼藉，老爺怒火難消，也不等大夫人來了，拉了四姨娘的手道：「素心，咱們去老太太屋裡用飯去。」

又看了一眼乖巧站在一邊的錦娘，見她怯怯地站著，小身子瘦弱，臉色也是蠟黃蠟黃的，心裡的憐惜更盛，語氣柔和地說道：「錦娘，妳也跟著去吧，讓廚子弄點好東西給妳吃。」

一會子，老爺鐵青著臉進了老太太屋裡。

「兒子給娘親請安。」單膝點地，給老太太行了個禮。

「安兒用過午飯了嗎？快快起來。」老太太笑著說道。

老爺抖了抖衣襬，躬身對老太太道：「娘親，兒子還沒有用飯。」

老太太聽得愕然，微抬頭看他。「世珍沒有給你備飯？」

老爺一聽這話便黑著臉，撩了袍子在老太太對面坐下了，說道：「娘，我讓素心把軒哥兒給抱過來了，他們娘仨如今正站在穿堂裡呢，您要是怕凍著您孫子，趕緊讓他們進來吧！」

老太太一聽，哪裡還坐得住，忙對紅袖說：「快、快，快讓素心抱了軒哥兒進來，哎喲喲，可別受了風就不好了，明兒出才月呢。」眼巴巴地瞅著門簾子，生怕老爺在跟她說笑呢。

「哈哈，老太太，您看看，這是誰來了。」孫嬤嬤正好在此時抱著軒哥兒進來了，後面跟著四姨娘和錦娘、冬兒還有秀姑幾個。

老太太看著喜得站了起來，只是腿腳還有些不利索，身子有點晃，紅袖忙扶住了她。

「您慢著點，孫嬤嬤正抱過來呢。」

孫嬤嬤加快幾步，把軒哥兒抱給老太太看，老太太坐在椅子上，接過軒哥兒，軒哥兒正瞪著漂亮的大眼四處張望，末了還不忘了吐幾個泡泡玩，老太太看了立即笑得眼都瞇了，輕輕挨著自己孫子的粉臉，眉眼裡全是笑意。

老爺看著便對站在一邊的素心和錦娘使了個眼色，四姨娘有點怯怯的，不敢上前，錦娘便在她後面微微推了推，算是給她鼓勵。

四姨娘便看了老爺一眼，老爺也是鼓勵地看著她，四姨娘便穩穩神，移步上前，給老太太行了個大禮。「奴婢素心給老太太請安，老太太萬福。」

老太太似乎這才看到她一般，抬起眼眸，輕哼了聲，算是給了回應，又低頭去看軒哥兒。

四姨娘也不介意，起了身就靜靜地退立到了後邊，錦娘見了，心裡就有些難受。老太太明顯不待見四姨娘啊，難道只有孫子是寶貝，生了孫子的就不當人看？

但難受歸難受，現在最重要的是讓老太太眼裡能看重四姨娘。

錦娘便兩眼發直地看著老太太桌上吃剩的菜，邊看還邊吞著口水，正好，她的肚子也很配合地咕嚕響了幾聲。

老太太終於抬起頭看了她一眼，錦娘立馬臉就紅了，不好意思地收回目光，不自在地低下頭。

老太太見了就皺眉，像想起什麼似地問老爺道：「安兒，你方才說啥來著？你沒用飯？」

老爺就憐惜地看了眼錦娘，語氣悵然。「娘，適才素心給兒子備了飯的，只是兒子生氣，把桌子都給掀了。您是不知道，素心那兒都是吃的些啥……」說著，頓了頓，似是在平復心中的鬱氣，又道：「素心再怎麼也是個姨娘吧，一個月的吃食就五兩銀子，她還是咱軒哥兒的生母呢，軒哥兒奶娘的嚼用都比她大，一個月二十兩，您說說，這都是做的啥事啊?!難不成，軒哥兒大了，讓他知道自己的生母過得比奴才還差嗎？」

老太太愣然地看著老爺，張著嘴巴半天也沒說出話來。兒子心裡有怨啊，怪不得會不顧規矩帶了小妾到自己屋裡來，她知道媳婦做人不地道，可沒想到竟然如此刻薄……

四姨娘一個月的月例銀子就是四十兩，如今生了軒哥兒，老太太當時就給她又漲了十兩，因是坐月子，屋裡的吃用都是公中出的，哪裡有什麼定例啊？

回頭正眼打量了下低眉順眼站著的四姨娘，心中的驚愕又添了幾分。

四姨娘從關外被老爺送回來時，雖然黑了點，但面色紅潤，體態豐滿，看著就是個好生養的，那時，老太太也覺得她會生健康的兒子出來，可如今再看，不過是一個月沒見，人瘦得只剩骨架子了，那樣殃殃地站著，保不齊發陣大風就能颳跑了，還有那臉色，潮紅潮紅的，看著就像有病似的，眼睛也凹進去一圈兒，有點瘆人呢。

再看看四姑娘，前些日子不是送了吃食補品啥去了，怎麼還是餓得兩眼發直的樣子？還有她的臉，一半腫得老高老高的，又是二姑娘打的吧……

老太太心裡終於生出了一股怒火。自己還沒死呢，媳婦竟然敢公然對著自己幹，直接當自己是死人了?!

「紅袖，把這桌子飯菜都撤了，趕緊讓廚房整一桌子好飯好菜來，讓妳家老爺和四姨娘、四姑娘一起吃頓飽飯；再有就是，去把大夫人給我請過來。」

紅袖正要下去做事，就聽外面有人說道：「娘叫媳婦有什麼事呢？這好巧不巧的，媳婦正好就來看您了——」

第八章

大夫人帶著紅梅和杜嬤嬤，正好從外面打簾子進來，聽見老太太後面那半句話，接口說道。

一抬眼，看見老爺正坐在老太太屋裡，心裡稍安，再轉眸，看見四姨娘和四姑娘也都立著呢，眼裡便有了絲怒氣。

大老爺一年半載難得回家一趟，回來了也不去自己屋裡碰個面，多年的夫妻了，一點念想也沒有，竟然急巴巴地就去看這個賤人，不就是生了個兒子嗎？

靈兒剛才去回稟她，說是大老爺生了大氣，卻囉囉嗦嗦的半點也沒說出個所以然來，只說是老爺讓她去老太太屋裡回話，她只好放下滿腹的疑慮過來了。

他……竟然帶著那個賤人一起來老太太屋裡，不過是個賤婢，哪有資格跟著老爺一起來給婆婆請安？這府裡，只有自己才有這個體面，老爺他……竟是一回來就往自己臉上摑掌啊！

「媳婦，妳來得正好，我正好找妳有事。」老太太冷冷地看著大夫人，等她行完禮，也沒讓她坐，就站在堂中間回話。

大夫人臉上就有點掛不住，那賤人是分位太低，能進婆婆的屋子就是天大的體面了，可在她面前，自己這個主母怎麼能站著……可是婆婆不給坐，她也不敢露出什麼不滿，只拿眼睃老爺，但老爺一臉的陰沈，眼皮都沒對她抬一下，大夫人心裡就更氣了，但對著老太太，語氣還是很恭謹。

「娘，有什麼事，只管吩咐媳婦就是。」

老太太冷哼了聲道：「不敢啊，如今我是個黃土埋了半截的人了，說的話也抵不得用了，這把老骨頭啊，還不知道有多少人盼著我死呢……」說著，就拿帕子去拭眼角。

老爺一聽老太太這話，心裡就酸了。他最是孝順的，大夫人還沒怎麼呢，他倒是撲通一下跪在了老太太面前。

「娘，您說這話不是讓兒子愧死？兒子不孝，讓娘受氣了，兒子該死！」

「是啊，娘，有話明說，再難媳婦也要幫您辦了，您這話一說，媳婦可真只有死的分了。」大夫人委屈地說道。

老太太斜了眼大夫人，冷笑道：「可不敢當啊，老太婆還沒死呢，就有人拿我的話不作數了，好好的一個孫子的娘，連頓飽飯都吃不上，說出去丟人啊，堂堂相府、大將軍的小妾，比某些人身邊的奴才過得都差啊。」

大夫人這會子終於明白是出啥事了，果然是那個賤人在老太太跟前囉嗦呢。她不禁低頭回瞪了眼在旁邊裝死的四姨娘，鼻子裡輕哼一聲，故意裝聽不懂老太太的意思。「娘，看您說的，咱們可是豐裕殷實的人家，別說是主子，就是奴才們也是錦衣玉食地過著呢，哪裡會有人吃不飽飯的事，您可別聽那起子下作小人瞎胡說。」

老爺一聽，也不等老太太說話，氣得從地上一蹭就起來了，顫抖著手，指著大夫人。「妳這是說我是下作小人？剛才就是我來跟娘說的，素心那裡，妳一個月就給她五兩銀子的吃食用度，她還在月子裡呢，哪容得妳那樣拖敗，妳看看她如今這身子，瘦成個啥樣了？」

大夫人一聽這話，也氣得從地上站了起來，冷笑道：「你這是為了個小妾來排揎我呢！我哪裡就拖敗她了，好吃好用地供著，她病了給她請醫問藥。你長年累月地不在家，老太爺忙著朝裡的大事，老太太身子骨不好，這一大家子的吃喝拉撒、人情客往，哪一樣不是要我操心？幾百口子人呢，我哪裡就顧得那麼許多，就是有沒顧應到的，也是有的，你一回來，不說到我屋裡來，一進府就直往妾室屋裡鑽，如今還當著妾室來指責我，你……你……你這是寵妾滅妻！娘啊，這日子沒法過了！」說著就嚎啕大哭了起來。

老爺一下就被大夫人這話給噎住，一想也是，自己長年不在家，上有老下有小的，偌大個府裡，也就是大夫人一手照應著，也沒個幫手，她也挺難的，也是十幾年夫妻了，見她哭得悲切，心裡也有點愧意，但終是聽她前話有氣，也不肯拉了臉面下來，但氣勢卻比先前弱了好多，說道：「但素心終歸是軒哥兒的娘，妳其他人沒照應好我也就不說妳了，素心這裡妳是要一等一地上心關照的，咱們好不容易有了一個兒子，總不能讓他長大，知道他娘過得比個奴婢還不如吧？」

老爺不說還好，這一說，大夫人更氣了，呸了一口道：「哼，老爺，你說誰是軒哥兒的娘呢！她一個奴婢，哪裡就有資格當咱們府裡大少爺的娘了，我才是軒哥兒正經的母親呢！」

錦娘跪在地上，越聽越心急。她沒想到老爺其實是隻紙老虎，在大夫人面前根本不是對手，更沒想到大夫人如此潑悍，句句都能讓自己抓到理來，看來，今天要想將四姨娘升位只怕難了……

眼波流轉間，她飛快地思索著，要如何才能讓老爺敢開口，又能得了老太太的支持。

老爺聽了大夫人的話，覺得她說得也有理，小妾生的，不管是兒子還是女兒都要交給正室養的，這可是大錦朝的規矩，可這……一低頭，就看見四姨娘盈盈含淚望過來的眼，那樣的淒涼無助，又想起自己在四姨娘那裡說出口的話，心一橫，說道：「雖說妳是正室，可妳一直沒生兒子也是事實，如今素心給孫家添了根，就是大功臣，且她素日賢良淑德——」說著，轉身對著老太太又跪了下去。

「娘，兒子想將素心的分位提上來，總不能讓軒哥兒的生母身分太差吧，將來就是承繼家業，在外面也不夠體面。」

老太太聽了便低頭看懷裡的軒哥兒，小傢伙長得粉嘟嘟的，先前大夫人那樣跟老爺吵似乎也沒嚇著他，一雙大眼滴溜溜地轉。他的臉龐像老爺的，線條明朗，但五官卻是像四姨娘的，很精緻，長大了一定是個俊哥兒……

老太太越看越愛，對老爺的提議便有些心動了，但還是猶豫著。四姨娘只是一個奴婢出身，身分太差了，大夫人可是當朝太師的女兒，她老子可與老太爺在朝裡，一左一右地掌著大權，兩家接了親，也是相互支撐相互扶持；而且，大夫人的兄長也是兵部尚書，管著大錦朝裡的兵馬調動和後勤糧草，安兒能在前邊打勝仗，一大半也是因為有了舅兄的鼎力支持，若是媳婦不同意，大鬧起來，到時親家知道了，也不好看……

錦娘看著老太太陰晴不定的臉，心裡更是著急。好不容易老爺肯開口提了呢，可不能胎死腹中了……於是，她揉了揉空空如也的肚子，又拚死吸了一大口氣，果然，沒多久，肚子就很配合地咕嚕咕嚕叫了起來。她可憐巴巴地看著老太太，叫了聲：「奶奶……我餓……」聲音淒婉，像是餓了八百年一樣，卻也帶著一絲撒嬌的意味。

老太太看到四姑娘一臉蠟黃、嚴重營養不良的樣子，心裡就下決心了。媳婦胸懷太過狹隘，心眼又毒，真要讓軒哥兒養在她名下，只怕會比對四姑娘還要過分，如今是自己還在，若是自己死了，沒了個人管束，只怕會更加虐待軒哥兒和其他庶子女了。不行，軒哥兒可是孫家唯一的根苗，老爺如今也快四十歲了，誰知道以後還會不會再生兒子出來……

再者，四姑娘如今可是和簡親王爺家議了親了，而且看樣子，簡親王和王妃兩口子都對這孩子很滿意，將來，軒哥兒長大後，四姑娘必定是能幫襯他的。

「安兒，這事我允了，只是你再與老太爺商量商量，看弄個什麼章程出來，你如今官位也不小了，這次又立了功，多一個妻子聖上應該也會允了的。」

大夫人猛地站起來，大聲道：「我不同意！」她緩緩走近老爺，憤怒地看著他。「大錦朝可是有規矩的，就算老爺官位上去了，可以三妻四妾，但正妻在，娶平妻就必須徵得正妻同意，否則視為停妻再娶！老爺，你想違反朝廷律條嗎？」

老太太看了老爺一眼，眼裡露出絲鼓勵之色，便如沒有聽到大夫人的話一樣，低頭去逗弄軒哥兒了。

老爺便沈吟片刻後，平靜地對大夫人道：「妳說得不錯，妳是正室，沒有妳的認可，我只能納妾，不能再娶。但升素心並非再娶，而是以妾身分升位，妳也知道，妳入孫家門十幾年，並無所出，光這一點，便是犯七出之條了，而且，素心為孫家生了兒子，立了功，就是去了禮部也是通得過的，御史那裡也不會有話說。我如今問妳，是尊重於妳，若妳執意不肯，我便要寫摺子直達天聽了。」

「上達天聽?!好啊，老爺，妾身也不怕，你上摺子去聖上那裡，我就進宮去見皇后娘娘，你這是寵妾滅妻，我倒要看看，這個賤人有何本事與我平起平坐！」說完，大夫人也不再給老太太和老爺行禮，甩袖而去，完全不把老爺的怒目相向看在眼裡。

老爺氣得半天沒有說話，看著那抖動的門簾子一陣發怔，老太太瞟了兒子一眼，微搖了搖頭，對紅袖說：「去把四姨娘扶起來吧。」

紅袖依言去扶四姨娘，四姨娘腿肚子都是軟的。她哪裡見過老爺和大夫人如此吵過，而且還是為她而吵，這驚嚇讓她全身發軟，使不出力來。

紅袖很無奈地看著四姨娘，心裡嘆了口氣。這位也太不爭氣了吧，還沒開始呢，就嚇成了這樣，哪裡是要跟大夫人鬥的料啊？臉上卻帶著笑，說道：「四姨娘，您坐吧，一會子飯就要擺起來了。」說著，手上暗暗下了些力道，不著痕跡地把四姨娘按在椅子上坐了。

四姨娘僵直著身子坐下，一口氣沒呼順，加之又慌，冷不防地猛咳了起來，這一咳就止不住了，她又怕老太太嫌她，又去掩嘴，拚命地忍，結果憋得滿臉通紅，整個人都抽成了一團。

一旁的老爺急了，忙過來拍她的背，幫她順氣，可這會子她咳得起勁了，怎麼也止不住，錦娘看著也著急，忙問跟過來的冬兒。「才老爺不是說，請了劉醫正來幫姨娘看的嗎？怎麼還沒來呢？」

冬兒正拿了水給四姨娘喝，聽錦娘問，忙回道：「先是請了白總管去問的，說是正在別的府裡忙呢，現下應該也快過來了吧。」

老太太終是看不過去，抬頭對紅袖說道：「妳去跑一趟吧，就說我不舒服了，讓劉太醫來看看。」

紅袖了然地看了老太太一眼，轉身去了。

一會子飯菜都擺了上來，可四姨娘咳得直抽，老爺也沒有心思吃飯，錦娘著急地按著四姨娘右手掌心的穴位。前世時，她聽說按那裡可以暫時止咳的。

好在沒多久，劉太醫匆匆忙忙地趕來了，一進門，見老太太好好地坐著，臉色紅潤，心裡稍安，老爺忙招呼他為四姨娘看病。

劉太醫眉頭稍皺，他是得過指令，不得為孫府四姨娘看病的，可如今當著老太太和老爺的面，他也不好明說，何況醫者父母心，病人已經快咳出血來了。

他抽出針來，熟練地在四姨娘的後頸處扎了一針，四姨娘立即止了咳，一臉潮紅地喘著氣。

劉太醫一搭上四姨娘的脈，臉上便凝重起來，探了好幾分鐘的樣子，鬆開手，又示意四姨娘伸出另一隻手來。良久，他才斟酌著說道：「貴府如夫人非病，而是身中慢性毒藥。」

老太太聽了便微仰頭，閉了閉眼，眼裡並無驚詫之色。老爺聽了，太陽穴青筋直突，一把抓住劉太醫的肩膀，問道：「你說什麼？素心她……她是中毒?!」

老爺一雙大手如鋼鉗一樣夾得劉太醫生疼，劉太醫痛得眉頭高皺，緊張地回道：「孫……孫將軍，您先放開下官，如夫人脈象顯示確實是中毒。」

老爺這才回神，頹然地鬆開劉太醫的手，硬朗的臉部線條有些抽搐，虎目微濕，對老太太道：「娘，此事得徹查，太過分了，連軒哥兒的娘親也敢謀害，這府裡還讓人過得下去嗎?!」

老太太沒有理他，卻對劉太醫感激地說道：「劉醫正，你且先寫下解毒的方子吧，當務之急是儘快解了四姨娘身上的毒，也不知道軒哥兒有沒有吃過他娘的奶，若是……」老太太很憂心地撫了撫甜香熟睡著的軒哥兒。

四姨娘聽了劉太醫的話，早就怔在當場，呆愣了半晌才知怕，一時心中極度恐慌，撲地一聲就跪向了老太太。「老太太，救救奴婢吧，奴婢……奴婢死不足惜，只是，四姑娘和軒哥兒還小啊，沒了娘親……他們……」

「軒哥兒可吃過妳的奶水？」老太太也不說救她，只是語氣嚴肅地問道。無論何時，孫兒在老太太的心裡還是占第一位的。

四姨娘慌著神哭道：「吃過的、吃過的，奶娘不在時，軒哥兒餓了，奴婢就自己餵他……老太太，軒哥兒不會有事吧？」

老太太這下可真急了，也怒了，對劉太醫道：「煩勞劉醫正快些為我孫兒探探脈吧！」一旁的紅袖忙將軒哥兒從老太太手裡抱過來了，一邊的冬兒也是急，也不顧什麼規矩不規矩了，忙過去給紅袖幫忙，兩人齊力解了軒哥兒的繈褓，抓了他的小手來給劉太醫診脈。軒哥兒睡得正香，被這樣一折騰，就哭了起來，他的哭聲響亮，一聲聲就像是落在了屋裡眾人的心上。

老太太聽著，就像是要催斷她的肝腸，強壓的怒火被軒哥兒這一哭，再也抑制不住，也不管診脈的結果如何，對孫嬤嬤道：「去，找幾個婆子，把荷香院裡的奴才們給我拿來，我倒要看看，是誰有這麼大的本事，連我的孫兒都敢謀害！」

孫嬤嬤立即應諾退了出去。

劉太醫收回了探脈的手指，安慰老太太道：「情況還算好，軒哥兒只是微微地中毒。這毒原就是慢性，加之又是過了奶的，毒性並不重，只要停了毒，再在平日裡多喝些清水，不出一月，應該就可以清除。」

劉太醫去給四姨娘寫解毒方子，錦娘便走到四姨娘身邊，拉著四姨娘一起跪下，對著老太太道：「奶奶，救救姨娘和軒哥兒吧。今兒是姨娘福大，到了老太太您跟前兒來了，才有幸得了醫正大人的診治，查出被人下毒謀害之事。若不是爹爹回來，姨娘也沒那個格到您這兒來，她與軒哥兒不就眼看著被人害了去嗎？」

餘下的話也不用說得太透，大家都不是傻子。老爺氣得要跳了起來。「娘，四丫頭這話可算說到點上去了，兒子看這事可不能馬虎，若不是兒子立了功提前回來，素心和軒哥兒……」說著他一陣後怕，急著去抱還在哭鬧的軒哥兒，也不知道怎麼哄，只是抱在胸口緊緊的，偉岸高昂的身軀微微顫抖起來。

軒哥兒被他抱得緊，哭得就更凶了，老太太的眼也跟著酸澀起來，低頭看跪在地上，哭得快要抽過去的四姨娘。「素心，妳也起來吧，從今兒起，在妳病好之前，就住我這兒了，我看哪個敢再在我的眼皮子底下害妳。」

錦娘聽了，心中一陣竊喜。四姨娘升位這下看來有望了，有哪個姨娘能與婆婆共住一個院落的？這是何等榮寵？老太太看似孱弱，實則精明得很，這就有如在府裡豎了一塊最大的擋箭牌，任誰也不敢再欺負她了。

而且只要四姨娘懂得討好，得了老太太的心，萬事就都有老太太作主了，至少在老太太過世之前，能高枕無憂地過日子——

簡親王府，冷華庭正坐在書房裡看著父親拿來的詩卷，看著，俊美的臉上綻開一朵嬌豔的笑。他攤了開來，在那詩卷上題了幾個字，然後看了看，才滿意地捲起，收了起來。

冷謙如影子般閃了進來，就看到二少爺正在笑，白皙如玉的臉龐上，若隱若現地閃著兩個酒窩，美得讓人窒息，饒是冷謙日日與他相伴，仍是被他的笑容給震懾，忙垂下眼，心裡嘀咕，少爺還是像平日那樣冷著臉的好，這一笑，別說啥傾國傾城的了，就是自己一個正常的男子，也讓他惹得胡思亂想起來。

「回來了？」冷華庭笑容不改，心情很好地開口問道。

冷謙一怔，忙收了心神，低頭回道：「是，少爺。」

「她可還好？」冷華庭自己推著輪椅移動，冷謙忙過去幫他。

「被孫玉娘打了一巴掌。」冷謙淡淡地回道。

「她那麼老實？沒有打回去？」冷華庭面上的笑容更深了，竟然帶了絲玩味。

「沒有，不過，去了她娘親屋裡，遇到孫大人了。」

冷華庭聽得一怔，隨即哈哈大笑了起來。「有趣、有趣，她告狀的本事比先前更是高明了，我看她就不是個肯吃虧的。」

「少爺，四姑娘所圖不小。」

冷謙難得肯說這麼多話，冷華庭似笑非笑地回頭看他。「你也覺得她很有趣？」

冷謙臉色一凜，回道：「少爺覺得她有趣，奴才也就覺得她有趣。」硬邦邦地不帶一絲情緒。

冷華庭又笑了，問道：「她所圖何事？」

「想給她生母升位。」

「果然有意思。阿謙，你說我明日要不要去寧王府見見她呢？」冷華庭漂亮的鳳眼閃著灼灼光芒，漸漸地，又變得悠長深遠起來，半晌才道：「你這幾日便多派幾個人守著，別讓她再挨那個孫玉娘的欺負了。」

冷謙規矩地應了，又推著他走，狀似無意地說道：「今兒大少爺也去了孫府，還對四姑娘拚了詩。」

冷華庭臉上的笑容立即斂了起來，俊美無比的臉罩上一層冰寒，聲音低沈而憤怒。「莫非凡是我的東西他都想要覬覦？」

冷謙沒回答，只是默默在後面推著輪椅。冷華庭很快便調整好心緒，冷冷地說道：「去回了王妃，明兒我要去寧王府參加宴會。聽說孫府的大夫人可是當朝張太師之女，大舅兄也是張尚書，孫家老爺能在軍隊裡平步青雲，張家可沒少扶持。丫頭想要將自己的母親升位，只怕很難。」冷華庭微微蹙眉，秀氣的長眉輕皺著，透著別樣的俊美，偏生他並不自知，還回頭瞄了冷謙一眼，好在冷謙也是看慣了少爺的樣子，倒是對少爺會如此關心一個並不怎麼出色的女子而感到奇怪。

可他仍是沒有回話，因他知道，通常這時候，少爺並非真的需要他的回應，他只需做個很好的聽眾就行。

「不過，就算是太師府又如何，能比得過簡親王府嗎？你說，我若明天見了她，她會不會有求於我呢？」

冷華庭的眼裡又露出灼灼之光來，冷謙見了，不由打了寒顫。少爺這是又想了什麼整人的主意？他不由為將來的少奶奶擔憂了起來。

「放心吧，我只是想看她求我的樣子而已，那樣有趣的人不是很好找了，我不會將她怎麼樣的。」

冷華庭似是長了後眼，竟然不回頭也知道冷謙的表情，微笑說道。

孫嬤嬤帶著人把荷香院的人都拿了，包括奶娘在內，加上守園的、灑掃的和幹粗活的粗使婆子一起，總共十個人，全站在穿堂裡。

老太太讓紅袖和錦娘扶著，出了正屋，坐在穿堂的椅子上，眼睛凌厲地朝那十個掃了一遍，老爺也坐在了老太太的下首，神色冷肅，整個堂子裡顯得氣氛沈重起來。

這十個哪裡見過這陣仗，兩個膽小的灑掃丫頭嚇得腳一軟就撲通跪下了，其他人見她們兩個跪下，也跟著跪了下來，老太太還沒開口，她們已經大汗淋漓了。

四姨娘身子不好，又受了驚嚇，老太太卻沒讓她去歇著，只是讓人搬了個繡凳讓她坐在了一旁。

滿意地看到那十個人臉上的驚惶，老太太終於開了口，卻是對老爺說的。「你讓長忠去請老太爺來，這會子老太爺也下朝回了，我身子骨也不太好，還是讓老太爺坐鎮的好。」

老爺聽了怔了怔，卻是微揚了頭道：「娘，不用鬧到老太爺那兒吧……」

老太太就沈了臉，這個兒子到了關鍵時刻就有點掉鏈子，他還是有些顧及大夫人的，只是再這麼軟弱下去，他還想不想救他的兒子了？老太太真有點恨鐵不成鋼，好在兒子統軍時倒是爽利果斷得很，若也像在府裡對著老婆的熊樣，還真難得打到勝仗回來。

「你只管讓長忠去就是，有我在呢。」老太太瞪了老爺一眼，真的很無奈。

錦娘就看見十人中，靈兒跪在角落裡，躲在一個身材稍胖的粗使婆子身後，一雙大眼滴溜溜地轉著，很不安心的樣子，白皙的額頭上也沁出密密的細汗。

這丫頭的神情不太正常啊……

孫嬤嬤給老太太送上來兩碗東西。「回老太太，這一碗是四姨娘早上用過的粥品餘下的殘汁，另一碗是廚房特地為四姨娘燉的燕窩，說是四姑娘孝敬的，奴婢把四姨娘常喝的茶也備了殘汁，可以讓劉大人查驗的。」

老太太點了點頭。先前劉太醫開完方子要走，她就沒同意，劉太醫的醫術人品都是老太太最信得過的，既然碰上了，當然要留了他幫著驗毒。

「拿了給劉太醫吧，請他幫著驗驗。」

孫嬤嬤就隨手遞給邊上的小丫頭。沒多久，劉太醫自裡屋出來了，對老太太道：「這幾樣吃食裡都沒啥問題，只是在四姨娘的茶水裡發現了一些異樣的東西。」

老太太聽了，眼睛一亮，問道：「可知道是什麼東西？」

劉太醫眉頭微皺，沈吟片刻才說道：「此物並非大錦之物，似是從西涼傳來之物，倒是只有些麻醉作用的，並無太大的毒性。」

錦娘聽了便暗想，莫非是罌粟或是大麻之類的放在茶水裡？但她在前世也沒見過罌粟和大麻，只是知道那兩種是毒品的原料，就算是，她也分辨不出來。

老太太聽了就陷入沈思，孫嬤嬤又讓人送上了四姨娘屋裡的薰香，劉太醫聞了聞後，說道：「也只是普通的香料，並沒特別之處。」

那四姨娘是怎麼中毒的？她平日吃飯也是跟著冬兒她們一起吃的，若是下在菜裡，冬兒和靈兒兩個貼身的丫頭必定也會中毒，但明顯她們兩個並無異狀，那就只可能是下在只有四姨娘才會吃的吃食裡面。

屋裡一時靜靜的，跪在地上的奴婢們連大氣也不敢出，只希望老太太什麼也查不出來，早些放了她們回去就好。

劉太醫也在皺眉尋思，四姨娘的脈象是他診的，明明是中毒的跡象，而且，那毒至少在身體裡積有月餘，定不會是一次下的，而是每天一點一點地浸入四姨娘的身體裡，因此，四姨娘表現出的便是咳嗽傷寒症狀，這……若是查不出毒源，可也關係到他的醫名啊！

錦娘站在老太太身後，一直注意著靈兒的神情。靈兒聽劉太醫說幾種吃食和香料都沒有問題時，明顯地長吁了一口氣，不停游移的目光也終於定了下來，很鎮靜地盯著自己面前的石板，連跪著的身子都放軟了些，不再僵直，她……必定有鬼。

「醫正大人！」

劉太醫正冥思苦想，錦娘福了一福後道：「聽您剛才說，四姨娘的茶裡是有一些能令人麻痺的藥物，對吧？」

劉太醫點了點頭，但隨即道：「那也只是有安神的作用，並無太大的毒性。」

錦娘微微一笑：「不錯，您是太醫，對此物的習性定是非常清楚，但是，若此物與另一種香料混和呢？會不會產生料想不到的毒性出來？」

劉太醫聽得眼睛一亮，立即拿了茶和四姨娘屋裡常用的薰香進了屋裡。

錦娘嘴角勾起一抹微笑。她能篤定，那茶和香料定是有問題的，因為她今日去過四姨娘屋裡兩次，看到四姨娘有個習慣，只喝紅茶，而且是泡過了陣子的溫茶，冬兒總是先泡了一壺茶，放在床頭櫃上涼著，以便四姨娘隨時可以喝到，所以那壺茶，屋裡的其他人是不會喝的，只有四姨娘一個人喝。

看來，這個下毒之人必定非常瞭解四姨娘這一習慣，能給四姨娘下藥的就只會是冬兒、靈兒還有奶娘三個人，只有這三個人能接近四姨娘的身邊——

第九章

可冬兒是不可能的。見過兩面後，錦娘看得出冬兒那丫頭對四姨娘很是忠心，不然，也不會故意把四姨娘的窘境想了辦法攤在老爺面前了。

錦娘又抬眼細看靈兒，只見她雙手緊握成拳，頭低得很，一副生怕別人注意到自己的樣子，偏生鬢間的汗已開始流向頸脖了。她如此緊張，是因為聽到自己那一番話了吧……

趁著劉太醫去試驗的這個當口，錦娘故作驚訝地對老太太道：「老太太，您看靈兒她是不是病了，這天氣也不怎麼熱乎，她咋流那麼多汗啊，您不如讓她別跪了吧。」

老太太何等精明之人，了然地對靈兒道：「靈兒，是妳在四姨娘的茶和香裡下毒的吧？」

靈兒正緊張得要死，聽老太太這一詐嚇，渾身一顫，納頭便拜。「老太太饒命、老太太饒命，奴婢……奴婢只是在茶裡下了藥粉，並沒在香裡下毒。」

錦娘還真沒想到靈兒這丫頭這麼不經嚇，一詐就說了實話。

老太太也聽得一怔，臉卻沉了下來，喝道：「狗奴才！快說，是誰讓妳下的毒！」

靈兒此時嚇得三魂丟了二魂了，對著青石地板就猛磕起來。「老太太饒命啊！奴婢不知道那是會致命的，只說是會讓四姨娘虛弱而已，這是……是大夫人讓奴婢每天下在四姨娘喝的茶水裡的，奴婢也是沒法子，大夫人的話，奴婢不敢不從啊！」

果然是她！就是再早有預料，老爺心裡還是一陣抽痛。十多年的夫妻了，以前只是聽說，沒有親眼所見，她……她做得太過分了，真是心如蛇蠍啊，他再也不想忍了，回頭便是一嗓子吼道：「長忠何在！」

長忠正請了老太爺來，聽老爺如此大聲吼他，嚇得小跑了過來，老太爺則皺了眉罵道：「大白天的你吼個什麼勁?!」

老爺忙起身來給老太爺行禮，一邊的四姨娘、錦娘都過去行了禮，老太爺便在老太太邊上坐下，一看屋裡黑抹抹地跪了一地，也沒問什麼，紅袖沏了茶上來，他便端了茶喝。

劉太醫喜孜孜地出來了，也不顧著給老相爺見禮，倒是對錦娘長揖到地。「四姑娘真乃神人也，竟然想到這兩種東西一混合便能生出毒性來，下官驗過了，四姨娘正是喝了這有麻藥的茶，再聞了薰香之後，才會中毒的。」

錦娘終是鬆了一口氣。猜測只是猜測，總要得到證實才能成為事實。

老太爺目光悠長地看向錦娘，微微讚許地點了點頭。

十個跪著的奴婢個個面色各異，有的漠然有的幸災樂禍，有的面如死灰，老太太也懶得一個一個審了，直接對她們說道：「查出了一個，說吧，還有誰是同謀？自己出來呢，便只是打五十板子算了，若是讓我查出來，那一家子就都得挨五十板子。」

下面的人十有八、九是家生子，聽了老太太的話立即嚇得全低了頭，那奶娘見終是躲不過去，跪著爬了出來。

老太太一見，氣得直哆嗦起來。「妳……妳可是我親手挑選的人，竟然是妳?!」

奶娘嚇得直磕頭，半句話也不敢多說。

「說吧，誰指使妳的？」老太太這是要讓她們當著老太爺的面承認呢。

「是大夫人，大夫人威脅奴婢若不照辦，便要將奴婢的兒子淹死了，奴婢只有那一個兒子，奴婢也是不得不從啊……」

老太爺聽了，面色終於沈了下來，對老爺道：「去把你老婆叫來吧，平日就跟你說過，要振夫綱，看吧，當你是軟柿子呢！縱容了這許多年，終是越發地不像話了。」

老爺聽了一臉羞愧，卻是無可奈何道：「難不成休了她？」

老太爺一聽，怒道：「胡鬧！老太師還在呢，你那舅哥也不是好惹的，將來你去了邊關，他在你背後也不給你捅刀子，就只是慢送幾天糧草，也夠你丟命的，你瘋了嗎?!」

老爺聽了便是苦笑，心痛如斯，卻也不再像先前那樣膽小，倒是很直接道：「兒子明日上朝便向聖上上摺子，兒子要給素心升位。如今府裡就只有軒哥兒一個，她……她連軒哥兒也容不得，若還讓素心做妾，那素心母子便只有被她害死了。」

老太爺聽了，便長嘆一口氣，對老太太道：「妳同意了？」

老太太點了點頭。「相爺，如今最重要的是軒哥兒，家業再大，若沒有根兒在，掙下這許多來又有何用啊？」

老太爺的臉色立時嚴峻起來。「那就依了安兒的吧，只是……親家那裡……怕是不那麼好應付。」

老太太一聽便上了火，怒道：「她犯下如此大錯，孫家又沒將她怎麼樣，這放在律條裡，就是休了她也不為過，她下手的可是孫家唯一的根苗啊！」

老太爺便揮揮手，對那跪著的十個人說道：「犯了事的，來人將板子罰下去，沒犯事的每人也扣掉一個月的月例銀子，一會子讓所有奴才全來觀刑。來人，拉了這兩個人下去。」說完又道：「對了，去請了大夫人一起去觀刑。」

靈兒和軒哥兒的奶娘便被四個身材健壯的粗使婆子拖了下去。老太太身子沒好利索，又累了這麼久了，便讓紅袖陪著進了內屋休息去了，四姨娘也被扶了下去用藥。

大園子裡，靈兒和奶娘被扒去了衣服，被粗使婆子押在長凳上，嘴裡塞著一條臭布巾子。大夫人已經被人叫了來，紅梅和紫英跟在她身邊，先前她還不想來，但後來去回事的丫鬟說了，是老太爺的吩咐，必須得去看。

大夫人當時也只聽那丫頭說是四姨娘院裡的人犯了事，要挨板子，她倒是問了幾句原因，偏那丫頭乖滑得很，半天也沒說個重點，大夫人倒沒想到靈兒幾個身上去，也就懷著看熱鬧的心來了。一到這裡，看見老太爺和老爺都在，心裡有點犯嘀咕，再轉頭看那被押在圈中的人，她臉色立變，藏於廣袖中的兩手緊握成拳，長長的指甲掐進肉中而不自知。

她強抑住自己慌亂的心情，面上儘量保持平靜，很規矩地給老太爺請安，老太爺斜了她一眼，說道：「場中兩個是什麼人？做了什麼事？媳婦，妳應該都知道，請了妳來就是讓妳清楚，別拿滿府的人當傻子，若不是看在我那親家面上……哼，今兒只是來讓妳觀刑，也是給妳提個醒，以後能做什麼、不能做什麼，妳就會有了分寸，再也不能胡作妄為就是。」

老太爺這話說得很重，大夫人嫁進孫府十多年，老太爺一直對她容忍放縱，從未如此當著眾多奴僕的面喝斥過她，大夫人是既羞又恨又怕，抬眼看到四姑娘正立在老太爺身邊，一雙清澈的大眼正似笑非笑地看著她，那眼神裡，分明帶著淡淡的傲色和輕蔑，她不由腦子一炸，突然就明白了，心火猛地往上躥。

她就說呢，癱了的老太太就算手伸得再長，也沒那精力能查出自己的手段來。素心那個賤人又向來軟弱愚蠢，就算被自己算計致死也不敢多說半句，原來是這丫頭在搞鬼……真是沒想到啊，天天大獵卻被雁啄了眼，怎麼就沒把她給餓死呢？看來，自己的心還是太軟了，竟然給了她反擊的機會……

兩個行刑的婆子掄起板子往靈兒和奶娘身上打，一板子下去，靈兒身子一震，嘴裡不停地唔唔著，卻是連慘叫也發不出來，原本靈動的大眼此時充滿恐懼，哀求地看著大夫人，大夫人卻狠狠地瞪了回去，長袖一甩，偏過頭去不再看她。

靈兒便知道再無人可救她，立即心如死灰，淚水浸滿了雙眼，怨恨地看著大夫人。

下板子下去，掄起來時，那板子上便帶了血絲，可見那兩個婆子下手有多狠。

邊上站著的婆子就開始數數，一、二、三……很機械也很冷漠，十幾板子下去，靈兒的身上就開始血肉模糊了，那奶娘根本連哼哼的勁都沒有了，竟是在行刑前就嚇暈了過去，幾板過後，倒是被痛醒過來了，眼裡也是一片絕望之色。

錦娘環顧四周，見大多僕人都嚇得噤若寒蟬，大氣也不敢出，那年紀小的，早就開始發抖了，有的受不了場中的血腥之氣，竟然哇哇吐了起來。大夫人冷漠地看著場中被打得奄奄一息的兩個人，神情已恢復了平靜，就像那兩人根本與她半點關係也沒有似的，倒有點看戲的意味。

錦娘強撐著，儘量讓自己保持鎮靜。如此血腥的場面她還是第一次見到，在喟嘆古人輕視生命的同時，更給自己加深了警惕。常有穿越小說將穿越女寫成了萬能，當古人都是傻子呢，這樣禮法森嚴、等級制度分明又嚴重的重男輕女的環境下，女人怎麼可能有發展的空間？就是老老實實地遵循著規矩過日子，還有可能被不知哪裡藏著的暗箭給謀害呢，還談什麼做生意、勾美男，簡直就是癡人說夢話。

五十板打完，靈兒和奶娘已經連動都不動一下了，估計怕是沒氣了，兩個按著她們的婆子像拖死豬一樣將她們拖了下去。

老太爺站了起來，輕咳一聲，一直躬身站在他身邊的白大總管就清了清嗓子，對場中的下人們道：「這兩個奴才下毒謀害主子，被查了出來，你們都看到了吧，這就是不忠心服侍主子的下場，以後再見到有那心懷狡詐、作奸耍滑的奴才，這就是榜樣！」

老太爺聽完，便轉身走了，白大總管手一揮，道：「散了吧、散了吧，都好生當差去。」

一時間，圍著的上百名僕役全都作鳥獸散。

錦娘也跟著人流往自己的小院裡走，到了僻靜處，卻被人擋住了，抬眼間，錦娘微怔，但很快便恭敬地福了下去。「錦娘給母親請安。」

大夫人冷眼斜睨著錦娘，趁錦娘抬頭之際，突然一巴掌甩了過來，錦娘眼睜睜地看著那巴掌就要搧到自己臉上，她只能閉眼挨打。

若是孫玉娘，她還可以招架，可以還手，但是大夫人，她只有老實挨打的分。

但預期的巴掌並未搧下來，卻聽得大夫人突然痛呼一聲，一隻手抓著自己的手腕，痛得臉都扭曲了。錦娘大驚，四處張望。除了大夫人帶來的紅梅和紫英兩個，自己身後就是秀姑，大夫人是被鬼打了？

紅梅和紫英也是驚詫莫名，忙上來扶大夫人，大夫人痛了好一陣才緩過勁來，惡狠狠地看著錦娘，罵道：「死妮子！竟然敢以下犯上，不遵孝道，打起嫡母來了?!」

錦娘聽了是又好氣又好笑，但她盡力淡然地看著大夫人，又福了福才道：「母親冤枉，剛才可是您抬手要教錦娘，錦娘老實承訓，一點也不敢違抗，紅梅和紫英兩個可是親眼所見啊，錦娘連動都沒有動過，何來不遵孝道，以下犯上之說？」

紅梅和紫英兩個聽了便望著腳尖，一臉的尷尬。

大夫人自己也覺得詭異得很，但她吃了暗虧，哪裡肯就此罷休，只不過這回她學乖了。

「妳竟然還敢虛詞狡辯，紅梅、紫英，給四姑娘掌嘴二十！」

紅梅、紫英面面相覷，根本不敢動手，卻畏於大夫人素日的威嚴，慢慢地向前。紅梅聰明，故意走在紫英的後面，紫英走到錦娘面前，剛一抬手，就又聽到大夫人一聲尖叫，回頭看去，卻見大夫人正捧著屁股跳了起來。

大夫人向來端嚴，哪裡做過如此無狀的事，一時紅梅、紫英連帶著錦娘和秀姑都看得目瞪口呆。錦娘警惕地環顧四周，只見樹影婆娑，樹葉沙沙作響，哪裡看到半個人影？

「夫人，這裡好生奇怪，咱們還是早些回了吧。」紅梅信鬼，此時嚇得臉色蒼白，哆嗦著對大夫人說道。

大夫人屁股和手腕上疼痛得很，若第一下只是巧合，那第二下便是真有鬼了。她也觀察過，此處就她們幾個，並無外人，向來強悍的她也覺得害怕了起來，顧不得再罰錦娘，在紅梅和紫英的攙扶下走了。

等她們走遠，錦娘終是忍不住，捧腹大笑了起來。太痛快了，熬了這麼久，總算看到大夫人遭了報應，哈哈哈！

秀姑一把捂住她的嘴，憋著笑說道：「我的祖奶奶，快別在這裡笑，小心隔牆有耳！」

錦娘很辛苦才忍住笑意，跟著秀姑往前走，走沒幾步，她突然毫無徵兆地回頭，果然看到了個黑影一閃而過。她眨眨眼，以為自己看花，但再定睛時，卻是一個人影也沒了。

錦娘笑了笑，對著空蕩蕩的林子一揖後說道：「多謝！」

林子裡靜靜的，沒有半個回應，聽得秀姑寒毛都根根豎起，說道：「不是真有鬼吧？」

鬼肯定是沒有的，一定是人，而且是來幫助自己的人。老爺是絕對沒這份心思的，經過一天的瞭解，錦娘對老爺有些失望，老爺是粗心的人，而且耳根子又軟，再說了，自己也沒有重要到要讓他派人來保護的程度……嗯，應該說，這個人肯定不是府裡的，府裡若真有人肯幫助自己，前些時候自己也不會被大夫人折磨得暈過去了。

那……錦娘突然眼睛一亮，但想了想後又搖了搖頭。不會吧，簡親王府真的會派人來保護自己？這裡好歹也是相國府呢，四周也是護衛重重，別說是個人，就是隻蚊子，也難隨便出入吧，何況，這裡還是後院呢！

心情舒爽地回了自己的小院，鞋一脫便往床上爬，頭一挨枕，錦娘便呼呼睡了過去。一天勾心鬥角的，著實累了，前世她便有午睡的習慣，前些日子是被大夫人壓迫著要繡荷包，不敢睡，這一睡下便到了天黑，秀姑叫了幾遍才將她叫起。

四兒提了食盒回來，果然菜品都不一樣了，有魚有肉之外，還加了一碗龍骨湯，錦娘吃得眉花眼笑，吃完後，坐在椅子上，兩腿長伸，拍了拍自己圓圓的肚子，好不愜意，秀姑見了不禁皺眉。「姑娘，不是奴婢說妳，妳如今可是越發不注意了，瞧瞧這樣子，哪裡像個大家小姐的樣？粗皮拉眼的，越發憊賴了。」

錦娘也不管，瞇起眼。自從穿越過來後，她就一直過得小心翼翼、戰戰兢兢，不得一時的放鬆，今天總算是打了個小小的勝仗，她要稍稍獎勵自己，放縱一下自己的情緒，不然，綳得太緊了，她會未老先衰的。

卻說簡親王府，王妃照例來看兒子。

冷華庭正坐在案桌前看錦娘所作的兩首詩，王妃見了，嘴角不由漾開一朵笑容。沒想到，庭兒會如此中意孫家四姑娘，竟然又拿了那小姑娘的詩在看了，看著兒子唇邊那抹淡淡的笑，王妃就覺得心情舒展。庭兒他……自病了以後，就很少笑過了。

緩緩走過，王妃靜靜地站立冷華庭身旁，冷華庭似乎根本無覺，仍微笑著低頭看詩，偶爾拿起筆來，在某個句子邊添上自己的註解。

王妃道：「真那樣好嗎？竟是連娘來了你都沒發現？」言語中微帶醋意，更多的卻是打趣。

冷華庭鳳眼露出詫異，片刻後，耳根悄然染紅。

王妃見了，不由笑出聲來，伸手愛憐地輕撫他的肩，笑道：「若是真喜歡，娘跟王爺商量商量，早些將那女子接過門好不好？」

「母妃，她……只是個庶女。」冷華庭聽了笑容微斂，俊目蒙上一層黯然，聲音醇厚好聽，卻又帶了絲委屈傷感。

王妃鼻子一酸，心知兒子自病癒後，就變得特別敏感，自尊極易受傷，前些日子就因了劉氏說了句庶出的話，竟是不管不顧地拿硯臺砸庶母，庭兒他……其實也是在乎那女子出身的吧？

剛舒展開來的心又鬱結起來，王妃惴惴地問冷華庭。「那庭兒是不願意？可為娘看你極是欣賞她……」

冷華庭低頭不語，眼裡卻露出淡淡的哀傷，如得不到心愛玩具的孩子，既純真又無辜，卻讓王妃的心猛然揪起。她的庭兒，若是身體健全，又哪裡需娶一個庶出的女子？他高貴的血統、俊逸的外表，就是與九天仙女相配，也不遜色，可是，蒼天無眼啊！

王妃忍住心中酸楚，抬手去拿案桌上那兩卷白紙，冷華庭卻迅速奪了過去，細心疊放入懷中，一臉驚惶，王妃見了更是心酸。「既是喜歡，那為娘總要想辦法如了你的意才是。我的庭兒風華絕代，又是皇親貴胄，不過是一個嫡女身分而已，我和你父王怎麼著也要順了你的意才是。你等著，娘親這就去跟你父王商量，聽說你那未來岳父回京了，讓你父王在皇上那兒說說，讓孫家升了四姑娘之母為平妻便可。」

冷華庭終於露出一個燦爛明媚的笑容，羞澀又感激地說了一聲。「謝謝娘親。」

王妃聽得眼淚都快出來了，感覺胸口被幸福填了個滿，似乎某些失去的東西又找了回來一般。

「那娘就去了啊，你也洗洗早些歇下，不是說明兒要去寧王府嗎？」王妃叮囑著，又摸了摸兒子俊得不像話的臉，見兒子沒啥反應，又補了一句。「聽說明兒孫家的四姑娘也會去呢，你大哥也去，讓他帶著你吧！」

冷華庭聽了耳根又紅了，明亮的眼裡露出一絲期待，王妃終於滿意地笑著離開了。

王妃一走，冷華庭抓起桌上的一個茶碗便往地上一砸，喝道：「冷謙，送我去練功房！」

冷謙從暗處閃了出來，看少爺一臉戾氣，秀美的眉緊蹙著，不由說道：「王妃此去定能辦好此事的，少爺為何生氣？」

「阿謙，你說，他為何也要去？」冷華庭沒頭沒腦地說道，聲音輕飄飄的，彷彿剛才他根本沒發過脾氣一樣。

冷謙這才明白少爺是哪裡又被觸動了，但這問題他也回答不了，他只是個粗人，不明白少爺心裡的那些彎彎繞繞。

錦娘第二天照常來給大夫人請安，大夫人倒是用過早飯了，正坐在大堂裡喝著茶，孫芸娘和孫玉娘兩個早就在座，正與大夫人聊著什麼，見錦娘進來，都停下了，母女三人不約而同地看了過來。

錦娘今天穿了一身簇新的絳紫色灑金碎花的掐腰小薄襖，一條同色系的百褶裙，頭上隨意地綰了個髻，斜斜地插了支半舊不新的玉簪子，神態從容淡定，步姿婀娜，清爽大方，比之平日，像是換了個人似的。

「錦娘給母親請安，給兩位姊姊請安。」錦娘規規矩矩地上前去一一給她們母女三人見禮。

大夫人的手和屁股仍是很疼，身子是半歪著坐的，那隻受了傷的手便磕在太師椅的扶手上。孫芸娘神情淡淡的，眼神有些飄忽，似乎在想著什麼事情。

錦娘微笑著立到一邊站著。

大夫人喝了口茶，睨了眼錦娘，嘴邊露出一絲乾笑。「過些日子，妳大姊姊就要嫁了，以後，妳們要見就沒那麼容易，可要多親近些才是。」

這話說的，以前她那兩個女兒可從沒將自己放在眼裡，今兒怎麼會突然要自己與她們倆親近了？況且，昨兒她受了挫，沒能整到自己，今兒竟然全不當一回事，就像昨天呼喊著要打自己的那個嫡母是被人附魂了似的。

錦娘笑著應了，回身又對兩個嫡姊屈了半禮，孫玉娘和孫芸娘難得地都起身給她還了禮。

大夫人看了微瞇了瞇眼，嘴邊笑意深了些。「唉，說起來，這些年，老爺一直在邊關，奉銀雖然不少，卻多數給他花了；老太爺雖然是位居宰相，卻向來清廉，府裡雖然也置了些產業，卻沒個男人打理，終是比不得別家的收成。」說到這裡，大夫人頓了頓，抬眼看錦娘。

目光裡竟然帶了些慈愛，讓錦娘下意識地眨了眨眼，以為自己出現了幻覺。

大夫人很滿意地在錦娘眼裡看到了孺慕之色——當然，那也是錦娘配合她的眼神裝出來的。

大夫人接著道：「妳也知道，妳大姊姊嫁的可是寧王世子，將來她就是正經的王妃了，若是嫁妝太過寒酸，怕是會被寧王府的人瞧低了去。」

這是關自己的事？大夫人突然對自己說這些做什麼？難道是……

「說起來，妳也是個有福的，簡親王是大錦朝裡為數不多的鐵帽子王爺，那可是比皇子公主還要貴氣的人家，可是家財萬貫、富可敵國。」錦娘正在思索，大夫人接下來的話很快證實了她的猜測。

原來她們母女三人真的在打簡親王府送給自己的那批納彩禮的主意。老太太可是說過，那禮金是留著給她做嫁妝的，她早就聽說過，孫芸娘的嫁妝並不差，很豐厚，大夫人掌家也有不少時日了，自己的親閨女出嫁，怎麼可能不準備厚實一點？怪只怪簡親王府送過來的禮品太過奢華，就是寧王府也沒拿出一、兩件比得上的東西，偏生簡親王府還一箱一箱地抬過來的，這母女三人可還真不要臉啊！

錦娘終於懂了她們的意思，心中升起一團怒火，面色卻一絲不露，仍是靜靜聽著，睜著一雙清澈的大眼，迷糊地眨著，裝作聽不懂。

大夫人喝了口茶，母女三人互換了個眼色，接著又道：「母親是想啊，妳六禮還只過了三，到納征、請期時，簡親王府定然還有更重的禮送過來，等妳嫁時，全拿他們家的禮原物原樣地回過去，看著也不像，也丟了咱們孫家的面子，不若就用妳的禮跟妳大姊的禮換一部分，到時，兩家都看著有臉面不是？」
吞吞吐吐了半天，總算是說全了，錦娘嘴角不由勾起一絲嘲諷，瞪著大眼將那母女三人巡視了一遍。孫芸娘低著頭，微微有些不自在，孫玉娘卻比先前更熱切了，眼裡差點就冒金元寶，也對，她喜歡簡親王世子呢，簡親王家如此富貴，她想嫁的心定是更迫切了。
「母親，這事錦娘可作不得主，上面還有老太太和您呢，嫁妝哪能是錦娘能置喙的？」錦娘一腳把球踢到老太太那兒去，若是老太太也肯了，她自是沒話說，大夫人定是在老太太那裡討不到這個便宜，才來跟自己說。
大夫人臉上的笑容就有些掛不住。「自是要去問過老太太的，只是，畢竟也是屬於妳的東西，母親是先要徵得妳的同意才去問的。」
「喔，這樣啊，錦娘可不懂這些，只知道前些日子老太太派了紅袖姊姊來說過，那個納吉禮啥的是留著給我陪嫁用的，叫我去抄了禮單子來了呢，還說誰也不能亂動，要不，錦娘先去問過老太太了再回您？」
大夫人被錦娘的話噎得眼都綠了，卻又拿她沒法子，只能乾笑著道：「喔，那倒是不用了，一會子我自去問。」
孫芸娘聽到這裡早就有些坐不住了，臉色陰沈沈的，一張漂亮的小臉明顯地緊繃著，連表面的笑容也不肯維持了，但她比孫玉娘要穩重多了，雖然心火直冒，又覺得憋屈，但並未說什麼。

孫玉娘沒管這些，她今天也是刻意打扮了的，身上穿了身粉紅緞面印暗紋的長夾襖，外罩一件淡粉的薄紗褙子，鵝黃搭肩，下面是一條細碎的灑花鑲銀邊羅裙，將她原本高眺玲瓏的身段裹得更加凹凸有致，頭上梳了個牡丹髻，正中插了根鑲玉金步搖，額間吊上一墜細玉珠鍊，襯得一張美麗的小臉越發嫵媚動人，這會子她見錦娘想要告辭，忙熱情地過來挽住錦娘。

「四妹妹，妳用過早飯了沒？要是沒用，姊姊那兒燉了盅金絲燕窩，一會子去我屋裡喝了去？」

錦娘還真有些不習慣她如此熱情，不著痕跡地將手從她臂彎裡抽出，笑道：「多謝二姊姊，錦娘已經用過早飯了。」

孫玉娘聽了便訕笑兩聲，道：「那敢情好，咱們這就去寧王府吧。」

「二妹妹！」錦娘正想說話，孫芸娘沈著臉喝了一聲。

「寧王府裡也是誰都能去的嗎？」她高傲地走到孫玉娘身邊，下巴高揚，輕蔑地挑眉看著錦娘。

「四妹妹可是收了帖子的，寧王府特地發了一張給她的，咱們姊妹幾個都有不是嗎？」不等錦娘說話，孫玉娘忙接了口。

孫芸娘被孫玉娘噎得臉腮鼓鼓的，拿眼猛瞪孫玉娘，孫玉娘裝看不見，又去親親熱熱地拉錦娘的手。「四妹妹，一會子妳和我坐一輛馬車得了，大姊姊和三妹妹坐一輛。」

第十章

白總管早就備好了馬車，見兩個姑娘出來，躬了身迎了過來。「馬車有些顛，二姑娘、四姑娘上去後就靠著邊坐吧，有扶手，抓住了就好。」

一個小廝就拿了凳來，孫玉娘先踩著凳，在紅兒的扶持下上了馬車，錦娘正要跟著上去，停得好好的兩匹馬突然往前走了兩步，似是不太安寧。

錦娘嚇了一跳，差點被那馬帶倒在前面，還好秀姑在後面及時扶著了，車上的孫玉娘也是驚呼一聲，似是被嚇住了。

車伕是個中年人，見了忙拉韁繩，罵道：「畜牲，快安穩些！」才險險地制了馬。

白總管先也是驚出一身汗來，但他很快看向府門一側，那邊平白地奔了一輛馬車過來，似乎是從街邊的巷子裡出來的，停在了府門前。

那馬車看著比相府的要豪華貴氣得多，車廂四角邊線都鑲了燦亮的金，四個角上綴著珠串，金光下，耀目得很，漆黑的車身上蒙了層絨布，厚重而不失雅致，拉車的馬也是比相府的高大得多，一色的大白馬，渾身油毛順光，看來，自家的馬定是被剛出來的馬車給驚嚇了，才會突然躁動了下。

一個黑衣勁裝的冷俊男子自車上跳了下來。

白大總管忙笑著迎了上去。「貴上可是簡親王府？」

那冷俊男子目光冷冽，只是微微對白總管點了下頭，算是禮貌的招呼了，卻走近錦娘，拱手一揖。「姑娘，我家公子讓小的來接姑娘過去。」

錦娘聽得一怔，抬眼卻看到那微微晃動的車簾。簡親王府的公子？莫非是……那位未曾謀面的未婚夫？她心裡一陣好奇，只聽說身有殘疾，卻不知人品長相如何，若是個品性乖僻難以相處的，那可就真倒楣了……真想上去見上一見。

一回頭，正好看見孫玉娘掀了車簾子看過來，眼睛極亮地看著那黑衣男子，見錦娘遲疑，她抬腳就要下來。「四妹妹，難得簡親王府想得周到，不如咱們就坐了簡親王府的馬車去吧，也省了白大總管來回接送。」

那黑衣男子聽了卻是冷冽地看向孫玉娘，一副生人勿近的樣子，弄得孫玉娘剛抬下的腳又生生縮了回去，神色訕訕的，遲疑著不知是該下還是該上。她雖衝動暴躁，但這點眼力還是有的，人家擺明了不歡迎她，只是話說出來了，又不知道怎麼圓回去，一時尷尬得很。

錦娘微微一笑，對那黑衣男子福了福，說道：「多謝你家公子美意，只是禮法有制，錦娘不好踰矩，還請你家公子見諒，錦娘還是陪著我家二姊姊一起去的好。」說著，踩著凳子上了自家馬車。

雖是議了親，但未成禮前，男女雙方是不能私會的。雖不知馬車上是否有人，若有，坐的又是何人，但錦娘不想為一時的好奇而犯錯，正好也圓了孫玉娘的體面。

那黑衣男子微微錯愕，卻沒再說什麼，只是對錦娘又拱拱手，面無表情地躍上馬車，長鞭一甩，馬兒揚蹄，拖著馬車絕塵而去。

「還是坐自家的車去體面，四妹妹，來，妳坐這邊。」玉娘見錦娘猶自上了自家的車，心裡很是開心，拉了錦娘一把，讓她坐在自己旁邊。

一會子秀姑也上了車，四個人同乘一輛，馬車啟動，有些顛，但還算平穩，不到半個時辰，便停了下來。

冷謙駕著馬車，很快便駛離了相府所在的街道，卻在一處僻靜處停了下來，問道：「少爺，還去寧王府嗎？」

「算了，那丫頭在意規矩，咱就成全她吧。」車上傳來慵懶如歌的聲音，帶著一絲玩鬧意味。冷謙聽了，便又甩鞭啟程，調轉馬頭去了另一條街。

半晌，車上之人又說道：「今天看著沒上回那麼醜了，阿謙，你說是不？」

冷謙聽得後背一僵。孫家姑娘雖說瘦了點，但哪裡就是醜了，難不成都要長成少爺這個樣子……

一般這樣的話，他都裝沒聽見，鞭子一甩，車子跑得更快了。

回到王府，冷謙跑下馬車，從車上將輪椅搬了下來，再伸手進去，冷華庭握住他的手，冷謙手一抄，將他抱了下來放在輪椅裡。

剛坐好，便看到冷華堂正大步流星地走了出來，見冷華庭下了馬車，他微怔了下。

「二弟，不是要去寧王府嗎？怎麼又回了？」冷華堂在輪椅後搭了一隻手，幫冷謙將輪椅抬上石階。

冷華庭秀眉微皺。他很不喜歡大哥的靠近，儘管極力克制，仍忍不住僵了身子，渾身散發淡淡疏離之氣。

冷華堂早已習慣了他的冷淡，俯身抬椅時，小庭身上若隱若現的青草香味令他忍不住深吸一口，幽幽如蘭般醉人心脾，再看那微蹙的眉，雖冷卻光華流轉的目光……

小庭若為女子，定是豔冠群芳啊！他微微有些走神，當冷華庭美目橫掃來時，才怔了怔，轉顏笑了起來。

「今兒孫家四小姐也會去寧王府，小庭何不也去見見？」

「不過是個醜女，我才不要去看她。」冷華庭不屑地說道，明媚的鳳目翻了個白眼。分明就是孩子氣，他天天只需對著鏡子就能看到美人，如此再看天下之人，怕都只能用個醜字來形容了。

「小庭不是很喜歡她的詩嗎？不若今天跟大哥一起去了，讓她當面給小庭作詩一首如何？」冷華堂無奈地搖頭笑了笑，又好脾氣地問。

「詩作得比人好看。」冷華庭立即接口道，看他老杵在自己車前，毫不猶豫地手一推。

「你擋路了。」便不睬他，速速離去。

寧王府早就有迎賓的等在門外，孫家姊妹下了車，兩個婆子守在前面，見來了客，忙迎了上來。

「可是孫家的二姑娘和四姑娘？可等著兩位了，我們郡主在後院早備了點心等著呢！」其中一個稍胖點的婆子笑得兩眼一瞇，很熱情地說道。

另一個婆子便躬了身子將人往院裡引，幾人剛上臺階，便聽見陣陣馬蹄聲，帶著一陣風似的，兩匹駿馬奔馳而來，錦娘和玉娘下意識地回頭，便看到金光下，冷華堂騎在雪白的駿馬上，身姿挺拔，豐神俊朗，霎時看得孫玉娘快丟了魂去，兩眼大放癡光。

沒想到這麼好運，心心念念的人竟然就在面前，還是……如此帥氣地出現。

冷華堂一個矯捷地翻身，瀟灑地躍下馬來，抬眸便觸到一雙癡迷的眼睛，他微微一笑。這樣的眼神太過熟悉，他自小所到之處，凡有女子的地方，遇到的便是此種目光，早就見怪不怪了。

倒是另一雙清澈而明亮的眼睛，淡靜而略帶禮貌，見他走近，俯身行了一禮。

冷華堂儘量忽略邊上那雙癡迷的眼，也禮貌地對錦娘回了一禮。「沒想到在此遇見二姑娘、四姑娘，在下這廂有禮了。」

錦娘笑道：「真是巧了。」

孫玉娘總算回神，忙也含羞帶怯地施了一禮。「玉娘見過世子。」

冷華堂大手微抬，說道：「二姑娘不必多禮，上次見過之後，二位姑娘倒是又添風采了。」

他笑得和暖，令人如沐春風，一副謙謙君子模樣，孫玉娘抬頭，一觸到他黑亮的眼睛便一陣心慌，忙又低了頭，不敢再看。

到底是在寧王府門外，人來人往的，兩位未出閣的女子與個年輕男子在大庭廣眾之下交談太久，便是違禮，見過禮後，錦娘便對玉娘道：「咱們進去吧，二姊。」

可孫玉娘還想與冷華堂再說幾句。進去後，男女賓客自是要分開的，難得這麼好的機會能與世子爺碰上，她一顆芳心早就繫在他身上了，此時哪裡肯走？

那邊早有寧王府迎客的男賓相出來，見了冷華堂自是迎了上來，客氣招呼。

錦娘不顧玉娘的反對，悄悄拉了她的手便往府裡暗拽，冷華堂正與寧王府之人寒暄，一時無暇顧及，再轉過頭來，便見孫家姊妹已經率先進去了。

那個女子仍如第一次一樣，清冷有禮、淡定從容，比之她的姊姊來，穩重知禮得多了……一時又想起小庭那疏冷的樣子來，不知道這兩個人到了一起，會是何種情形，這個女子應該會很包容小庭的壞脾氣吧？

過了前院，進了垂花門，寧王府的二姑娘冷婉便迎了出來。冷家二姑娘年方十四，與錦娘同歲，長得花容月貌、嬌俏可愛，兩家原是世交，玉娘與冷婉早就熟絡，此番見面，自是熱情得很。

冷婉先跟玉娘打了招呼，再看錦娘。早聽說孫家四姑娘原是庶出的，但才情卓絕，連簡親王世子都對此女詩作讚不絕口，心裡便起了相較之意。她是寧王府嫡女，被聖上親封的平南郡主，自小便被父母兄長捧在掌心裡長大的，平日裡聽的全是誇讚的話，聽到有人比自己還強，便想著要比個高下。

「這就是孫家四姊姊嗎？聽說四姊姊詩作得很好啊？」冷婉很熱情地挽住錦娘的胳膊，說道。

「郡主謬讚了，錦娘的詩很一般的，倒是郡主，錦娘在家裡便聽說平南郡主不僅美貌如花，更是琴棋書畫無不精通，乃我大錦有名的才貌雙全女子。」錦娘自郡主的話語裡聽出她是個好強鬥勝的小女孩，所以，一開口便將冷婉著實地誇了一遍，聽得冷婉心裡無比舒泰，但還是想與她鬥上一鬥才肯罷休。

其實，院子裡早來了好多的貴族女眷，大多以未出閣的小姐為多，三三兩兩地坐在一起吃點心聊天，冷家其他幾房的姑娘也在，正幫郡主招呼著。

這會子見郡主挽著個陌生的小姐來了，便都圍上來說話，大家相互介紹、彼此認識之後，郡主便提議要一起作詩繪畫。

孫玉娘一縷情絲正繫在冷華堂身上，這會子哪有心思吟詩作畫？冷婉一提出來，她便懶懶地說坐了馬車不舒服，有些頭暈，冷婉原就只想與錦娘相較，便不管她，使了丫頭帶她去自己院中休息。

錦娘見玉娘走了，心下有些不自在。到底與這些個貴家小姐不熟，也不太知她們平日的聚會方式，站在這些小姐們中間，她便只是微笑，儘量少開口。

小姐中有幾位也是詩才絕佳的，見錦娘相貌一般，穿戴也是普通，又是個庶出的，自是有些瞧不起，看她的眼光也是淡漠得很，若不是郡主一再要求，她們幾個也不屑與錦娘一同吟詩作畫。

只是冷婉興致很高，又是此次聚會的主人，自是要給她幾分面子，勉強應付。

其實，如冷婉發起的這種聚會在京城上流社會裡是常有的，有時是姑娘們自己邀請各家閨秀出來聚聚，有時是主母們相邀。

一則是古代確實沒什麼娛樂，小姐們又畏於禮制，平日裡大門不許出、二門不許邁，但關著久了，也怕惹出病了，便舉辦些這樣的聚會來，讓她們能玩樂開心一下。

二則，聚在一起的都是名門閨秀，以後都會嫁入豪門貴戶的，大家能打小在一起認識了，交個手帕交，以後嫁了也多些朋友，拉些關係，相互幫襯。

錦娘因著不受大夫人待見，從未出過府門，就是自家府裡有了宴會，過去的她也是怕羞木訥，躲在自己的小院裡不敢出門，因此，認識的人真是很少，其他幾個年紀相仿的各自都有相好的朋友，相互低語談笑，無人與她交談，顯得孤獨冷清，好在她心境平和，這些個姑娘小姐們不過都是十四、五歲年紀，在她眼裡也就是國中生，實在也與她們沒什麼話好說，對她們偶爾投來異樣的目光，她也視而不見，臉上始終掛著淡然的笑容。

一會子丫鬟們鋪好紙筆，姑娘們開始作畫作詩。錦娘對自己的字還是很有信心的，詩嘛，還是老套路，好在這是個架空的朝代，無人考究出處。

冷婉也沒出題，只讓小姐們各自發揮。錦娘手提輕毫，一揮而就，揀了李白的一首詩，很快寫下一首七言絕句。

錦娘剛一落筆，冷婉便如小蝴蝶般翩然過來，心急著拿起她的詩來看，一看之下，臉色微異，但她漂亮的杏眼很快便笑得如一彎月牙兒。「孫家四姊姊的詩作果然好得很，此詩氣勢磅礴，意境豪邁灑脫，沒想到姊姊有如此胸襟，堪比男子。」

聽了郡主誇讚，幾位小姐有些不信，便也湊過來看，便有人道：「孫家妹妹果然不負才名，詩作得確實很好。」

又有人拿了自己的詩給冷婉品評，氣氛很快就熱烈了起來，冷婉原也是個直爽性子，如今親眼見了錦娘的才華，而錦娘又表現得不卑不亢，沈靜雅然，初看時平常無奇，待得久了，越發覺得這位四姑娘性子沈穩內斂，如一罈久釀的美酒，甘醇甜美，越聞越香，又知她已與簡親王二公子議親，更是起了相交的心思。

一時，幾位姑娘變得親密起來，談話也是隨便多了。臨近午飯，錦娘便有些擔心玉娘，玉娘去休息也有幾個時辰了，不會真病了吧？倒不是她多麼在意這位嫡姊，實是一同出來，若回去時玉娘出了狀況，少不得又要被大夫人說道。

她便對冷婉道：「我家二姊姊也不知怎的了，我想去看看她，不知郡主……」

冷婉笑得爽朗。「正好我屋裡還有好些舊作，姊姊幾個一起去我屋裡瞧瞧去，也給妹妹指點指點。屋裡還有一方好琴，聽說姊姊們琴藝也是好的，不如彈首曲子給妹妹聽聽吧？」

她們聚會的地方在寧王府內院的暖明閣裡，這裡離冷婉的閨房還隔著一個湖，幾人說說笑笑地沿著湖邊的青石路走著，邊走邊看園中的景色。

前面不遠處有個二進的小院子，院門上掛著「景明軒」三字，坐落在清幽的湖旁，很是雅致，劉紫玲便問：「這是郡主的閨房所在嗎？」

冷婉臉色微黯，加快了卻步，說道：「一個空院子罷了，我的屋不在這裡。」似乎很不想談起那院子似的。

錦娘聽了便又看了那院子一眼，只見院裡秋桂正開，芳香四溢，翠竹清幽，如此雅致的所在，怎麼會是空院子呢？不過，她向來不是個多事的，人家不願說，她自是不問。

正走著，後面有人在喊：「郡主、郡主！」

三人停步，只見一個丫頭急忙忙地跑了過來，氣喘喘地停住。「太子……太子妃來了，王妃請您去前面見客呢！」

冷婉聽了眼睛一亮。「是蘭姊姊來了嗎？」很是欣喜的樣子，她回過頭來，有些愧意地看著錦娘。

「郡主快去吧，可不能怠慢了太子妃殿下。不用管我，使個丫頭帶我去看二姊姊便可。」錦娘忙說道。

冷婉不好意思地笑了笑。「姊姊真是個可心的人，那姊姊自去吧，一會子我見過蘭姊姊了再來陪妳。」

錦娘一則是擔心玉娘，二則對於見權貴真沒興趣，便笑道：「劉姊姊，妳的貼身丫鬟呢？適才怎麼沒帶來，這會子怕是正在找吧，姊姊快快去前面吧，不然她們該急了。」

其實三人都沒讓貼身的丫頭跟著，這會子錦娘不過是給劉紫玲一個與郡主同往的藉口而已。

冷婉原就是主人，自是要顧及客人的意願，只是覺得把錦娘一個人留下有些過意不去，錦娘笑道：「有丫鬟、婆子們帶著呢，郡主莫非怕我一個人會偷了妳的好東西？」

冷婉聽了哈哈大笑起來。「姊姊小瞧了妹妹不是？今兒與姊姊相交，便是婉兒最大的興事，我那兒的東西，只怕姊姊妳瞧不上眼呢。」說完，又促狹地湊近錦娘道：「妹妹我可聽說，簡親王府可是送了不少好寶貝與妳呢。」

錦娘聽得臉一紅，作勢要打她，冷婉笑著拉起紫玲就跑了。

等她們走後，錦娘便跟著一個小丫頭繼續往前走，剛走幾步，便聽到一個男子驚喝道：「妳……妳怎麼在這裡?!」

錦娘聽得一愣，正想走，又聽到一個女子驚哭道：「我……我來此處歇息，你……你怎麼會在這裡？」

那聲音竟然是孫玉娘的！她這下不能再走，抬眼看那個帶路的丫頭，只見那丫頭一臉的脹紅，一副想要快走的樣子，心中不由更疑，這時聽那院裡又傳來什物乒乓作響的聲音，錦娘顧不得多想，抬腳就要進去。

那丫頭卻死死地拽住她。「孫家姑娘，那裡……那裡進去不得！」

「卻是為何？」錦娘聽她如此說，更是擔心玉娘的安危。孫玉娘不會在裡面出事吧？那回去了，就算不是自己的錯，也絕對脫不了關係，大夫人是個多麼不講道理的人，她早就領教了。

那丫頭臉色更加難看了。「奴婢也不能多說，總之姑娘不要去就是了。」

錦娘用力甩開她的手，說道：「妳先走吧，不用管我，一會子只說我自己去了郡主屋裡就成。」

那丫頭一聽，如獲大赦，丟下錦娘就跑。錦娘撿起地上的一塊石頭，對那丫頭叫道：「妳掉銀子了！」

那丫頭聽了，真的停了下來。「在哪兒？」

「看，妳腳邊上呢——」

丫頭低頭去找，錦娘舉起石頭對著她後腦砸了下去，力道不大，卻正好將她砸暈了。也不知道孫玉娘究竟出了什麼事，但有事是肯定的。玉娘此事若被傳了出去，定會毀壞名節，所以，她不得不先打暈了那丫頭再說，省得一會子她出去報信，叫了更多的人來。

錦娘悄悄溜進院子，穿過院中，見裡面有兩間屋子，一間裡似乎傳出靡靡之聲，很亂，似有男女一起喝酒玩樂，又似是在做……那種事，聽得不清不楚，很模糊。

錦娘有些害怕起來。沒想到堂堂寧王府裡竟有人白日做如此紛亂之事，她不敢靠近那屋子裡去看，只在心裡祈禱孫玉娘不要在這屋子裡就好。

果然，另一間屋裡又傳來孫玉娘的聲音。

「你不能跑……你……壞了我名節，怎能丟下我走？」

「孫姑娘，本世子並未碰過妳，談何名節毀壞一說？放開，讓爺走！」男子有些懊惱地吼道。

錦娘聽到聲音所在，便悄悄潛到屋前，輕掀簾子，只見孫玉娘衣衫不整，身上的披肩早就被踩在地上，外罩的那件長襖也開了前襟，露出頸下白皙的肌膚，正死死地拖著那男子的手，那男子正是冷華堂，一身中衣，外袍掛在屋裡的床榻前，這情形還真是要多曖昧便有多曖昧。

錦娘正要抬腳進去，突然有人自身後捂住了她的口鼻，緊接著，整個人被人抱起，凌空飛了起來。

她一陣頭暈目眩，突然而來的情況讓她作不出半點反應，一顆心嚇得快要跳出口來，偏生叫都叫不出來。

但很快地，身子便著了地，人還是被抱在了懷裡，那姿勢卻像是坐在某張椅子上。

沒了那頭暈目眩的感覺，錦娘便奮力掙扎起來，四肢亂踢。

「別動，妳想嫁給屋裡那個人嗎？」這聲音醇厚如歌，帶著絲戲謔和不容抗拒的意味，她鼻間聞到一縷淡淡的青草香味，乾淨而純雅，如深谷綻放的幽蘭，令人沈醉。

錦娘被那聲音震住，老實下來，有些暈呼呼地想要回頭，偏生那人還捂住了她的口鼻，她說不得話，更轉不過頭去。

「這樣才乖，妳答應我不叫，也不亂動，我便讓妳在這裡看齣好戲如何？」身後那人環住錦娘的纖腰，將她抱緊一些，調整好坐姿，如此，錦娘後背正好貼在他堅實的胸膛，像個孩子一樣坐在他的膝上。

錦娘點點頭，示意那人放開自己的嘴。他捂得太緊，她有些呼吸困難了。

見她還算合作，身後那人慢慢放開了手，她下意識又想要回頭。雖然此人身上散發著清幽的草香，很好聞，聲音也很好聽，可畢竟是個陌生男子，如此被他抱著，實在不像話，若是被人看見，那就是有十張嘴也說不清了，只是她……真的很好奇身後的男子會是誰？

「不要亂動，一會子就有好戲看了。」身後的男子發覺她的不安，忽然湊近她，在她耳邊輕聲說道，暖熱的氣息噴在她的耳畔，讓她升起一股不明的痲意來，耳根不自覺地發熱，這使得錦娘更不自在，絞著手指，聲音細如蚊蚋。「我……我不作聲便是，你且放開我。」

「不放，我抱著舒服。」男子的話很可惡，帶著痞痞的笑意，柔軟的唇竟似貼著她的耳朵在說話。

「你……你好生……」錦娘縮縮脖子，原該生氣的，偏生身體的反應很不爭氣，竟然被他弄得越發麻癢，只想要快點脫了他的桎梏才好。

「好生無恥是嗎？呵呵，妳不要再動，不然，我會更無恥。」前面半句帶著絲戲謔，後面半句聲音卻是變得喑啞起來，沙沙軟軟，就像踩在細細的海沙上一樣，抱著她的雙臂也跟著收緊了一些，使得錦娘的身子和他貼得更緊了。

錦娘前世雖沒嫁過，但畢竟也是個成年女子，當然聽得出他聲音裡的異樣，心裡就越發地慌，果然不敢再動了。

不過，不知為何，她感覺他並不會傷害自己，有點像個調皮的孩子在胡鬧好玩，而且，隱隱地，她也在心裡猜著他的身分。因他是抱著她坐在輪椅上的，雖然這個時代的輪椅做得太過高大，顯得有些笨重，不過她還是能看得出來，是輪椅。

剛才在屋裡的是簡親王世子，而他又及時出現阻止自己進去，又如此不合禮數地將自己抱在懷裡，還是坐輪椅的……他的身分昭然若揭。

想到這裡，她的心便逐漸平靜了下來，心裡卻是來了氣。看來，身後之人當她是笨蛋呢，不是讓自己看戲嗎？那就先看看他在玩什麼吧！

她放軟了身子，自動地在他身上調整了個舒服的位置，頭向後一仰，便靠在了男子的胸膛上，閒適地等著他說的好戲開始。

身後男子身子一僵，有些不自在地偏開頭。她的身子嬌軟柔弱，散發著淡淡的少女清香，臀部在他腿上磨蹭著，使得他原本玩鬧的心開始心猿意馬起來，偏生這丫頭還不老實，竟然把頭也靠到他肩上了，她就不知，他之於她只是個陌生男子嗎？知道不知道啥叫男女授受不親……

他全忘了原是他自己犯忌在先，強迫了她如此的。

「妳……妳怎麼……」這回，換他的聲音帶著驚怒了。

「我怎麼？不知羞恥？公子，是你強迫我的呢。」錦娘微微笑道，聲音裡也含著戲謔。

「那也不能……妳我可是素未謀面，妳……乃未出嫁之女，怎能……」男子有種被自己踩著腳趾頭的感覺，那話，他自己都覺得沒有說服力。

「反正你抱也抱了，我又不是自願的，難不成，你想要我因此而羞怒自盡？」

「妳……妳……」男子有些氣急，卻又不知道再說什麼。

錦娘頭一偏，便看到男子姣美的側臉，那一瞬，她以為自己眼花，明明是男人的身體、男人的聲音，怎麼會……只是個側臉，那也太妖豔了吧！

男子有感地身子向後一仰，似乎很不願意她看到自己的臉。

錦娘便想起美得不似人間之物的簡親王妃來，再加上簡親王俊逸的長相，基因太好了，人家竟是……竟是比自己還美上好多倍。

一時，錦娘心頭湧起一絲挫敗感，卻也微微感到一絲甜意，似是鬆了一口氣，今天收穫還真不小，至少知道自己未來的夫婿雖然身有殘疾，但相貌不醜，似乎……還有一身詭異的功夫……性情嘛，有些孩子氣，卻也不是很壞。

想到這裡，錦娘又笑了起來，她的雙肩微微抖動著，似在極力克制，卻又忍不住的樣子。

「妳似乎很開心？」男子有些咬牙切齒，那張俊臉又貼了上來，聲音也帶上了蠱惑的味道。「正好屋裡那些人正在做某些事，不若我們也……」

錦娘心中一怔，沒想到他還真敢說，太無恥了……

「快看，有人來了。」她不得不壓著嗓引開話題。這個男人不太好對付，看來嫁過去之後，會有一番長遠的鬥爭啊。

男子在她身後悶聲笑了起來，似乎很快慰的樣子，但他很快又屏住了氣。

輪椅其實是藏在一株高大茂密的樟樹上，兩個輪子正好卡在兩根相鄰的樹枝間，錦娘先前是被身後的男子吸引了注意，此番發現也不驚慌了，反正他抱得牢牢的，定然也是怕摔著自己。

他們說話的當口，下面院子裡正吵著。其實也不到半刻的時間，下面便有人來了，聽那聲音，來的人還不少。

沒多久，身旁的另一棵樹上閃過一道黑影，發出樹葉被震得沙沙的聲響，錦娘心中一驚，循聲看去，卻什麼也沒看到。

只是身後之人半點也不驚慌，錦娘便猜到，那人可能是他的侍衛啥的。

於是她放心地看著下面，卻看到先前離開了的冷婉正陪著一個宮裝麗人向那小院走去，身旁還跟著幾個丫鬟婆子。

「蘭姊姊，妳莫聽人瞎說，太子殿下怎麼可能在這裡呢？咱們還是回前頭去吧！」已經到了院子門口，冷婉仍是不死心地拉著那位宮裝麗人，苦苦勸道。

「婉妹，妳莫再攔我，難道妳也要學著那起子人合夥來騙我？在或不在，看過才知。」說著，不顧冷婉的攔阻走過了小院裡。

冷婉一時又氣又急，又很無奈，更怕太子真和哥哥在一起胡鬧，只好裝作喉嚨癢，大咳了一聲。

太子妃進得院子，便聽到一陣靡鬧之音，心裡更加懷疑了，腳步就快了起來，冷婉顧不得許多，幾步跑到她前面，想要再次攔住她。

這時，有人掀開了門簾子，一位相貌清秀的男子自屋裡走了出來——

第十一章

「二妹妹，妳怎麼來了此處？」那男子清俊的臉上帶著不耐，瞪著冷婉說道。

「大哥……」冷婉都快要哭了。哥哥竟然沒有看到太子妃嗎？她拚命對大哥使著眼色。

那男子正是寧王世子冷卓然，先前他正在屋裡玩得興起，不料外面有說話聲，聽著像是自家妹子的聲音，這裡原就是他與幾個好友玩鬧的場所，就是府裡的丫鬟也不得隨便進來，妹妹怎會如此不懂事？他從屋裡衝了出來，一時沒有看到太子妃，這會子妹妹一提醒，倒是看到了。

「微臣見過太子妃。」冷卓然一撩衣袍拜了下去。

「然哥哥不必多禮，殿下可是在此？」太子妃見寧王世子出來了，倒是不好硬闖了，畢竟屋裡會是何種亂形，她也不知道，她是堂堂太子妃，若是屋裡有污行男子……那時，不只太子失了體面，自己也尷尬。

「回太子妃，殿下並未來此，此處就只有卓然幾個好友在一起喝酒玩鬧而已。」冷卓然心頭一鬆。太子當真不在，但冷華堂去了哪裡？先前只聽得外面有些吵鬧，他以為華堂只是在玩呢，這會子可千萬別出來才好啊。

太子妃似是不太相信冷卓然的話，正想著要使人進去看看才是，這時就聽到另一邊廂房傳來一聲破裂的碎響。

太子妃一聽，秀眉便蹙了起來，抬腳就往那屋裡走。

冷婉和冷卓然也很是詫異。冷婉見哥哥說到太子時很坦然的樣子，想來太子應該不在，所以，她也不太擔心。

冷卓然的心卻是提得老高，先太子妃一步就衝進了那屋子。

「你……竟然是你？華堂?!」

緊接著，就聽冷華堂慌亂地解釋。「殿下，您誤會了。」

「親眼所見還有誤會？華堂，你太過分了，枚兒哪點對不住你？你竟然……竟然躲在此處與人私會？」太子妃氣得聲音都在發抖。

錦娘有些疑惑，聽那語氣，枚兒應該是冷華堂的妻子吧，不知與太子妃是……

「小枚是太子妃的妹妹。」身後的男子似是知道她心中所惑，突然小聲說道。

「太子妃是你使了計請來的吧？」錦娘語氣裡帶了絲譏誚。他說讓她看好戲，沒想到是這麼一齣，這廝明顯就沒安好心，存心跟他哥哥過不去。

「我不過是成全他們罷了，妳家二姊姊不是很喜歡那個人嗎，這下正好遂了她的心願，那個人就算再不想娶，怕也難了，妳二姊可是孫家的嫡女呢。」言下之意，一個嫡女的名聲都被他毀了，為了給孫家一個交代，冷華堂不娶也得娶了。

他的嗓音裡帶著幸災樂禍的笑意，又有著一種報復過後的快意。

錦娘便想起，簡親王原是想他與玉娘議親的，但孫家嫌棄他腿殘，所以才改成了自己，這廝其實也在報復孫家吧，還真是個小心眼。

「你……是因為吃不到葡萄，所以要——」

「少來，那種女子送我也不要。」錦娘的話還沒說完，身後的人便截口說道。

錦娘忍不住就笑了起來，說道：「果然是你！」

冷華庭一陣懊惱。他實在是討厭那孫玉娘討厭得緊，聽錦娘排揎他，沒經多想，衝口就來了那麼一句話，沒想到這丫頭精得很，竟然拿話套他，怕是先前就猜著了一些吧，所以，才……

「妳再胡說，我就丟了妳下去。」這話有些惱羞成怒。

錦娘可不想逼得他太惱，笑著不再作聲。

只聽那屋裡冷婉也是一聲驚呼。「孫家二姊姊，怎麼會是妳？」

「郡主，你可要為我作主啊，我原是來這屋裡歇會子的，沒料到世子喝多了酒，他……他……」就聽孫玉娘悲悲切切地哭著。

「妳休得胡說！本世子是喝了些酒，但並沒醉，更不會酒後亂性！」冷華堂說得咬牙切齒，聽那聲音像是要將孫玉娘生切成肉片了才好。

「華堂，你太讓我失望了。」太子妃氣得甩袖便走出了那間屋子。

那邊，冷華堂急急地也追了出來。「殿下，您聽我解釋——」

「還要如何解釋？親眼所見，還有假嗎？」太子妃看著冷華堂那身並不怎麼齊整的中衣，一臉輕蔑，冷哼一聲，帶著宮人氣呼呼地走了。

冷華堂氣急敗壞地也要走，一低頭看到自己只穿著中衣，只好又回到屋裡。

孫玉娘正小聲啜泣，見他進去，聲音又大了些。冷卓然看著便皺了眉，對孫玉娘道：「二妹妹，妳且收拾好了吧，一會子先送妳回府，這事……總會讓世子爺給妳一個交代才是。」

戲看到這裡也算完了，錦娘對身後的男子道：「可以放開我了吧？」

「好，我放了。」身後之人很爽快地說道，然後毫無預警地鬆了手。

錦娘便像隻失了翅膀的蝴蝶自他身上向地面落下。十幾公尺高的樹，一瞬間的失重，無助得令錦娘來不及呼吸，眼看著身體便要與地面來個親密接觸，腰間突然又被纏上了一條帶子，長長的帶子一捲一收，她又像一隻懸吊於空中的蠶蛹，又被扯回了某人的膝蓋。

一驚一嚇之間，錦娘只覺得魂飛天外，回神之際，腦子裡只閃過一個念頭——這個男人屬魔鬼的，而且是最小氣的魔鬼，絕對不能得罪！

「不能怪我，是妳自己要我放開的。」錦娘毫無形象地趴在某人的腿上大口喘著氣，突然而至的高空彈跳弄得她胸口堵得厲害，強忍著要吐的慾望，就聽某人非常無辜地說道。

「嗯，你……你很好，我不……不怪你。」錦娘咬牙切齒，細聲細氣地服著軟。人家說君子報仇，十年不晚，他們還有一輩子的時間，總有一天，她要找回今天的場子！

「嗯，這樣才乖，好吧，看在妳表現不錯的分上，我就勉為其難地做回好人，送妳下去了。」說著，雙手將錦娘一推，錦娘再一次成了空中飛人，不過，這次腰間纏著的帶子為她控制了下墜的速度，錦娘身子徐徐而下，落地很是平穩，沒有半點不適。

不過，終是被他粗魯地丟下來的，心裡仍是不爽，她穩穩神，深呼一口氣，抬頭想罵某人幾句，卻只見樹枝搖動，哪裡還見那人蹤影？就是那超大的輪椅，也在瞬間消失了。

錦娘張大小嘴，震驚得半天也沒說出話來，好半晌，她才整理好自己的情緒，小心地提裙往外走。

到了前院，冷婉臉上隱隱有些憂色，見錦娘一切還好，才鬆了一口氣。

「郡主，錦娘感覺有些不適，想回府去了，打擾多時，多謝多謝。」不等冷婉開口，錦娘搶先說道。

「真是怠慢孫家姊姊了，既然姊姊身子不適，那婉兒也不留了，婉兒這就送姊姊出府去。」冷婉也客氣地說道。

錦娘知道她的意思，忙點了頭道：「那有勞郡主了。」

馬車裡，孫玉娘早就在座，一見錦娘上來，那淚便止不住地流。錦娘看著，心裡有些五味雜陳。那不是她自己想要的結果嗎？最遲明日，簡親王世子就得上門去提親了，還哭什麼？

不過應景的關懷還是要的，便問玉娘：「姊姊怎麼了？可是受人欺負？」裝作很驚訝的樣子。

孫玉娘哭了半日也是累了，見錦娘一副毫不知情的樣子，便閉了嘴，將頭偏去了一邊。從小到大，向來只有她看錦娘笑話的，如今自己出了這麼大個樓子，說出來只會讓錦娘笑話去，她就算再厚臉皮，也是說不出口的。

錦娘便裝成她是身子不適才哭的，很殷勤地遞了自己的帕子過去，拍了拍她的背。孫玉娘接過帕子，眼淚又來了，畢竟是受了委屈的，錦娘再不濟也是自家姊妹，她悲從中來，伏在錦娘的肩上又啜泣起來。

回到府裡，錦娘很負責地把孫玉娘送回了她的院子之後，自己才回了屋。

一進門，四兒和平兒皆是一臉的喜色。「姑娘大喜！」兩人嘻笑著圍住她。

「呃，喜從何來啊？妳們兩妮子一人撿到了一個金龜婿？」錦娘邊往屋裡走，邊調笑道。

平兒掩嘴一笑。「姑娘，奴婢若是撿了金龜婿，那也算不得姑娘的大喜好不？」

四兒嬌嗔地一跺腳，也是嗔道：「就是，姑娘自己有了好結果，就拿奴婢們開涮呢，真是的，平兒姊姊，咱們不告訴她，讓她自個兒急去。」

「好好好，我錯了，二位姊姊，快快告訴妹妹我吧。」錦娘便笑著對她們作揖，老實認錯。

「不會是四姨娘升了平妻吧！」一直沒吱聲的秀姑像是突然醒悟，驚呼道。

「秀姑真不愧是咱院裡的老人，一想就通，您說，這不是姑娘的大喜嗎？」四兒趴在秀姑的肩頭笑道。

這麼快？錦娘有些意外，卻是欣喜若狂，抓住平兒的肩就一陣亂搖。「是聖旨嗎？我得去姨娘那兒瞧瞧去。」

「欸，姑娘，妳就是高興也別搖奴婢呀，奴婢的骨頭架子都快被妳搖散了。」平兒被錦娘晃得暈頭暈腦的，笑道。

「姑娘又忘了，四姨娘如今可是住在老太太院子裡呢，這會子去，指不定大夫人也在，怕是不好吧。」四兒很老成地說道。

大夫人？如今怕是正為了孫玉娘的事惱著火吧，哪有閒心管自己？錦娘嘴角勾起一抹譏笑，對四兒說道：「如今我的娘親也是平妻了呢，我不怕她了。」

說著，頭一昂，便拉著秀姑走了。

四兒和平兒兩個面面相覷，以前低調的姑娘怎麼一下子變得大膽張揚了起來？

老太太屋裡，老爺也在，正與四姨娘一起抱著軒哥兒逗弄著玩呢，不時地，老爺還會驚呼兩聲。「素心妳看，他衝我笑了！」

「那是夢笑，他睡著了都知道自己爹爹在逗他呢。」四姨娘秀氣溫柔地說道。

一旁的老太太看著，臉上也不由微微笑了起來。素心在自己院裡住了一陣子，人養好了，氣色鮮活明妍了起來，安兒倒是越發喜歡她了。

錦娘進去時，看到的就是這樣一幅溫馨畫面，下意識地，她的眼睛也笑成了月牙形。

「不是說去寧王府了嗎？怎麼這會子回了，寧王府沒留飯？」等錦娘見過禮，老太太打趣道。

「回老太太話，二姊姊身子有些不舒服，所以，錦娘就陪著回了，想著在老太太您這裡蹭頓飯吃呢。」錦娘嘻笑著說道。看來，老太太還不知道孫玉娘的事，自己也裝不知好了，原也沒人跟自己說過不是？

「妳這丫頭，如今越發學著貧嘴了，先前看著老實巴交得很呢。」老太太瞋她一眼，眉眼中卻無半點不豫，倒像很喜歡錦娘這種撒嬌的樣子。

錦娘又走過去看軒哥兒，他正呼呼大睡呢，老爺粗手粗腳地抱在懷裡，不時地還騰出一隻手去點軒哥兒的小嘴兒，四姨娘看著就有些膽顫心驚的，生怕老爺一個不小心把軒哥兒給掉地上去了。

怎麼沒人說起四姨娘升位的事？錦娘心裡暗暗有些急，卻也不好問，跟著老爺逗了會兒軒哥兒。

一會子，紅袖說飯好了，錦娘就去扶老太太。老太太身子康健多了，這兩日在外走動得也多，只是速度不能快。

大家在桌前圍坐好，新招來的奶娘把軒哥兒抱走了，四姨娘就溫順地站在老太太身後，要幫老太太布菜。

「妳身子還病著呢，就別講這些個規矩了，自個兒去吃著吧。可憐見的，看妳瘦成那樣，起個大風得吹跑嘍。」老太太擺擺手，讓四姨娘回了自己的座位去。

老爺見了也笑道：「嗯，素心，妳如今身分也不同了，以後有的是機會給娘立規矩，先養好了身子再說吧。」

終於聽到了想聽的話，錦娘猛然欣喜地抬頭看四姨娘——喔，不，應該就是娘親了，忍不住眼裡就泛起了淚光。

「那個……不是姊姊還沒喝我敬的茶嗎？還……還不算呢。」四姨娘老實地細聲說道，卻還是乖乖地回了座，低頭吃飯。

「哼，想我同意？門兒都沒有！」大夫人突然從外面闖了進來，怒目橫對著四姨娘。

「起來！賤人，這裡哪有奴婢坐的位置！」

也不等屋裡的人反應過來，大夫人衝到四姨娘跟前就去推她，一下把她搡在地上。

老爺大怒，筷子往桌上一拍便站了起來。「胡鬧！妳不要太過分了！」

「過分？我過分？老爺，你們摸著心口說，嫁給你十幾年，我哪一點對不住你了？啊？父親、兄長這麼些年來可沒少幫襯你，如今你立大功了、本事了，就把我甩一邊兒去，要立這個賤人為平妻？告訴你，我不答應，絕對不答應！」大夫人哭叫著說道，一點也不畏懼老爺的怒火。

「這是聖上下的旨意，我也三十幾快四十的人了，三妻四妾原也是常事，妳仍是我的正室，我升素心的分位不過是給軒哥兒一個好出身，哪裡就對不住妳了？就是岳父今日在朝也沒反對，妳再如此吵鬧，休怪我不客氣！」老爺難得挺直了腰桿在大夫人面前說話。今兒朝堂上，為立平妻之事也是一波三折，太師大人在他一提出時便面色很不好看，可是，簡親王不知在他耳邊說了些什麼，後來，竟然也不反對了。看來，簡親王府是真的很看重錦娘啊，自己還真是生了個好女兒。

大夫人果然怔住，半晌又道：「父親怎麼可能會同意你娶平妻？你莫要拿話來誆我！哼，一會子我就去宮裡找皇后娘娘去，請皇后娘娘評評理！」

「媳婦，旨都下了，妳就不要再鬧了，明兒好生接素心的茶吧，這府裡，妳還是主母，再鬧，大家臉上都不好看的。」老太太不緊不慢地說道，雖是在勸，語氣卻很強硬。

大夫人正還要鬧，外面孫玉娘的貼身丫頭紅兒著急地跑了來，臉色都是白的，也顧不得行禮了，一來就跪趴在地上。「老太太、老爺、大夫人，不好了，二姑娘她……她要尋死呢！」

屋裡的正主聽了全都嚇一跳，大夫人更是震得忘了哭鬧，扯住紅兒就罵道：「妳個死妮子！二姑娘好好的怎麼會尋死呢?!」

「回大夫人，奴婢……奴婢不好說，您還是先去看看吧，奴婢和青兒兩個都勸不住，喊了嬤嬤去守著呢，怕是……怕是守不住。」紅兒嚇得瑟瑟發抖，拚死將話說完整了。

「罵她何用，快去看看是正經！」老太太沈著臉對大夫人喝道。這個媳婦，潑悍有餘，智機不足。

老爺聽了抬腳就往外走，大夫人也回了神，跟在老爺身後走了。

錦娘這才去扶摔在地上的四姨娘，心裡有些無奈。自己這個娘親也太軟弱了些，大夫人推倒了她，她便不敢起來，就是紅袖剛才要去扶，也被她用眼神制止了，錦娘都不知道四姨娘心裡在想些啥子，如今也已經升位成平妻了，再弱下去，保不齊哪一天又要被大夫人給貶了位分去。

四姨娘起來後，驚魂未定地坐回椅子上，老太太看了便嘆了口氣，沒心思吃飯了。

錦娘在寧王府也吃了不少點心，便扶了老太太回了裡屋歇著。

「說吧，出了啥事了，怎麼著一回來二姑娘就要死要活的？」老太太將小丫頭們都使出去了，才問錦娘。

她默了一陣才道：「回奶奶話，好像是出了點狀況，二姊姊一去便說自個兒不舒服，去了平南郡主屋裡歇息，不知怎地就哭了起來，錦娘真不知道出了啥事。」

看她眼神清澈坦然，只是眨眼的一瞬露出一絲狡黠，卻沒有晃過老太太的老眼。老太太嘴角微微勾起，卻不說破。「妳娘是個膽小的，妳眼看著也要嫁的，在府裡留不了多少日子，就多陪陪她，開解一下她吧！如今我還在，有我這把老骨頭給她擋著，她還無事；再這麼下去，哪天我去了，她可怎麼辦？重要的是，軒哥兒可才滿月呢。」

這正是錦娘擔心的。從老太太那兒出來，她便去了四姨娘房裡。

四姨娘少少地用了點飯，正在喝藥，見錦娘進來，把藥碗放下。

「妳別擔心，娘什麼都明白呢。」錦娘還沒開口，四姨娘便拉了她的手，一同坐在小榻上。

錦娘愕然。她……她竟然知道自己想說什麼？

「娘親的娘家沒人，只能示弱，只有這樣，老太太和老爺才會向著娘。放心吧，妳和軒哥兒是娘的心肝，是娘的命，就是拚了這條命去，娘也會保著你們的。」屋裡就連冬兒都被四姨娘指使走了，秀姑也在外面，沒跟著進來，四姨娘才第一次大膽地正視自己的女兒，漂亮的大眼裡溫和慈愛，卻壓不住那一抹堅毅之色。

錦娘再次震驚。原來，這位才是真正的宅鬥高手，扮豬吃老虎的典型教材！她怔怔地看著四姨娘，還是有些不明白，那些毒藥、靈兒和奶娘的死、自己被大夫人折磨得快要餓死等等，她……她若是全知道，又怎麼能夠忍得下去？

「娘有底限的，妳這不還是好好的嗎？還變聰明了，娘就知道，我的錦娘一定不會是個軟柿子，妳是娘的女兒，又怎麼會一直那樣木訥蠢笨下去呢？」四姨娘似是看穿了她的心思，撫了撫她的頰，悠悠地說道，眼中的愛憐不似作假。

「那毒藥呢？致您心肺受損的毒藥，您也知道？您還吃？那不是會害了軒哥兒嗎？」錦娘撇開自己的臉，突然覺得背後陰森森的，不禁打了個寒噤。

四姨娘眼裡閃過一絲陰沈，秀眉微蹙，卻沒有避開錦娘的目光。「我是知道，靈兒跟在我身邊年頭也不少了，但她是大夫人的人，那藥……我是吃了，卻減了量，每次趁喝完有毒的茶，我都會用手摳了喉嚨去吐出來，她……只以為我病情越發嚴重，卻不知，我最多不過服了一成毒藥下去。而軒哥兒，我只是在妳爹爹要回來的前些日子餵過一、兩回而已，不會有太大問題的。」

錦娘真的無語，卻也忍不住心酸。她……也是被逼的吧，一個沒有半點背景的丫鬟，想要出人頭地，想要往上爬，上頭又有那麼位凶狠厲害的主母，她只有隱忍，在夾縫中找機會，只要稍有契機，就會被她牢牢地抓住、利用。怪不得，老爺那麼多妾室，卻只帶了她一人去了邊關，也只有她能安全地生下了軒哥兒，也成功地……升為了老爺的妻室，不再為奴為婢，從此堂正做人，成了宰相府正經的將軍妻、二夫人，真那樣軟弱不堪，真那樣柔弱可欺，又怎麼能爬到這一步？

錦娘簡直對自己的娘親佩服得五體投地，四姨娘卻微笑了起來。「娘……原是不想跟妳說這些的，但是，妳也要嫁了，嫁的又是簡親王府，門第越是高貴，裡面的水就越深，娘……有愧，一直也沒好好教過妳，以後，妳必須要學會隱忍，要懂得揣摩人心，最重要的是，要抓住男人的心，只有男人的心是向著妳的，妳才有跟那些人鬥的本錢，才能……鬥贏。」

第十二章

這是肺腑之言吧……錦娘終還是感覺到娘親的真心，若不是自己的女兒，她絕不會如此掀了老底，而她所說的這些，也是她這麼些年來在府裡鬥智鬥勇積累的經驗，她是勝利者，雖然，大夫人仍在府裡作威作福，不過，錦娘已經放心了，娘親……比大夫人要強悍十倍不止。

她突然有些期待，或許不久的將來，大夫人會被這位看似羸弱、實則堅韌的娘親踩到腳底下去？

想了想，又覺得荒謬，懶得再想，心情倒是放輕鬆了好多。自己從來就是個老好人，在這個充滿陰謀陷阱的社會裡，弱就被欺，耍心機、謀手段，就看誰有本事，路，還長著呢！

那幾日，府裡亂哄哄的，孫玉娘被老爺打了幾耳光，老太爺回家氣病了，幾天沒有上朝。

其實生病是假，家裡出了這麼樁醜事，沒臉去見同僚是真。老爺打了玉娘一頓算是出了氣，卻是衝到寧王府發了一頓脾氣，寧王爺和寧王世子都賠禮認錯了，雖然他們也不知道這烏龍事究竟是怎麼發生的，但人家好好的姑娘畢竟是在他們府裡出的事，不賠禮不行啊。

孫芸娘在玉娘處得知冷卓然光天化日地在府裡行那浪蕩不軌的醜事，也是氣得牙齒發癢，偏生出嫁在即，退婚絕不可能，原本憧憬的待嫁芳心，生生地碎了一地，氣得嫁妝也不肯繡了，終日在屋裡摔盤打碗，生著悶氣。

幾日之後，簡親王親自上門，先是看望了老相爺，與相爺長談幾個時辰，為自家那不肖的兒子請了罪、賠了禮，提出請玉娘下嫁世子冷華堂為平妻的請求。

老太爺當然答應，幾日不上朝，等的就是這個結果，雖然還是很不甘心，原想著只有一個嫡孫女了，怎麼著也能再結一門好親事的，沒想到二丫頭竟然如此不爭氣，千挑萬選的竟然做了人家的側室，不過，事情已經到了這分上了，也算是最好的結局。如今的玉娘，除了簡親王府，怕也沒人敢要的，真真氣死個人啊！

那日，簡親王臨走時，還提了個要求，就是將錦娘的婚事辦在前頭，因為冷華堂娶玉娘只是接一個側室進門，而他家二公子還沒正式娶妻呢。二公子雖說沒有世子之位，卻是正經的嫡子，所以，絕不能虧了二公子。老太爺想了想，反倒覺得這樣有臉一些，先風風光光地嫁個孫女過去，與簡親王正式結為了親家，玉娘那裡就可以簡單一點了。有錦娘的婚事在前面掩著，看笑話的人也就少些說嘴，也就答應了。

結果，這麼一來，錦娘的婚事就加快了步伐，每日裡，給她量身做衣的、打頭面的、送胭脂花粉的絡繹不絕，大夫人被孫玉娘和四姨娘升位兩件事氣病了，一時撂了挑子，闔府上下的事情便全交到了老太太手裡，老太太自己身子還不太好呢，二夫人、也就是過去的四姨娘便開始悄悄嶄露頭角，偶爾也會幫老太太理理事、出出主意啥的。

她處事平和公正，待人溫和可親，從軟弱裡透出精明，讓老太太越來越器重她。

大夫人原是想撂了挑子堵氣，故意為難老太太和老爺的，後來發現老太太事事都會問二夫人，而且二夫人在奴僕們心裡的地位也日漸高升，這下大夫人坐不住了，那病便不治而癒，主動又理起事來。

大夫人一理事，二夫人便很明理地放了手，就是老太太再有啥事問到她時，她也不再拿主意了，免得老太太為難。老太太看大夫人一副生怕被奪了權的樣子，遂不再理事，任大夫人折騰。

好在孫芸娘是大夫人嫡親的閨女，她的嫁事自然是要辦得熱熱鬧鬧、風風光光的。

後日便是孫芸娘出嫁的好日子，府裡已經開始張燈結綵，紅紅的大喜字貼得滿府都是，前院後院的大門框上都掛上了結著大花的紅絲綢，喜氣洋洋的，倒是沖淡了前些日子孫玉娘帶來的鬱氣。

錦娘照常去給大夫人請安。到了大夫人的院子，大夫人正忙著給孫芸娘整理嫁妝。孫芸娘要待嫁，玉娘被老爺打了傷還沒好，所以，來給大夫人請安的也就是錦娘了。

見錦娘來了，大夫人讓紅梅幾個繼續著，自己端了茶坐回正堂。她如今越發地看重錦娘幾個對她的態度了，以前錦娘只是個庶女，她愛見不見的，來了也沒個好臉色看；如今四姨娘升了位，她反倒要處處顯得比二夫人莊重起來，更要彰顯她正妻的地位，錦娘因此每日都非常準時恭謹地給大夫人請安。

「……妳如今也是正經的嫡女了，做事要學著沈穩大氣一些，不可再小家子氣，那些琴棋書畫……雖說晚了點，但還是得學學，簡親王府比不得別家，滿京城裡除了皇上的幾個親兒子，再沒有比之更貴重的，所以，妳要過去了，可千萬別丟了咱相府的臉，凡事都得小心謹慎著，以後……妳二姊姊也過去了，自家姊妹，要多幫襯一些，可千萬別胳膊肘往外拐，見著人家有地位的就上杆子地巴結，別忘了，孫家是妳的根……」自孫玉娘與簡親王世子也議了親事後，大夫人見了錦娘一次，就要把上述這些話給念叨一次。

錦娘也明白，天下父母心，孫家的女兒就算再是庶出，也都是嫁給人做正妻的，大夫人為孫玉娘這事傷透了心，覺得沒臉，但女兒是自己的，又不得不關心牽掛著。簡親王府她是不可能伸進手去的，就只好守著錦娘這個將來的二少奶奶念叨。

只是，孫玉娘會是那老實受欺的主嗎？真到了簡親王府，她不給自己惹事，自己就萬謝了，只是這話她可不敢跟大夫人說，只在心裡腹誹，唯唯諾諾地應著。

大夫人見她態度恭謹，終於停了嘴，神情滿意地端了茶。

錦娘告辭出來，摸了摸額頭。每天聽一頓訓，頭皮都有點麻了。

正和秀姑一塊兒往院子外走，就見幾個小廝正抬著好幾個紅漆箱子往正屋裡去，後面跟著孫芸娘的奶娘鄭嬤嬤。箱子似乎很重，兩個年輕力壯的小廝抬著還有些吃力，那鄭嬤嬤便在一邊不停喊著：「小心些、小心些，可都是大姑娘陪嫁的東西，壞了一件，把你全家賣了也賠不起的！」

一抬眸，看到錦娘從大夫人屋裡出來，那鄭嬤嬤立即住了嘴，眼睛裡閃過一絲慌亂，低了頭裝沒看見，跟著箱子走了過去。

錦娘越看越心疑。芸娘的嫁妝不是要擺到前院去嗎？後兒便是出嫁的日子了，擺在前院，出府時也方便得多，為什麼反而要抬到大夫人院裡來呢？

而且那鄭嬤嬤的眼神明顯有些心虛，難道是……

但無憑無據，她也不能去攔了箱子去查不是？只好繼續往外走。

到了院外，錦娘拉住秀姑的手，在她耳邊輕語道：「我去老太太屋裡請安，妳在這裡給我盯著點，看看她們是不是要倒騰那幾箱東西。」

秀姑聽了怔了怔，但隨即點了頭，錦娘便快速去了老太太院子裡。

二夫人正抱著軒哥兒在老太太屋裡用早飯，見錦娘來了，便是一臉溫慈的笑意。

錦娘給老太太請了安，又給二夫人行了禮，便去看軒哥兒。

小孩子長得快，一天一個模樣，在老太太屋裡養得又好，軒哥兒看著越發可愛了，胖胖的小臉粉嘟嘟的，正睜大著眼睛跟二夫人咦咦喔喔著，偶爾還咧開沒牙的嘴咯咯笑，弄得老太太笑得見牙不見眼，忍不住就放了碗，把軒哥兒給摟了過去。

「瞧瞧，咱軒哥兒可真是越來越聰明了，還知道跟他娘親逗嘴兒呢，來，軒哥兒，給奶奶笑個。」說著就拿臉去拱軒哥兒的小胸脯，弄得軒哥兒撒歡地笑，一時屋裡歡笑熱鬧，好不溫馨。

「可不是呢，大少爺一看就是個聰慧的，這小模樣兒又好，指不定將來就是個封侯拜相的主。」一旁的孫嬷嬷也湊趣著，說著好聽的話。

老太太聽了很是受用，笑咪咪的，錦娘乘機說道：「軒哥兒可真是好玩啊，只可惜，錦娘在家裡待不了多久了，真捨不得啊，好想天天都能看到奶奶和軒哥兒呢。」

老太太聽了也有些傷感。這些日子，錦娘每日要來陪自己一會兒，看下軒哥兒，骨肉至親，真嫁了怕是難得回來一趟了，沒有婆家的允許，嫁出的閨女是不可能回娘家的。

不過，閨女大了總是要嫁的，再捨不得，也是沒有辦法的事，老太太於是微嘆息一聲。「趁著在家，妳就多抱回軒哥兒吧，你們是親姊弟，人生骨肉香呢，抱一會子就回去備嫁妝吧。雖說簡親王府送的彩禮也不少了，但姑爺的四季衣裳、妳自己的四季衣裳，那都得妳親自繡，不能假於人手的，婆家就照著那些個來看妳的女紅手藝呢。」

錦娘微笑著點頭。「錦娘記下了，只是，奶奶，前次簡親王那兒送來的禮都叫在您院子裡嗎？錦娘想看看裡面都有些啥料子，想選幾疋出來給……給二公子做衣衫。」

老太太聽了便沈吟了一會子，錦娘心裡便有些著急，卻不好明說，就看了二夫人一眼，二夫人便自錦娘手裡接過軒哥兒去，對老太太說道：「娘，簡親王家向來富貴，那二公子又是嫡出的，打小起錦衣玉食的，怕是連上好的杭綢也不會上身的。錦娘那……蜀錦杭綢定是不少的，只是，給新姑爺做衣裳怕還是次了些，不若就讓她挑幾疋出來，給姑爺做幾身打眼的吧？」

老太太聽了便也覺得有理。府裡哪裡就沒有宮綢了，只是大夫人怕是都給了大姑娘和二姑娘了，分到四姑娘手裡，可能真沒啥好料子了……

「反正好些個東西也是妳的，妳去挑幾疋也好。」老太太便回頭對孫嬤嬤道：「去找白大總管要了鑰匙，帶四姑娘去庫裡吧，她的嫁妝都在那屋子裡放著呢，另外鎖上了的，正好這麼些天也沒去查過，妳順道拿了禮單一起查驗看看，總不能少了東西才是。」

老太太話裡有話，錦娘聽得暗暗心驚，都是多年鬥爭過來的，誰也不是傻子，她突然說要找幾疋嫁妝裡的料子，必定事出有因，老太太如此精明的人哪裡想不到？原也是自己擔心的事情，遂順水推舟應允了。

孫嬤嬤笑著拿了鑰匙與錦娘一同前往。

找到白總管要禮單時，白總管臉色一僵，迅速地看了錦娘一眼，便回了屋，找了半天才拿了禮單交到孫嬤嬤手裡。

打開庫房門，二十幾個箱子整齊地擺放著，白總管神情嚴肅地走了進去，一逕便走到封好的布疋處。「四姑娘，宮錦宮綢都在這裡了，老奴給您打開了，您自個兒挑吧。」

孫嬤嬤也跟著過去，錦娘卻默數著屋裡的箱子，好像未少……那先前難道只是自己多心？

白總管在給布疋開封，錦娘便裝作很新奇的樣子在幾個箱子間徘徊，一會兒摸摸這個箱子，一會兒看看那個，孫嬤嬤只當她年紀小，想著這麼多東西都是她的，定是興奮著呢。

錦娘手摸的同時，也暗暗用膝蓋頂箱子，先前幾個頂著紋絲不動，到後來，果然一個箱子被她碰動了。

她能有多大的力氣？便裝作不小心，用力一碰那箱子，果然被她推出好遠，差一點就連她也摔在了地上。

正在拆封的白總管臉立即黑了，孫嬤嬤忙過來扶錦娘，她拍拍身子，對孫嬤嬤道：「這箱子裡裝的啥啊？怎麼輕如鴻毛似的，一點重量也沒有？」

孫嬤嬤臉色也開始凝重起來，走到那口箱子處推了推，只覺根本就是空的，她看向了白總管，白總管連汗都出來了，卻沒說什麼，只管往外走。

「大總管，請把箱子打開，我要看看，難不成簡親王府送空箱子來過禮的嗎？」錦娘冷靜地說道。

白總管腳步頓了頓，回過頭，神情頹敗地對錦娘道：「四姑娘，老奴這就請老太太去。老奴……為孫家做了一輩子了，臨到老，卻犯在這事上頭了，真是……真是……」愧意滿心的樣子。

「這事你有責任，但卻不是你所為，你只是可能知情而已，對吧？」錦娘聽了不怒反笑。「外面有人呢，您使個小丫頭去請就成了，這庫裡，少的怕不止這一箱東西吧——」

「白總管，您……怎麼會如此糊塗啊！」孫嬤嬤很是不忍，都是府裡的老人了，白總管向來受老太爺和老太太信任，四姑娘的嫁妝，他是斷斷不敢拿的，就是給他十個膽也不敢如此去貪污主子小姐的嫁妝，怕是……被人逼的吧。

白總管聽了一跺，踉蹌著走了出去。

孫嬤嬤與錦娘便在屋裡察看，果然還有三個箱子是空的，揭開蓋，裡面空空如也，拿了禮單子去對，發現少的正是那幾箱東珠、白玉，連送過來的金銀首飾也不見了。

孫嬤嬤臉都白了。這麼多的財產，若真是白大總管合著外人弄走了，那可就只剩個死字了！

沒多久，老太太使了人來了，說是讓孫嬤嬤把庫房門鎖了，帶著四姑娘去大夫人院裡去。

離錦娘給大夫人請安的時候，也只過去了不到小半個時辰，老太太讓二夫人扶著，又叫了七、八個粗使婆子，直奔大夫人屋裡。

大夫人在回事房裡料理府裡日常瑣事，沒在屋裡，紅梅、紫英兩個正指揮著人在換東西呢，突然見老太太帶著一大堆子人進來，兩個都嚇傻了，好半日才想起要行禮。

老太太也不囉嗦，直接走近她們正在整理的東西跟前去，果然，裝東珠玉石的盒子上都有簡親王府的標記。紅梅想辯解什麼，老太太冷笑道：「妳們太太還真是大手筆啊，把最好的都拿來了啊，其實也就這麼點子東西，虧她也是堂堂太師之女，眼皮子也太淺了些。」

大夫人早得了人稟報，慌忙走進屋裡時，正好聽到老太太如此說，到底不是光彩事，平日裡再強悍，也立時羞紅了臉。

老太太見正主兒來了，也懶得氣惱，讓二夫人扶著她坐在正堂裡，似笑非笑地看著大夫人，也不說話。

一屋子的人全看著大夫人，各種各樣的眼神都有，鄙夷有之，害怕被遷怒有之，疑惑有之……大夫人有種想找個地洞鑽進去的感覺，一時無地自容。

錦娘和孫嬤嬤進去時，正好看到大夫人彆扭地立在大門邊上，臉上一陣紅一陣白，看見錦娘進來，張了張嘴，眼裡雖然有些不自在，卻無愧意，但又欲言又止。

錦娘從她身邊偏身而過，在老太太跟前站好。長輩們都在，就算也是苦主，也由不得她先開口，所以，她乖巧地緘默著，等老太太發話。

「少了幾箱？」老太太喝了口茶，問孫嬤嬤。

「四箱，奴婢對了禮單，大件的重禮全沒了。」孫嬤嬤躬身回道。

「媳婦，妳怎麼說吧，是還了東西呢！還是……」老太太將茶隨手抬起，紅袖忙過去接了，幫她放到桌上，語氣平靜得很，聽不出半絲的怒氣。

經過了這麼會子，大夫人一開始的慌張害怕也過了，如今聽老太太這麼一問，她倒鎮定了下來，慢悠悠地從門邊踱了進來，在老太太下首坐了。

老太太左眉微挑，眼神不再似先前的平靜，犀利地看著大夫人，目光冷若凍霜。

大夫人目光微閃，看似孱弱的老太太總能給她一種無形的壓力，在老太太面前，她總是有些心慌，何況，今次之事，實在有些底氣不足啊……但到底是囂張慣了的，從不認錯是她的習性，何況，都是孫家的孫女呢，她又沒偷了東西回娘家去。

「娘，兒媳不懂您的意思。」大夫人儘量放緩語氣，好平復自己理虧的心。

「不懂？哼，媳婦，妳也是聰明人，有些話何必挑明了說？這裡，一屋子的人，當著小輩的面，我還是想給妳留些體面的。」老太太深吸了一口氣，強壓住心頭的怒火說道。

「娘會想著給媳婦留體面？那媳婦就多謝娘了，只是，升個下賤的奴婢與媳婦平起平坐，那是留的又是哪門子的體面呢？」大夫人不慍不火，語氣卻針鋒相對。

二夫人一聽那話頭又指到自己身上來了，眼圈一紅，清淚便盈盈欲滴，偷瞄一眼老太太道：「娘……都是一家子，好東西給了大姑娘也是可……」

「妳閉嘴！總如此懦弱，要怎麼保護軒哥兒啊！」老太太急急喝住二夫人的話，恨鐵不成鋼地拿指頭戳二夫人的腦門子，又轉頭對大夫人道：「給素心升位可不是我這個老太婆說了算的，妳自己都做了些什麼事自己心裡清楚，不然，親家公也不會在朝堂裡就默認了這事。安兒娶平妻已經是聖上下旨、成了定局的事情，妳若一再地拿此事來說道便是質疑皇上的旨意，就是親家母知道了，怕也不會贊同妳如此吧？」

老太太一席話義正辭嚴，把大夫人的話堵個死緊，大夫人好不容易強抑的怒火便開始往上躥，死瞪了眼縮在一旁抹淚眼的二夫人，原就是鬱在心裡多日的那口氣終於爆發，委屈地哭道：「沒有娘的點頭，老爺他又怎麼會去上那娶平妻的摺子？若是娶了個家世顯赫些、身分高貴點的，媳婦心裡還氣平一點，為何是她這個……這個下賤的奴婢呢！」

「媳婦！不要再口口聲聲地罵賤人、奴婢了，素心她如今也是這府裡的正經夫人，不要因為她脾氣好就肆意欺淩，妳可是大家閨秀出身，說話如此粗鄙，教人如何想妳？難不成想讓全府上下說妳修養人品還不如素心嗎？」老太太實在聽不下去大夫人的話了，怒喝道。

大夫人聽得氣急，老太太也是臉色有些發白，錦娘站在一旁就有些擔心，老太太可是有前科的，千萬別一氣急了又癱了就不好了，忙走過去給老太太拍背，按摩頸頭的穴道。

老太太感覺好了一些，回頭憐愛地看了錦娘一眼，懶得再理大夫人，對孫嬤嬤和紅袖兩個道：「去，領了人，拿禮品單子對，把四姑娘的東西都清出來後，都抬到庫裡去。」說著又看向門外。

白總管正垂手立在門口，等著老太太的召見，見老太太看過來，他幾步便跨了進來，顫巍巍地跪了下去。「老太太……您……責罰老奴吧！」

「老白頭，你下去吧，我知道不是你的錯。」老太太便長嘆一口氣。「你也是幾輩子的老人了，我還不清楚你嗎？只是，雖說都是主子吩咐的事，也得看看是非曲直，有些事，你不是幫她，而是害她呢。」

白總管聽得老臉羞紅，低頭就磕。「謝老太太寬容，謝老太太，老奴……真的該死啊！」

「別了，快起來吧，一把老骨頭了，經得幾下磕？去，找幾個有力氣的，把東西抬回去就是。」老太太擺擺手，一邊的孫嬤嬤便去扶白總管。
白總管羞愧難當地下去了，大夫人卻氣得擋住正要去清禮品的孫嬤嬤，對老太太說道：「娘，為何要清出來？錦娘是您的孫女，芸娘就不是？親家既是送了禮進了門，那禮品就由我們處置不是嗎？媳婦不過也就是將兩個姑娘的聘禮對換而已，有何不可？值得娘如此興師動眾嗎？」
老太太聽了氣急反笑了起來，聲音都有些發顫了。「好、好、好，妳還真是會當家理事啊，做出此等下作事來，還能如此強詞奪理？」說完，一掌拍在桌子上。「我真想問問親家母，當初是如何教妳的！孫嬤嬤，去拿了我的名帖來，現在就去太師府裡請親家母來，看看她家的姑奶奶是如何當家理事的。」老太太起了身，不再看大夫人一眼，甩袖就往外走。
二夫人和錦娘忙去扶她。
那邊大夫人一聽說要請她自己的娘來，嚇得臉色也變了，一下子就軟了聲，大跨一步跪到老太太面前。「娘，不過是些家事，何必請了我母親來……」
老太太不理她，繞過她繼續往前走，大夫人急了，跪著去扯老太太的袖子。「娘……娘，我……我錯了。」
老太太這才停下腳步，冷眼逼視她。「錯？妳會有錯？」
大夫人被老太太看得低了頭，咬了咬牙說道：「媳婦錯了，媳婦當家不該有私心，錦娘芸娘都是孫家的姑娘，媳婦……不該只想著自個兒親生的。」聲音越說越小，卻在低眉那一瞬橫了錦娘和二夫人一眼。

她畢竟是孫家如今的當家主母，老太太也不想做得太過，見好就收。「既是知道錯了，那就起來吧，只是……」老太太又頓了頓。

大夫人見自己稍稍服軟，老太太就鬆了口，正暗自高興，又被老太太那句「只是」將心提起，忙抬眼看老太太。

「只是，我如今這身子也不中用了，這家裡一直是妳一人操勞著的，也怪辛苦的，這樣吧，自明兒起，素心就幫妳打打下手，協助妳理事，凡事商量著辦，妳病的那幾日我也看了，素心雖是個軟性兒，但好在明事理、腦子靈，是個成事的人，妳有她幫著也少出些錯。」老太太不緊不慢地說道。

大夫人做事自私，手段又毒，仗著娘家勢大便為所欲為，府裡也不只有錦娘一個庶孫女，自己身子又不好，再不找個人監督下了，只怕還會有孫女兒被她虐待呢，難得她肯認錯，又有怕處，正好乘機提出。

大夫人聽了一震，猛地站了起來，指著二夫人的鼻子道：「娘要我與……她一起理事？不行，我絕不答應！」話說得斬釘截鐵，一副寸步不讓的樣子。

老太太便斜了眼看她，冷笑道：「不知親家母吩咐妳家嫂嫂做事時，妳嫂嫂會不會也是如此口吻對待親家母呢？」

大夫人聽得脖子一硬，又要回嘴，老太太便又似是喃喃自語道：「唉，明兒去向親家母取取經去，看她是怎麼教兒媳的，那《女訓》她又是否真教了自家姑奶奶……」

大夫人越聽越是心驚，卻還是忍不下那口氣，狠狠地瞪著二夫人，似要將她生吞活剝了去。

老太太冷笑道：「我還沒死呢，這府裡，還是我說了算，妳如此不知進退、不思悔改，自明日起，妳就在佛堂裡唸一個月經文吧，修修心性也好！」

第十三章

大夫人聽了，一把抱住老太太。

「娘……娘，媳婦就算錯了，您也該晚上幾天罰媳婦才是，後日芸娘就要嫁了，媳婦總要受了女婿的拜禮吧！」

「明兒個有素心替妳受禮也是一樣的，妳就安心去佛堂吧。」老太太站著不動，任大夫人抱著，語氣卻是冰冷冷的。

「不行，芸娘是我的女兒，怎麼能讓……讓她去給我受禮，娘，您不能太讓兒媳沒臉了啊……」大夫人終於哭了出來。

「娘，姊姊說的對，芸娘嫁的可是寧王世子，世子又是姊姊的第一個女婿，讓媳婦代姊姊受這禮，不只是姊姊沒臉，芸娘沒臉，更會讓芸娘在寧王府裡抬不起頭啊，沒得讓人笑話了咱們家，還是……還是別罰姊姊了吧。」二夫人看了忙勸老太太，又拿了帕子遞給大夫人。

老太太聽了只默著，並沒說同意，也沒說不同意。

大夫人忙道：「娘……媳婦不鬧了，最多以後就與……與素心妹妹和平共事，一起掌著家裡的事務，您也可以少操些心，在府裡安享晚年。」

老太太要的就是大夫人這句話。芸娘是孫家嫁的第一個嫡女，哪裡就能在這個節骨眼上罰了大夫人，那不只是給芸娘沒臉，同樣也是讓整個相府沒臉；素心雖然升了平妻，但畢竟出身太差，又是庶母，怎麼能在大夫人還在世的情形下，讓她代受世子拜禮？

再說了，素心已經升上來了，再罰大夫人，親家那邊也說不過去，總不能逼得太緊了不是？

之所以說罰，不過是治大夫人的手段，讓她鬆了口，認了素心這個平妻之位，又肯與她一起打理家事罷了。

如今大夫人終於肯認錯，又服了軟，老太太目的達到，卻仍是遲疑著，見大夫人眼裡滿是期待，便嘆了口氣，故作無奈地說道：「若不是素心勸著，我還真不想饒了妳，不過，妳既已知錯，那就先記著，等芸娘嫁了以後，再罰妳也不遲。」

大夫人聽了總算鬆了一口氣，低頭應了，終是今日出醜太多，又是平生難得地被逼著服了軟，心裡就像卡了塊大石一般，沈悶難受，草草對老太太行了一禮，便臉色陰沈地轉身回了屋。

第二天晚上，錦娘正與屋裡人一起做著女紅，芸娘屋裡的小丫頭綠兒過來了，給錦娘行了禮道：「四姑娘，大姑娘說，明兒她就要嫁了，想請姊妹幾個在她院子裡聚上一聚、熱鬧下，以後大家各奔了東西，就難得有這機會了。」

錦娘聽了與秀姑兩個面面相覷，兩人交換了下眼色，秀姑起身給錦娘拿披風，小聲對錦娘道：「去一趟吧，到底是姊妹呢。」

錦娘猶豫著，還是起了身，給那丫頭打了幾個大子的賞錢，說道：「妳先回去，就說我一會子就來。」

小丫頭掂了掂手裡的大錢，笑著走了，一出門，就聽她嘀咕道：「怪道都不來呢，原來是個小氣主子，才幾個大錢。」

秀姑氣得就要衝出去，錦娘忙扯住她。「跟個小丫頭置啥氣，沒得丟了身分。」

看四兒、平兒兩個目露出擔憂之色，錦娘笑道：「她明兒就要出門子了，再鬧臉上也不好看，放心吧，興許真的只是姊妹們聚聚呢。」

芸娘屋裡，玉娘和貞娘兩個都在，屋裡擺了個小几子，上面有不少鮮果點心。秀姑掀了簾子，錦娘進去時，就看到玉娘正和芸娘說話呢。

三姊貞娘她還是第一次見到，看著文文靜靜、柔柔弱弱的樣子，很溫順平和，錦娘一見她便想起紅樓夢裡的迎春來，心裡就有些打鼓。聽說貞娘議的是靜寧侯家的二公子，那人……

貞娘見錦娘一進門便看著自己發呆，微微不自在，笑著說道：「四妹妹，多日不見，怎地生分了？」

錦娘怔了怔，回過神來，立即露了個笑臉。「三姊姊，妳平日也不出門走動的，今日一見，倒是覺著漂亮了好多，所以看怔了。」

那邊芸娘和玉娘兩個這才回了頭，兩人同時看向錦娘，錦娘忙走上前去，一一給三位姊姊見禮。

芸娘擺擺手道：「來了就坐吧，都是自家姊妹呢，沒那麼多的虛禮。」

錦娘見她臉色還算正常，稍放了心，挨在貞娘身邊坐下，貞娘將身子挪了挪，好讓錦娘能坐得正一些，小几太小了，四個人坐了兩邊，像幼稚園的小孩一樣。

「明兒我就要出嫁了，以後也難得再見了面，以前，咱們姊妹幾個也沒怎麼聚過，今兒得好好聚聚才是。」芸娘命人拿了茶來，親手給貞娘和錦娘端上。

貞娘和錦娘兩個忙起了身。芸娘是大姊，又是嫡出的，以前在府裡見了，也沒怎麼睬過她們兩個，一下子如此客氣，讓她們兩個有些受寵若驚，兩人互視一眼，雙手接了茶連聲說謝。

「是啊，四妹妹，以後姊姊也要嫁進簡親王府了，到時，咱倆既是姊妹，又是妯娌，得相互扶持幫襯才對啊。」孫玉娘也在一旁端了茶說道。

錦娘聽了忙笑著應是。「自家姊妹，血肉親情呢，能到一個府裡去也是前世修來的福氣，是該幫襯的。」

貞娘便笑著道：「妳們兩個是好了，可憐我和大姊卻是要在陌生的府邸裡重新生活，唉呀，不知道我婆婆會不會好相與，想想有些擔心呢。」

芸娘拿了個點心放入口裡，應和道：「可不是嗎？也不知道妯娌和小姑們好相交不？四妹妹，妳那日是見著平南郡主了的，她人怎麼樣？」

「郡主人很好啊，熱情又大方，長得又美——」錦娘正說著，便看到孫玉娘的臉色有些陰沈，應該是勾起了她不好的回憶了吧，那日她正是在寧王府裡出的事，但她至今也沒弄明白，玉娘為何會去那間小院呢？不過，想來孫玉娘是不會跟自己解釋的，也就不再問了。

幾個人又吃著點心、說著話，相親相愛和睦共處的樣子，今天的芸娘和玉娘似乎感慨良多，總時不時地說，以前在府裡時，姊妹們沒有多走動走動，弄得如今就要各奔東西了，才想著要好好在一起，偏又沒有了時間云云。

貞娘說得少，但偶爾會插上幾句，吃一點點心，啜一口茶。錦娘始終看芸娘吃哪盤點心，自己就也拿那個盤子裡的點心吃，茶總是端起後，只沾濕了唇，絕不喝進口裡去。

坐了快一個時辰，錦娘便感覺身邊的貞娘有些昏昏欲睡的樣子，眼皮子難以打開，說著說著，竟然就往自己身上倒，連忙有樣學樣地也半耷拉著眼皮，一副要暈的樣子，眼角餘光卻見芸娘嘴角勾起一抹陰笑。

貞娘終於頭一栽，向小几上趴去，錦娘也跟著眼一閉，伏在了貞娘身上。

耳邊就聽見玉娘在喊：「三妹妹、四妹妹，妳們怎麼了？」

又感覺有人在推她，錦娘裝作人事不知，任她們推著。

果然就聽見芸娘說道：「玉娘，去把門關了，讓妳的婆子們把她們倆跟著的人也弄暈了。」

孫玉娘起了身，有些猶豫。「大姊，別太過分了，如今她也是身分不同了，再者，去了簡親王府，她畢竟會是正經的少奶奶，我不想跟她把關係弄得太僵啊。」

「哼，咱們今晚就做齣好戲，過了今晚，莫說簡親王府的少奶奶了，怕是嫁個小廝都成問題吧！」芸娘咬牙切齒地說道。

「大姊，妳……妳要做什麼？可不能亂來啊，打兩下出氣就成了，做太過了，老太太和老太爺會扒了我們皮的。」孫玉娘聽了大驚失色，抬腳就想走。

「放心吧，我既是要做，又怎麼會讓人看出是我們下的手來呢，二妹妹，妳越發地膽小怕事了。」芸娘獰笑著說道。

「還是不要了吧，我……我不管了，我要回屋去，大姊姊，三妹可沒得罪妳，別把她也害了呀！」孫玉娘又道。

「膽小的笨蛋！沒她，我們怎麼能逃離關係？妳有點腦子好不好？」芸娘揮手招了四個婆子，讓她們將錦娘和貞娘拖起。

錦娘便感覺自己被人架著兩臂往外拖，又聽得孫玉娘說道：「這不關我的事，大姊，妳是我親姊，我不會去告發妳，但是，我絕對不參與了，我……我走了。」說完就往外逃。

錦娘不由想，這個二姊還沒壞徹底嘛，孫芸娘看著不聲不響的，還真陰狠啊，真不愧是大夫人的女兒，到了寧王府，那個紈袴的寧王世子，怕是會被她整治得服服貼貼呢。

身子被人粗魯地架著，便聽孫芸娘說道：「把她們兩個先關在後園子的暗屋裡，半個時辰後再送三姑娘回去，把本姑娘身上的東西丟一件在四姑娘身上就是。」

看來，是想害了她，順便栽贓貞娘，一箭雙雕了。錦娘被人拖著，又想看芸娘的陰謀到底是什麼，不敢亂動，出了院子，外面一片漆黑，秀姑怕是也已經暈了。

不過就是沒跟她換嫁妝而已，她竟然就要害自己？不是打一頓，聽著像是身敗名裂呢，太狠毒了吧！

若就此呼喊，定是會有人來救吧，只是……這樣，就不能戳穿孫芸娘的陰謀了，但她轉念又想，戳穿了又怎麼樣？她明日就要嫁了，老太太和老太爺為了臉面也不會將此事聲張，就算想要懲罰她也來不及了，總不能因此而不讓她嫁了吧？

她果然好計謀，知道就算事發，老太太幾個也拿她沒法子，不能將她怎麼樣，所以，忍了一天，今天才想著來報復。算了，還是自救要緊，一會子想辦法，順便把三姊也救了，貞娘可是受自己連累了。

感覺到了湖邊了，錦娘心裡開始慌了起來。不會是要將自己丟湖裡去吧？雖說會游泳，可是……好冷呢，她可不想感冒。

長吸一口氣，正要大叫一聲的，就聽到邊上有個婆子說：「真要拖到那個黑屋子裡去？」

另一個道：「別管了，丟去了咱們就走吧，別真去叫那啥人來了，害人名節毀人終身太缺德了，大姑娘就要出門子了，妳我可還得在這府裡當差呢，真要哪一天被查了出來，咱們就別想活了。」

「嗯，說的也對，那咱們就把四姑娘關進黑屋子裡算了，也算是交了差，凍一晚上肯定得病的，大姑娘也算是出氣了。」其中一個婆子又道。

這兩個婆子還算沒有泯滅良心啊，不過，被凍一晚上也受不了好不？她正想著，突然聽到邊上的婆子唉呀了一聲，緊接著另一個也是一聲慘叫，倒在了地上。

後面拖著貞娘的兩個婆子聽了便以為出了鬼，嚇得丟了貞娘就跑，沒跑幾步，也是接連兩聲慘呼，倒了。

錦娘使勁憋著笑。就知道那人會在自己周圍派人守著呢，要不要起來？算了，看看那人將婆子們打暈了又會怎麼樣。

但湖邊除了風吹湖水拍岸的聲音，再也聽不到別的。錦娘忍著凍又等了一會兒，還是不見動靜，只好爬了起來，環顧四周，除了地上躺著的幾個人，再也不見半個人影。可惡，救人不救到底，若自己真中了迷藥，他也任自己在這裡挨凍嗎？太不負責任了。

拍拍手，扭了扭被婆子硌痛的胳膊，錦娘走到貞娘身邊，推了推她，結果，貞娘沒動。錦娘無奈地嘆了口氣，說道：「三姊姊，對不起啊，妳最好不要太重，不然我會很累地。」

說完便去扶貞娘起來，卻聽噗哧一聲笑，貞娘自己坐了起來，嚇得錦娘差點跳了起來，不可置信地指著她。「妳……妳也是裝的？」

「從來都不將咱們兩個放在眼裡的人，突然會那麼友好地請咱們相聚，又好茶好點心地供著，她們真當人人都是傻子呢。」貞娘細聲細氣地，聲音裡卻帶著絲笑意。

「三姊，妳……都不氣？」錦娘更是詫異了，伸手拉貞娘起來。

「氣？若被她們兩個氣著，我早八百年就氣死了，難道四妹妹妳不是被她們兩個欺負大的嗎？」貞娘起了身，拍了拍身上的泥土，感覺湖邊寒風瑟瑟，不禁打了個寒顫，抬腳就往回走。

錦娘連忙跟上。「是呢，想著就氣，憑啥咱們兩個就要被她們欺負啊，三姊，妳剛才也是想著要揭穿她們的吧？」

貞娘雙臂環抱著自己的身子，回頭笑看錦娘。「我是想看妳想要做什麼。」

錦娘一聽愣住了，原還以為自己精明呢，沒想到這位看似柔弱老實的貞娘比自己更狡猾呢，怪不得自己起來後，她還在裝死，看來，這府裡還真沒一個是軟蛋。

「妳……妳知道我會自救？或者說，妳知道會有人來救咱們？」錦娘有些不甘心，挽了貞娘的手問道。

貞娘正是冷呢，見錦娘靠過來，她也不客氣地一手抱住了錦娘，看著地上的幾個婆子說道：「我可不知道會有人來救，四妹妹，妳命真好，要嫁的那家人，定是很在乎妳的，不然……也不會派了人來保護著妳。」

呃，連這也知道？太厲害了吧，錦娘不禁有些傻眼。「妳……妳怎麼……」

貞娘不由笑出聲來。「我雖不太去大夫人那裡請安，但府裡的事我還是知道一些的。那日大夫人的手腕無故腫得老高，她自己對外說是不小心傷了，但當時在小樹林裡的人終是會傳言出去。她原是要打妳，後來卻變成了自己被打，這事稍稍想一下就能想通，四妹妹，三姊說的對不？」

兩人邊說邊走，又說笑了幾句，倒是惺惺相惜了起來。至了岔路口，貞娘對錦娘說道：「四妹妹，妳下個月就要出門子了吧，想不到我這個做姊姊的還在妳後頭呢。」語氣有些揶揄，一點也沒有嫉妒不滿的意思。

「是啊，下個月我就要離開這裡了，三姊，以後咱們多走動走動吧，別老悶在自己院子裡了，就是嫁了，咱們也要多走動。這個府裡，除了咱們自個兒的娘，誰會想到咱們呢？」錦娘拉了貞娘的手，真誠地說道。

「也是，那就說好了，不過，我嫁得可沒四妹好呢，到時我可是攀貴親了。」貞娘拍了拍錦娘的手，含笑說道。

「姊姊這是說哪裡話呢，姊姊嫁得也不差，只是沒見過姊夫，侯府公子定然也是好的。」錦娘忙安慰道，自己卻眼神悠長，腦子裡浮現某人那張傾國傾城的側臉來。那天真可惜，沒有看到正臉呢，會不會美得天怒人怨呢？

貞娘但笑不語，錦娘知她不想談及未婚夫婿，便扯了幾件旁的事，兩人便告辭各自回院了。

第二日，她起來後，秀姑還醉著沒醒，四兒和平兒兩個嘀咕著抱怨她不盡責，哪有把主子丟下自己喝醉了讓人送回來的理？

錦娘還在氣昨天的事，沒怎麼理睬她們，一會子外面鼓樂喧天、熱鬧非凡，十全奶奶已經請進府裡來了，要給孫芸娘梳妝，四兒和平兒兩個就雙眼冒光。

錦娘知道她們倆是想看熱鬧，又想討賞錢呢，她自己也想去看看，一是想故意好端端地出現在孫芸娘面前，氣氣她，再者也是想看看古代嫁姑娘的禮儀，觀摩學習也好，等下個月輪到自己時，也不至於啥都不知道。

於是她派了小丫頭服侍秀姑，自己帶了四兒和平兒去了芸娘的院子，走半路就遇到貞娘了，兩人相視一笑，心裡都明白對方的心思，遂牽了手，一同前往。

誰知到了芸娘的院前，裡面竟傳來大哭大鬧的聲音。「不！我不嫁、我不嫁！改日子，快快通知寧王府改日子！」

竟是孫芸娘歇斯底里的聲音，錦娘與貞娘兩個面面相覷，不知出了啥事，便擠過看熱鬧的人群進了院子。

「哐噹」！又是一聲脆響，怕是打爛了某件瓷器了。

「芸娘！我的兒，妳這是做什麼?!」聽得大夫人帶著哭聲嚷嚷著。

錦娘與貞娘更覺得好奇，加快了腳步，只見芸娘屋裡人來人往、穿進穿出的，兩個十全奶奶反倒沒有進屋，被安在穿堂處喝茶。

錦娘打起簾子正要進去，就見玉娘從裡面衝了出來，一臉蒼白，見了錦娘和貞娘，頓時一震，像見了鬼一樣，掉頭就逃。

錦娘忙叫道：「二姊姊，出啥事了？」

玉娘被她叫得身子一僵，慢慢地回過頭，突然就撲通一聲跪了下來。「四妹妹、四妹妹，我……我沒做那事，我沒做，我沒參與的……」

錦娘便看了貞娘一眼，很是詫異。昨晚，孫芸娘不會下了要害死自己兩個的心思吧？怎麼玉娘見了她們，如同見討債鬼一樣啊？

正要扶起玉娘呢，突然就衝出一個人來，扯著玉娘的頭髮就往裡拖。「死蹄子！妳想害死我嗎?!」一聲音吵啞著，像是哭過一樣。

錦娘抬眼一看，立即嚇得三魂只餘兩魄。「鬼啊——」轉頭就要跑，卻被貞娘揪住。

「四妹妹，妳鬼叫什麼，那是咱大姊姊呢！」

錦娘這才回神，轉頭一看，還是嚇得一怔，閉了眼，再睜開時，那人已經拖著玉娘進去了。

屋裡就聽見大夫人怒罵。「那些個服侍的人呢？統統拖出去打死！竟然在大姑娘出嫁的前晚上下毒害她，膽子忒大了！來人啊，把這起子謀害主子的賤人全拖出去，亂棍打死！」

就聽好幾個丫鬟、婆子們在哭著求饒，一時哭聲震天，哪裡像辦喜事嫁姑娘的樣子，接著就有粗使婆子進去拖人，最先拖出來的就是給錦娘送信的那個小丫頭，一臉慘白尖叫著，兩個婆子便扯了塊破布去堵她的嘴。

錦娘還是莫名其妙，仍想進去瞧瞧，貞娘卻死死扯住她，俯了身，在她耳邊細說道：「這會子進去不是當炮灰嗎？就在穿堂裡等吧，一會子戲更好看的。」

錦娘聽了不由點了點頭。這會子也沒人招呼她們，兩人便與十全奶奶們坐到一起閒聊起來。

沒多久，二夫人扶著老太太來了，錦娘和貞娘忙上前去行禮，老太太哪裡還有心思理她們兩個，紅袖一掀簾，老太太便急急地進去了。二夫人回頭匆匆看了錦娘一眼，見她好好的，臉上就露出一絲笑意來，跟著老太太進去了。

屋裡就傳來老太太的怒喝。「妳還嫌鬧得不夠，丟醜不夠嗎?!大喜的日子妳弄得血雨腥風的，想要做什麼？一會子迎親的人就來了！」

「奶奶，您看……您看我的臉，昨晚好好的，今兒一早起來，就腫成這樣了，孫女又沒出去過，睡在自己床上出的事，不是跟前的人，能害到孫女嗎？一定得讓她們招出來，是誰這麼狠毒，故意毀了孫女的容貌，這教孫女過去了，如何見人啊……孫女不嫁了！不嫁了！」孫芸娘在屋裡又氣又哭，歇斯底里的，差一點就要岔了氣去。

錦娘終於是弄明白了，不由捂了嘴，強憋著笑。定是某人的傑作呢，那次玉娘不也是他弄的嗎？某人的性子如此彆扭小器，定然是幫自己報復了，只是這法子……這法子也忒毒了點吧。

不一會兒，太醫來了，正是劉醫正，下人們忙將他引了進去，很快診斷就出來了，芸娘的臉上被人撒了毒粉，起了一臉的紅斑，腫得嚇人，卻不會有大礙，無須用藥，三天就會自動消除。

老太太總算鬆了一口氣，又罵了大夫人幾句，叫人把下人們都放了，此事不能再鬧大了，孫府丟不起這個臉，又把十全奶奶請了進去，給芸娘梳頭換服，臉上儘量撲厚些粉。芸娘雖然仍是氣得不行，但想著不會就此毀容，倒也不再鬧了。

老太太又下了封口令，往後府裡任何人不得再議論此事，發現一個，打死一個，剛從棍下逃生的下人們忙齊聲應了。

老太太便與二夫人出了屋，陰沈著臉回去了。

玉娘瑟縮著從屋裡溜了出來，見了錦娘便一副很害怕的樣子，心虛地往錦娘和貞娘身邊挨。

錦娘終是忍不住，沒理玉娘，拉了貞娘的手便進了裡屋。

大夫人正在邊上指揮著人給芸娘化妝，見了她們兩個進來，臉色頓時一沈，眼神凌厲地看了過來。

錦娘裝沒看見，一臉驚慌地關切，歪了頭去瞧芸娘，芸娘正好偏過頭來，就觸到錦娘似笑非笑的眼眸，心中一凜，藏在廣袖中的手掌緊握成拳，死咬著牙關，抿嘴沒有說話，微顫的眼睫卻洩漏她內心的恐慌和憤恨。

十全奶奶給她臉上撲上了一層比城牆還厚的粉，仍是不能遮蓋臉上那東一塊西一塊的紅斑，整張臉比戲裡的丑角看著還要滑稽，原本小巧的鼻子，連鼻梁都被兩側浮腫的臉頰襯得陷了。

錦娘眼波流轉間，笑意盈盈，臉上偏生裝出關切之情。「大姊，妳莫非昨夜夢遊，做了啥不乾淨的事情，所以才會有此一劫？」

大夫人聽了好生惱火，怒斥錦娘道：「豈有此理，芸娘已經很痛苦了，妳還來說風涼話？妳也太沒姊妹情誼了些！」

此話一出，孫芸娘的臉一陣抽搐，臉上的厚粉撲簌簌往下掉。

錦娘終是忍不住笑出聲來，她也裝得太辛苦了些。「是啊，母親，妳可有所不知，大姊姊此番模樣，可不正是太有姊妹情誼才鬧成的嗎？」說著，俯近芸娘。「大姊姊，妳說……妹妹說的對不？我和三姊姊能平安站在這裡，妳很失望對吧？」

芸娘原已經腫成一條線的眼睛立即睜大了好多，恐懼地看著錦娘，嘴唇微顫。「妳……妳……是妳對不對？是妳耍了手段！」

突然，她站起身直向錦娘撲了過來，揪住錦娘的衣襟，瘋狂地喊道：「拿解藥來！快點，拿解藥來，快拿解藥來！」

錦娘嫌惡地將她甩開，拍了拍衣襟，譏誚地說道：「大姊姊魔怔了吧，怎麼說胡話呢！」

大夫人剛才聽芸娘說是錦娘害的時，氣得都快要炸了，正要發火，就看見邊上的貞娘也是一副看好戲的模樣，微瞇了眼看著自己，似乎正等著自己發火呢，不由怔住。

若說錦娘如今比過去強勢了，她還能理解，畢竟二夫人如今升了位，又正得寵，她有了依靠；但貞娘呢，三姨娘可是被自己捏在手心裡的人呢，她又憑什麼也如此倨傲了起來？

目光閃爍間，大夫人看向芸娘。自己女兒性子她是清楚的，聽錦娘那話，怕是芸娘不甘心嫁妝被換回，做了啥子事情吧？不由喝道：「別鬧了！」

錦娘一愣，沒想到大夫人突然腦袋轉了，沒有罵自己，不由看了過去，大夫人臉色黑如鍋底，對錦娘和貞娘說道：「妳們兩個回去吧，芸娘她心情不好，說話沒輕沒重的，別介意啊。」

這話說出來，連貞娘都詫異了，有點難以相信地看著大夫人，不過，她很快地說道：「母親說的是，貞娘這就帶著四妹妹回去。大姊，妳也收拾好了心情，高高興興地做個新……嫁娘吧。」故意在那新字上頓了頓，語氣裡揶揄之味很濃。

花轎如期而至，孫芸娘蓋著紅蓋頭上了轎，一百六十抬嫁妝擺了滿街，十里紅妝，吹吹打打，好不熱鬧，街上看熱鬧的都在紛紛猜測著，相府嫡長女，嫁的又是寧王世子，真是風光啊，不知道那位大小姐，長得有多漂亮呢？

「醜死了！」孫府對面的二樓酒樓裡，冷華庭坐在窗前，對身後的冷謙說道。

「少爺若是不給她下毒粉，孫家大姑娘長相還是不錯的。」冷謙難得一次說了這麼長的話。

「不下毒也醜，比冷卓然府裡收的那些個女人醜多了，還是這麼個性子，是男人都不會喜歡，我不過是讓卓然兄早些認識她的真面目罷了。」冷華庭歪著頭，眺望著對面高大的府邸，若有所思。

冷謙聽了這話，很有所感地點了點頭，想了想又問道：「昨兒明明四姑娘中了計，少爺怎麼不肯讓我去救醒她呢？天寒地凍的，很容易生病的。」從桌上拿了茶遞給冷華庭。

「太蠢了，救她做什麼？」冷華庭接過茶，喝了一口說道。

明明就是特地親自去救了，偏還要嘴硬，冷謙真對自家少爺無語了。「幸好四姑娘自己聰明機伶，不然，今兒怕是起不了床了。」

「哼，她就等著我現身救她呢，我偏不！」

冷華庭放下茶杯，推著輪椅離開了窗前。

第十四章

芸娘嫁了後，府裡便開始風風火火地操辦起錦娘的婚事。

貞娘自那次事情以後，真的與錦娘走得近了，錦娘也是熟悉了才知道，自己這個三姊姊一點也不像外表那麼柔弱，精明又可愛，性子不溫不躁，而且還幽默風趣，很對她的脾氣。可惜她到底是要嫁了，能在一起的日子真的不多，兩人便更是珍惜在一起的情分。

貞娘也有嫁妝要做，有時，兩姊妹便會在一個屋裡做衣裳，錦娘偶爾也會告訴貞娘一些現代意識的圖案，繡在帕子、荷包、鞋面上，有趣又有新意。

臨嫁的日子裡，錦娘感覺有些惶惶然而不知所措，要說怕，又不知道怕什麼，在這個府裡混了幾個月，才混熟了，又要去陌生的環境，不熟悉的丈夫、新的規矩，都讓她有些惶惑。有時玉娘也會主動過來跟她交好，偶爾也談一些簡親王府的事，畢竟玉娘是嫡女，交際比錦娘廣多了，所知道的東西也多些，但錦娘一直對玉娘淡淡的。大夫人教出來的女兒，就算不是很壞，也好不到哪裡去，心裡生了膈應，便很難消除。

臨出嫁的前幾天，大夫人送了兩個丫頭來，說是給錦娘陪嫁，兩個都長得水靈靈的，不看也知道大夫人的意思是什麼。

大戶人家裡，陪嫁丫鬟是最有可能被姑爺收房的，所以，被送來的兩個姑娘對錦娘是百般討好。錦娘倒沒什麼，不過是兩個小丫頭，雖然漂亮，但比起某人自己，怕還差上一色，所以，她不太擔心這個；再者，在府裡與大夫人和兩位嫡姊鬥智鬥勇了兩個月，她倒不把兩個小丫頭放在眼裡了，誰怕誰啊，到時，就看誰的手腕強。

四兒和秀姑表現也是平平的，反正人還沒嫁去呢，也不知道新姑爺是個啥脾性，也都是一個府裡的家生子，平日裡抬頭不見低頭見的，以後過去了，又在一起共事，一齊服侍四姑娘，不用弄得像仇家似的。

只有平兒，有事沒事就拿眼瞪她們兩個，仗著自己是錦娘跟前的老人，對那兩丫鬟頤指氣使的。那兩丫頭，一個叫春紅，一個叫柳綠，原也是大夫人身邊的二等丫鬟，平日裡也是橫慣了的，哪裡受得了平兒的氣，因此，在備嫁的日子裡，偶爾就會有平兒與春紅、柳綠的爭執聲。

錦娘忙著做嫁妝，沒得心思管她們。

這天，老太太使了人來叫錦娘去，她正在屋裡收拾嫁妝，時間太過倉促了，準備得不是很多，正自懊惱著。

一進老太太的屋，便看見二夫人正抱著軒哥兒在訓兩個丫頭，錦娘抬眸看去，兩個丫頭都是十四、五歲的樣子，長得清秀，模樣算不得很好，但也不壞，只是看著中規中矩的，很老實穩重的樣子。

見錦娘進來，老太太便笑了。「除了秀姑，妳自個兒身邊的兩個也要帶過去吧，妳母親那邊也送了兩個，我再給妳兩個，這貼身的就有了六、七個人，應該是夠了的。妳來看看，這兩個人中意不？」

錦娘聽了便笑道：「奶奶挑中的，肯定個個都是好的，錦娘看她們都不錯呢。」

老太太聽了便是笑，拿過紅袖手裡的一個盒子。「這裡面有些房產和地契，是奶奶留給妳的。簡親王府雖然富可敵國，但妳也還是得有自己陪嫁的產業才是。」

錦娘聽了便鼻子發酸，猶豫著沒去接，老太太卻嘆了口氣，說道：「這些年，奶奶也知道，妳們幾個庶出的孩子受了苦，奶奶不是不想管，只是……唉，這就算奶奶補償給妳的吧！」

一邊的二夫人眼圈也跟著紅了，說道：「娘，錦娘知道您真心疼她的。」

錦娘紅著眼接過了老太太手裡的盒子，遞給身後的秀姑，二夫人也讓冬兒拿了個包裹出來。「妳也知道，娘沒啥好東西，不過，這些年也存了些體己，打了兩副頭面給妳，少了點，但是娘的心意。」

錦娘也默默地收了，接著，老太太又讓紅袖拿了另一個盒子給錦娘。「這是公中妳名分裡該給妳陪嫁的，三處田莊，三個鋪子，房產也有一處，不過，離簡親王府有些遠，在板頭街那邊，五進的院子，只是老舊了些，雖說比不得芸娘和玉娘的，但也還算可以，妳收好了，管莊子和管鋪子的幾房人，也跟著妳一起過去了，到時，妳去了那邊後，再讓他們跟妳見上一見，認識了，以後也好理事。」

老太太又細細地吩咐了不少事情，又留了錦娘吃過午飯，才放了她回來。

第三天，是芸娘回門的日子，大夫人早早就忙了起來，迎接自己的大女婿——寧王世子。

就是老太爺和老爺也請了假在府裡，沒去上朝。但說過了巳時二刻來的，卻是左等右等，一直沒聽到門房來報信，到了快午時二刻時，菜都上了桌，一些族裡的長輩們也都坐上去了，還是不見寧王府的車子，老太爺和老太太就有些坐不住了。

大夫人更是心焦得很，使了好幾個人到前面去看了，卻還是不見人來。過了午時，飯菜都有些冷了，寧王府才使了個管事嬤嬤來，進府給老太太磕了頭後道：「世子爺身子不適，前兒晚上喝多了酒，又受了些涼，所以，今兒的回門禮讓奴婢先送了來，等身子好了，再和世子妃一道回門，請親家奶奶、親家夫人見諒。」

既是病了，為何不早些送了信來？就算世子病了，府裡也該來個主子，這樣才能顯出誠意啊！過了飯時，才使個奴婢來，就算送了禮來，也不過是敷衍，老太爺和老太太臉色都不好看，連賞都沒有給那個婆子，就揮手讓她下去了。

還是紅袖追了出去，遞了個荷包給那婆子，那婆子臉色也是很冷，接過荷包也不說謝，轉身就走了。

大夫人便使了人去寧王府，就說是看望世子，結果，寧王府的人推託世子歇了，愣是沒讓見著人，夫人派去的人便去見了芸娘。

那人回來後，如實稟報了大夫人，大夫人聽完，氣得臉都綠了。

原來，新婚那夜，世子一大幫朋友去鬧洞房，鬧著要看新娘子，芸娘死活都不肯讓世子掀蓋頭，世子在朋友面前很沒臉，正要甩手出去，卻不知是哪個惡作劇的，弄掉了芸娘的蓋頭，大家一看，立時便有人驚叫起來，說鬼的、醜女的、瘋子的啥都有，就是世子自己也是看得透身凍涼。

他一直自詡風流倜儻，娶的又是堂堂相府孫女、大將軍的嫡長女，就算不是個美嬌娘，也應該算是個清秀佳人吧，卻不料娶回家裡的竟然是個母夜叉般的醜女，立即覺得顏面掃地，甩袖走人了。

洞房花燭夜，芸娘獨自一人獨守空房，孤坐到天明，偏生第二天，世子的小妾和通房前來見禮，見了新來的主母是個無鹽醜婦，冷嘲熱諷之語不絕於耳，芸娘實是忍不住，便打了前晚世子寵愛過的一個小妾。

世子回來便罵了芸娘一頓，兩人頓時便吵翻天，那三天，世子再也不肯去芸娘屋裡了，把芸娘恨得牙齒發癢。

又因她臉上紅腫未消，因此不肯去給公婆上茶，又讓寧王妃很是生氣，怪她這個新進門的媳婦不懂規矩、不敬公婆、不事夫君，又一進門就鬧得家宅不寧，實是不喜歡芸娘，便對她更是冷淡，就是世子不依規矩，夜宿小妾屋裡，王妃也不說世子半句。

芸娘就是委屈也無處訴說，只能有苦往肚裡吞。今日，芸娘的臉其實已經好轉，容貌也恢復了八成，放下架子親自去請世子一同回門，卻正好又遇到世子在與一個小廝鬼混，氣得芸娘快暈過去，哪裡還有心思回門，關了門就一個人躲在屋裡痛哭。

大夫人聽完那人的回稟，當時便眼一黑，人就往地上歪，若不是杜嬤嬤扶得及時，估計也會摔傷了身子。大家忙抬了大夫人到床上去，又請了太醫來，太醫說大夫人是急火攻心，犯了暈症，得好好養著身子，十天半月怕是起不得床，府裡的事情一下子便又都落在了二夫人身上了。

錦娘聽說了這些事情之後，不得不佩服自家未來相公的陰狠啊，只撒些毒粉就差不多毀了芸娘的婚姻幸福，還讓大夫人也跟著中了招，真是厲害。

這事後來老太太也知道了，卻只是嘆了口氣，什麼也沒說，倒是在錦娘去請安時，看錦娘的目光比以往更不同了些，偶爾，也讓錦娘帶了貞娘一同去她那裡用個午飯啥的，祖孫之間比往日裡倒是更親近了些，反倒對嫡出的玉娘有些疏遠了，弄得玉娘時不時地就往錦娘院子裡鑽，也不管她願不願意，總是沒事就纏她一陣子。

終於到了出嫁的日子裡，一大早，天只是剛亮，錦娘就被秀姑從床上挖了起來，迷迷糊糊地坐著，四兒、平兒服侍她穿嫁衣、淨臉，秀姑拿了根細細的棉繩過來，也不知怎麼弄的，細繩一繞，嘴裡咬一頭，兩手各扯一頭，貼著錦娘的臉就扯了起來。

錦娘臉上一陣刺痛，差點從凳子上跳了起來，瞌睡也醒了，一把推開秀姑道：「扯我汗毛幹麼？痛死了！」

四兒聽著就噗哧一聲笑了起來。「姑娘，出嫁不就得開臉？」

秀姑也是又好氣又好笑，忍不住揪住了錦娘按在繡凳上。「沒見過這麼怕痛的，快些個，開了臉後，一會子十全奶奶就得來了。」

錦娘被秀姑按著不能動，忍著臉上如螞蟻啃咬的痲痛，齜牙咧嘴地吸著氣，嘟囔道：「不就是為了好看嗎？打點粉不就成了嗎？幹麼弄這個，痛死了。」

秀姑就停了手去戳她腦門。「今天可是妳的大喜日子，什麼死啊死的，再亂說，我拿針來縫妳的嘴了。」

一會子，果然請來了十全奶奶，卻正是上次給芸娘梳妝的那個，二夫人親自帶進來的，原是顧翰林家的大少奶奶，人長得秀氣溫婉，一進門便是滿口的吉利話，說得二夫人眉花眼笑。

錦娘便再也不敢亂說亂動，任屋裡的人折騰著，十全奶奶給錦娘梳著頭，口裡念叨著吉利話，錦娘便抬眼看站在一旁的二夫人。

二夫人臉上雖是掛了笑，眼睛卻是濕濕的。是捨不得吧，自己親生的，又養了十幾年，一朝嫁出去，便是別人家的人了，肯定是不捨的。

錦娘微張了嘴，叫了聲：「娘……」

二夫人怔了怔，偷偷撇過臉去拿帕子拭了拭眼角的淚水，哽著喉嚨應了聲，說道：「別亂動，讓十全奶奶給咱四姑娘化個美美的妝，我的錦娘今天就是最美的新娘子了。」

錦娘鼻子也是酸酸的，眨巴著眼睛不敢哭。臉上剛被撲了一層厚粉，一哭還不得花了。

二夫人一直不錯眼地看著十全奶奶給錦娘化妝，用的胭脂粉撲也全是她自個兒剛才拿來的。芸娘出嫁那日的事情雖然後來被老太太下了禁口令，但府裡的人仍會偶爾閒扯上幾句，那次雖是也懲治了幾個人，但最終也沒找到給芸娘下手的人。

所以，二夫人還是心有餘悸，生怕府裡哪個又對錦娘下了黑手，一個女子一輩子也就這麼一天，一定要是最美的模樣嫁出去才好。

正擔心著，外面便熱熱鬧鬧地來了幾個人，原來是貞娘和玉娘兩個來了，她們兩個見二夫人也在，忙上來行了禮，玉娘看著穿著大紅嫁衣的錦娘，臉色微黯了黯。只有正室才能穿大紅，自己早些年便將大紅的嫁衣做好了，可是……卻不能穿，雖然……很喜歡世子，可是，平白給人做了小去，驕傲慣了的玉娘心裡還是很膈應。

貞娘是真心來給錦娘送祝福的。她自己的婚事也定在了年後，比玉娘倒是還早了幾個月，看著就要出門子的錦娘，她心裡也有感慨，有點捨不得。姊妹們出嫁後，想要再見是很難的，所以，貞娘一大早就過來看錦娘，想著能多陪一會兒是一會兒。

姊妹幾個正說笑著，就見四兒略微慌張地打簾子進來。「四姑娘，大姑奶奶來了，說是給四姑娘道喜來了呢！」

屋裡人聽了全是一怔。芸娘嫁出去後，就沒回過門，就是大夫人使了人去接了兩回，也沒接回來，今天竟然會為了錦娘出嫁而回門？

秀姑首先反應過來，不動聲色地擋在錦娘前面。

二夫人還沒做出反應，那邊簾子掀起，芸娘一身華麗宮裝出現在大家視線裡。

看著一屋子人臉上的詫異，芸娘嘴角勾起一抹淺笑。「怎麼？難不成我嫁出去了，就不興回來給妹妹們道喜了嗎？」

語氣再平和不過，二夫人立即就笑了，迎了過去道：「哪能呢，我們想請都難得請到呢，難得大姑奶奶肯回趟門子，快快請坐。」

貞娘幾個也上前去跟芸娘說話，芸娘也像是她們之前從未發生過什麼事情一樣，很親熱地拉著貞娘的手說話，一雙漂亮的鳳眼卻不時地瞟向錦娘。

莫說請來的十全奶奶還真是手巧，把個錦娘妝扮得嬌豔動人，尤其一雙靈動的大眼清澈明亮，如水洗的珠玉，墨黑又耀眼。

芸娘便笑著走近錦娘。「四妹妹今兒可真是美啊，比起姊姊那日來，真是一個天上，一個地下，太美了。」

錦娘聽這話就有酸味，隱隱地就感覺芸娘怕是會有啥子行動，看了身邊的秀姑一眼，說道：「大姊姊謬讚了，說起相貌來，自是大姊最出挑的，錦娘向來是最不起眼的那個。」說著，警惕地看見芸娘藏於袖中的手動了動。

果然下一秒，芸娘毫無預警地向錦娘撲了過來，手裡拿著一個瓶子就往錦娘頭上劈頭蓋臉地砸。錦娘早有準備，在芸娘動手的前一瞬就起了身，迅速拿起桌上的大銅鏡擋住自己的臉。

那瓷瓶哐一聲破了，裡面灑出來的卻只是一些清水，錦娘一顆吊得老高的心終於放下。屋裡的二夫人和貞娘突然見變故，都是一聲尖叫，秀姑更是撲上去死死抱住了芸娘。芸娘也不掙扎，嘴角勾起一抹譏誚。「原來四妹妹也怕毀容啊，哈哈哈！」

錦娘確實被芸娘嚇著了，臉色慘白著。這個時代是有強酸的，只是濃度不是很高而已，若今天芸娘真是拿了強酸往自己臉上潑，就算被銅鏡擋下了大半，仍會濺不少到臉上的，她可不想成麻臉啊。

「我原是想用鏹水的，只是想想也沒意思，能嚇到妳，我心裡也算出了口惡氣了。」說罷，芸娘一把甩開秀姑，大笑著走了出去，臨出門時，又回了頭，眼中有著一抹淒然。「就算那日我沒中毒，仍是花容月貌那又如何？」似在自言自語，又似是說給錦娘幾個聽，只是語氣帶著抹辛酸，一掀簾子，走了出去。

錦娘怔怔地坐了下來。芸娘不過嫁出去一個月的樣子，卻似是長大懂事了許多，那個寧王世子……原就是個紈袴子弟吧，就算芸娘再怎麼賢良淑德，再怎麼美貌如花，所嫁非人，一樣也不幸福。

而這個時代，女子原就沒有地位，嫁人由不得自己選，是好是壞全憑運氣，而且沒有反悔的機會，一嫁便是終身的事情……想到這裡，心裡又惶惶然起來。

芸娘鬧了這麼一齣後，貞娘幾個興致也淡了，重新收拾好後，錦娘便坐在床上等花轎，一時又在想，那個人腿腳有病，定是騎不得馬的，那他怎麼來迎親？也是坐轎子嗎？

很快外面便鼓樂喧天，錦娘的堂兄揹起她送到轎子裡坐好，外面一切便全然看不到了。被轎子顛得暈暈呼呼的，但好在路程並不遠，很快就聽到喜娘說停轎的聲音。轎子穩穩地停下，便聽得有司儀在唱：「踢轎門！」

錦娘心裡更是詫異。他……能踢嗎？等了一陣，卻聽到轎門被打開，外面伸進一隻乾淨的大手。

她看那高度，覺得那人是站著的，並非坐於輪椅之上的樣子，便微微有些遲疑，半晌也沒伸出手去。

果然聽得那人輕聲說道：「弟妹，小庭……有些不方便。」

原來真是讓世子來替代的，他是怕見人嗎？怕別人笑話他的殘疾？一個不敢正視自己的男人，她可是不會喜歡的。

突然，她心裡就來了氣，倔著不肯伸出手去，也不肯下轎，冷華堂伸出的手僵在空中半晌，收也不是，不收也不是，正尷尬。簡親王府外圍滿了看熱鬧的人們，人們都知道簡親王家的二公子身子不便，由大哥代為行禮，這倒也沒什麼不對的，只是沒想到，新娘子卻是個有個性的，僵在府門外不肯下轎，一時間便議論紛紛起來。

錦娘也知道這樣僵著不好，但她就是不願在新婚之日由另外的男人代替自己的丈夫與自己行禮，沈了聲，對那隻手的主人道：「請大伯讓奴家的夫君親自來。」

冷華堂聽了怔了怔，沒想到這個新進門的弟妹會在第一天就給自己一個難堪，不由氣惱地收了手，正要說什麼，就聽身後有人道：「讓開，我自己來。」

冷華庭坐在輪椅上，自己推著過來了，看熱鬧的人群立即便鴉雀無聲，整個場面靜了下來。簡親王二公子很少出門，很多人從沒見到過他，今日一見，都傻了眼，屏住呼吸靜靜地看著那個坐在輪椅上緩緩過來的絕色公子。

好半晌，人群裡才有人說了句：「真的太美了。」

「好可惜啊，是個殘疾，不然，這京城裡，怕是沒有哪位公子能比得過這位二爺吧？」

「就是萬花樓裡的花魁娘子，也比不過這位二爺啊，太……太美了，若是個女子，怕是要顛倒眾生了。」

「二爺這麼……美，那得什麼樣的娘子才能配得上二爺？」

這些議論無一遺漏地落入冷華庭的耳朵裡，他熟練地推著輪椅，一雙剪水雙瞳如墨般漆黑發亮，他慢慢地、隨意地看向人群。

那些正在議論著的人一觸到這樣純淨的眼神，立即噤了聲，還想再說些什麼的，也不好再說下去了。

錦娘靜靜地坐在轎子裡等著，終於，又有一隻修長白皙的手伸進了轎門，就那樣無聲無息、緩緩地伸了進來，似乎在邀請她。

錦娘唇邊勾起一抹笑意，也緩緩地將自己的小手放進那隻大手裡——溫暖而乾燥，有種厚實感，握住後，並沒怎麼用力，卻讓錦娘惶惶不安的心得到了安撫，腦子裡不經意便想起前世最愛唱的一首歌：〈牽手〉。

也許牽了手的手，前生不一定好走，也許有了伴的路，今生還會更忙碌……

再世為人，雖然禮教森嚴，但錦娘還是憧憬著能找到自己所愛的另一半，能與他相親相愛、共度一生。這個正在牽自己手的人，會是今生的那一半嗎？

提了裙，在那手的牽引下，她下了轎。冷華庭一直沒有鬆開她的手，一邊的喜娘看著便有些急。按禮制，新娘下了轎後由喜娘扶進去，得踩碎瓦、跨火盆啊，但這兩位仍是牽著，這……這算什麼事啊？

簡親王府今日也是高朋滿座，喜樂齊鳴，鞭炮震天地響，簡親王和王妃兩人滿臉喜氣地坐在正堂裡等著一對新人進門。

王妃心裡有些著急，先前也是與王爺商量好了的，庭兒自小便不願與陌生人打交道，自尊心又重，更不喜歡很多人看見他的腿疾，所以才讓世子替了庭兒去踢轎門、接新娘子下轎啊，可沒想到，新媳婦竟然不肯讓世子替……

而從來不願坐在輪椅上出現在大庭廣眾之下的庭兒，竟然就依了新媳婦……

一坐一站的兩個人終於進了大堂，滿堂的賓客便全將目光投到他倆身上，眾目睽睽之下，冷華庭耳根終於開始發紅，不太敢看四周的人群，手裡牽著紅綢的一頭，卻未鬆開，在心底裡把錦娘罵了一百遍。不過是些虛頭巴腦的儀式而已，那死丫頭竟然非逼他親自來完成……

可是，他心裡的某處卻在她拒絕牽大哥的手時，湧進一絲甜意。只是，這冗長的婚禮儀式太久了，而且，還被那樣多人像看猴把戲似地盯著看，心裡真的不舒服。

但再不想，他還是難得老實地跟她正經地拜了天地。錦娘被喜娘送進洞房後，冷華庭才有了鬆了一口氣的感覺。

錦娘其實也是累得不行了，早上又起得早，這會子坐在新房裡，就有些昏昏欲睡，但新郎還沒有來給她揭蓋頭，她不能睡。好在秀姑終於跟了過來陪在她身邊，屋裡還有兩位喜娘，秀姑忙拿著早就準備好的荷包打賞。

那兩個喜婆又說了很多吉祥話，才退了出去。

秀姑便乘機塞了幾塊點心給錦娘，她一天算得上是粒米未進，快餓死了，新嫁娘是不能吃東西的，就是手裡拿著的那個蘋果也是只能看不能吃，秀姑最是懂錦娘的，所以這會子屋裡只剩她們時，她便拿了東西往錦娘口裡塞，卻不允許她自己揭下蓋頭。

錦娘看秀姑一點一點拿得慢，乾脆端了個點心盤子放在膝蓋上。很香很酥的龍捲酥，裡面是蓮蓉和瓜子，錦娘吃得不亦樂乎，卻聽見有人開門的聲音，緊接著，便是輪椅緩緩推過來的聲音，錦娘一口點心就噎在了喉嚨裡不上不下的，梗得脖子都直了，手裡的點心盤子不知道要藏哪裡去才好。

秀姑去給冷華庭行禮。

冷謙將冷華庭送進來後，便閃身走了，屋裡只留下秀姑一個人。錦娘坐在床上，不能起身，被那口點心噎得眼睛都快鼓出來了，偏偏蓋著蓋頭，秀姑根本就看不著她的臉色，更不知道她噎住了，錦娘急得不行了，剛要起身去自力更生——

「真是笨得可以，偷吃也要連著茶一塊兒啊。」醇厚綿長的聲音清冽如泉，果然是他！錦娘心中一震，不經意地感到一陣耳紅臉燥。

轉瞬想到那廝對自己做的事情，和剛才那惱人的譏笑，氣得差一點就要掀開蓋頭找他理論，卻在站起的一瞬看到一隻乾淨的手及時遞了個茶杯過來。

錦娘忙接了，仰頭喝下，總算順了氣，剛要說謝，那人便將她手裡的點心盤子奪了過去，自己坐在邊上吃了起來。

錦娘不由在蓋頭底下翻白眼。這廝就是故意的，來了一會子了也沒說要給她掀蓋頭，讓她像個蒙面人一樣，兩眼一抹紅，看啥都不方便。

偏他不緊不慢，吃了幾塊點心後，又給自己倒了杯茶，慢慢喝著。錦娘無奈地在地上尋秀姑的鞋，找了一圈也沒看到，看來，秀姑也被這廝使出去了。不過也是，新婚之夜，洞房花燭呢，秀姑待在屋裡也不是個事。

不過，他們倆像是新婚夫妻嗎？怎麼自己心裡除了惱火就沒一點新娘子該有的羞澀呢？

好不容易冷華庭才將從錦娘手裡搶過來的點心全吃完了，又喝了一杯茶後，他才將輪椅推得近些，拿了桌上早就備好的秤桿，輕輕挑開了錦娘頭上的蓋頭。

錦娘一抬眸，便看到滿室的燭光映襯下，一張美得驚心動魄的臉。他懶懶地歪坐在輪椅上，卻無礙身線的修長與美好，柔和的臉形，五官精緻；濃長的眉，直飛入鬢；挺俏的鼻子、紅潤的嘴唇，燭火閃耀下，這張臉豔若桃李，美得令人窒息，最是那一雙眼，漆黑如墨玉，清澈動人，乾淨得不帶半點塵埃。

錦娘不由吞了吞口水。他們也算是第一次正式見面，根本就是兩個陌生人，這樣盯著人家看……似乎不太好，雖然……是自己的相公，可是，目光像是有意識，無論她多想要裝矜持，總像是黏在了眼前這張臉上，錯都錯不開。

冷華庭先是一副懶散的吊兒郎當的神情，但在錦娘的注視下，臉色終於漸漸泛紅。被人盯著看也不是一次、兩次了，可這丫頭也太過分了吧，怎麼像女色狼一樣？惱火加上氣急，再加上無奈和好笑，幾種心情湧於臉上，讓他的臉更紅了，眉眼微抬，鳳目波光流轉。

看在錦娘眼裡更是俊美，卻見他翻了個白眼，輕啟紅唇。「花癡！」

一盤冷水兜頭澆了下來，錦娘被他罵得一怔，總算有些回神，眼睛卻還膩在他臉上，嘴裡道：「相公可真是美貌如花啊！」

好一句讚美，卻讓冷華庭氣得額間青筋直跳。有生以來最恨人說他男生女相，明明七尺男兒，卻總有那不長眼的男人也對著自己發癡，更有甚者，竟當著他的面流口水，偏生這個丫頭今兒也這麼說，教他如何不火？

「娘子妳……長得也不錯，比為夫院子裡的如花還漂亮呢。」冷華庭忍著要憤火的心，淡淡地對錦娘道。

如花？像是個女孩子的名字，錦娘立即繃緊神經，開口問道：「如花是誰？」不會自己剛進門，這廝已經給自己弄了好些個通房小妾啥的吧？

冷華庭懶懶地指了指外面，歪了頭，漫不經心地說道：「在外頭呢，妳想見他？」

錦娘錯愕了下。竟然還就在外頭，當值守夜的嗎？那就可能不是小妾，是通房了……可惡，新婚之夜還要讓前情人守在外面聽房嗎？這廝真是惡趣味，算了，不見，見著了生氣。她頭一扭，伸手去取自己頭上那沈重的鳳冠。

「妳不見啊？」冷華庭看她明明氣鼓鼓卻強忍著的模樣，不由嘴角勾了笑，幽幽道：「如花天天晚上都會陪我一陣子的，今兒是咱們新婚，他再進來也不合適，那就算了，不讓他進來了吧。」

天天晚上都陪？那還是個受寵的主喔？錦娘心裡一氣，手下得重了，鳳冠倒沒取下來，一支釵子勾住了她的頭髮，疼得她嘴裡一嘶，用力去扯，一時間，髮絲絞成了一團。

冷華庭實在看不過去，好心歪了身子要幫她，她手一擋，小聲嘟囔道：「不要你管，找你的如花去。」

新婚第一夜，她竟然跟他撒小脾氣，還……是小小的吃醋？冷華庭越發覺得她有趣，便耐著心思，幾下幫她理清了髮絲，將鳳冠拿了下來。他嘴角輕揚，戲謔地又問：「真不見見他嗎？其實與妳長得真像，有時也會撒小脾氣的。」

長得像？難怪他會派了人護著自己，說不定就是看自己與他那相好的長得像呢，反正要娶正妻，娶個自己看著舒服的，總是更好吧？錦娘越聽越氣，猛一抬眼，又立即被他的笑容給煞住。只是輕揚的微笑，卻像黑夜裡綻放的幽曇，幽靜絢爛，錦娘不由得癡了，哪裡還記得自己要說什麼。

這丫頭又發癡了，不過，她的目光裡流露的不是愛慕，更不是貪婪和想據為己有的侵略，純是在欣賞。她欣賞他的俊美，眼神極亮，卻很清冽，神情傻乎乎的，卻有點點……可愛。好吧，確實是可愛。冷華庭突然就有種衝動，抬了手，修長乾淨的手指在她紅唇上一捏。「花癡！」

「又罵我花癡，誰讓你長得像妖孽啊，是個人看了都會發花癡的好不？」錦娘原是腹誹，卻不知不覺給嘟囔了出來，聽得冷華庭一怔，又好氣又好笑。竟然把自己比作了妖孽，小丫頭欠治。

「妳不看如花了嗎？」他又提了出來，像是非要刺激錦娘似的。

錦娘果然垮了臉，撇了嘴道：「哼，看就看，你請她來啊。」難道我一現代穿越女還比不過古代的通房小丫頭不成？

冷華庭忍住笑，揚聲：「阿謙，把如花放進來。」

房門驟然打開，一團毛茸茸的白東西飛奔了進來，直撲到冷華庭膝上，小腦袋就往冷華庭懷裡直拱。

錦娘看得眼都直了，嘴唇也開始在發顫，指著那團白茸茸的東西問道：「牠……牠就是如花？」

冷華庭懷裡的小東西聽到有人叫牠的名字，鑽出頭來，黑亮亮的眼睛瞪著錦娘，啊嗚了一聲，又鑽了回去。

「對啊，牠就是如花，和妳……是不是很像？」冷華庭輕柔地撫著懷裡的小東西，笑著問。

竟然說自己像條狗！這廝太可惡了！錦娘雙手握拳，咬牙切齒，卻無計可施。打是打不過這廝的，上次就見識過他的功夫，罵……似乎也罵不過，這廝陰得很。她乾脆嗔了眼前的人一眼，一翻身，和了衣服蜷到床上，背著外面的人說了聲：「反正妾身與如花一樣，相公今晚不如跟如花洞房去吧，妾身先睡，相公也早些安置了吧。」

冷華庭聽得一滯。真是個不肯吃虧的主啊，竟然讓自己與狗洞房，不是也罵回來了嗎？還不服侍他就寢，像是做妻子的樣嗎？不過，算了，看她氣呼呼的樣子，自己就開心。他拍了拍如花的背。「如花，有人吃你的醋了，怎麼辦？算了，咱們不跟她計較，走吧。」

手一鬆，那隻漂亮的小京巴就搖著尾巴跑了出去。

錦娘睡在床上，就聽到一陣窸窸窣窣的聲音，像是正在脫衣服，這才想起自己的職責。自己可是嫁給他了，身為人妻，服侍丈夫更衣可是秀姑在她臨嫁前一遍又一遍叨念過的，可想要起來，又有些拉不下臉來，便把身子往床邊蹭了蹭，裝作翻身的樣子，斜了眼偷瞄他。

冷華庭裝看不見，逕自解著自己的衣扣。錦娘還是爬了起來，紅了臉，跪坐在床上伸手幫他解衣。

以後他們兩個就是夫妻了，要風雨同舟，相扶相攜共度一生。冷華庭不自覺地就看著微羞著臉，卻一本正經地服侍他的小人兒，她小手有些微顫，卻很認真，眼睛也不敢看他。

她長得其實還是很美的，眼睛極亮，靈動又有神，整個人比起第一次見到時紅潤豐滿了些，但還是個小丫頭的模樣，並沒長開呢，又想起她下轎時的固執，非要是他去才肯下轎，非要他親自與她行結婚大禮，讓他不得不將自己最脆弱的一面展現人前，逼他做以前最不願意做的事情，可是……心裡還是微甜的。至少，從見面到現在，她從未流露出一絲一毫的憐憫與可惜，哪怕她牽著他的手時，必須為照顧他坐著而不得不躬身，夫妻對拜時也是將腰彎得與他平齊，她……會是那個真正與自己牽手一生的人嗎？

冷漠多年的心湖起了一絲的微瀾，看著眼前的人就有些發怔。他搖了搖頭，有些氣自己，這個世界上能相信的人太少了，曾經，那個人對他那樣好，自己也是貼了心地對他，但是又如何？雙腿的殘疾足夠讓他不再相信任何人。

錦娘服侍他脫了外衣後，靜靜地看著他。她知道他功夫不錯，不過……坐在輪椅裡，要如何跳上床？

正皺眉，就見冷華庭突然站了起來，僵直著身子，很艱難地向床上跨了一步。雖然只是一步，卻見他額頭沁出了細汗，一挨近床邊，便坐了下去。錦娘在震驚的同時，忙去扶他，忍不住呼了聲：「你……你能走？」

冷華庭白了她一眼，並沒作聲，順著她的手躺了下去。

錦娘忙拿了帕子去幫他拭汗，衝動地想要去看他的腿。既然能站，那肯定肌肉就沒有萎縮，神經也是活的，骨骼呢……心裡一想，手就急切地聽從指揮開始行動，向他的大腿摸去。

但很快，她便像隻小狗一樣被揪住了領子，甩到了床彎裡去了。還好，床上鋪著厚厚的棉墊，很軟，估計那廝也只是不想讓她看，用的是巧勁，不過，也很丟臉好不？太欺負人了。錦娘憤怒地抬眸，便觸到一雙冰冷陰戾的眼。

「以後不許妳碰我的腿。」連聲音也是凍得硌人。

錦娘不由得氣惱。他們是夫妻不是嗎？他卻在兩人之間豎了一道牆，不許她逾越靠近，是自尊心作怪……還是以前……算了，不過是個彆扭的小孩子，懶得跟他計較。

看他一臉冷漠地捲了被子閉著眼，一副不願再理睬自己的樣子，錦娘呼了口氣，也默默拉了被子蓋上，心裡也鬆了一口氣。正擔心新婚之夜如何過呢，自己這身子可才十四歲，過了年才十五，加之又一直被大夫人虐待，長身子時老餓著，根本就還算不得是女人，前段時間才來了月事，但日子總是不準時，估計還是營養沒補上的緣故。這樣也好，他不願意碰自己，倒解了她的難。

雖是陌生的環境、陌生的床，連身邊的人也是陌生的，但聽著身邊之人悠長平和的呼吸，錦娘惶恐的心平靜了下來，累了一天，很快就睡著了。

第十五章

第二天，錦娘如往常一樣準時醒來，睜開眼，便看到身邊那張傾國傾城的臉。寬闊光潔的額，濃長卻又有型的眉，長長的睫有如兩扇小翅一樣在眼瞼處閉下一線陰影，皮膚肌理細膩光滑，嘴唇豐潤閃亮，很是……呃，誘人。錦娘吞了吞口水。這傢伙可不是個好相與的，要是一醒來又看到自己這樣，肯定又要諷刺了。

她忙收了色心，小心地站起繞過他下了床。

外面的四兒和平兒聽到屋裡有動靜，在門邊敲了敲門，錦娘便揚聲道：「進來吧！」卻揚手將撩起的紗帳放了下來。突然心裡就有種自私的想法，不想床上那張魅惑眾人的容貌被自己以外的人看見。

她被自己這想法嚇到了，四兒掀了簾子進來時，就正好看到錦娘對著紗帳發呆。

「二少爺還未醒嗎？」四兒輕手輕腳地走了過來，輕聲問道。

錦娘這才回神，臉上還帶著絲困惑。她摸不清剛才自己那想法的動機是什麼？僅僅是好東西不想與人分享嗎？

「沒呢，什麼時辰了？」新婚第二天得去給公婆敬茶，還要認親，偌大個簡親王府肯定有不少親眷，錦娘打起精神，讓四兒幫她梳頭，一會兒她一定要用心地記人。以前在孫府，因為有著這身體以前十多年的記憶，所以人她是認得全的，而這裡完全是一個陌生環境，除了王爺和王妃，還有世子見過一、兩次外，其他人全不認識。

而且，這是比孫府還富貴的大家族，規矩更多，稍有行差踏錯，怕就會惹人閒言的。

平兒打了水來給錦娘淨了面，又給她稍稍化了淡妝，點了紅唇，四兒則給她梳了個鳳髻，前額的劉海全都梳了上去，綰了個漂亮的髻，額前繫上一根鑲碎玉的銀鍊，髮中插了根鳳釵，吊著步搖，既不華貴也不俗氣，看著莊重裡透著微微的俏皮，耳間戴上一副貓眼玉石吊墜，雙手戴著一副羊脂玉鐲。

時值冬季，天氣漸冷，四兒給錦娘拿了套臨嫁前剛做好的長襖，大紅的緞面起暗紋底子，金線繡的碎梅花灑在兩邊，下襬開四襟，束腰，襟襬自然垂下，邊襟滾金邊，領扣上別一個黑色的寶石別針，喜慶又不太耀目，下面著一條紅色羅裙，整個人看著嬌美又端莊。

收拾停當，錦娘便看了眼床上還沒有動靜的某人，心裡有點急，看看沙漏，快卯時末了，總不能讓長輩們等吧，難不成讓自己一個人去？

正想著，外面有人在問：「二少爺、二少奶奶，可起了？」

錦娘便在屋裡應了聲。

外面便有兩個丫頭和一個中年婆子掀了簾子進來，那婆子一進來，先看了眼床上，見紗帳還垂著，不由微怔，卻很快滿臉笑意，上前幾步給錦娘行禮。

「奴婢王氏給二少奶奶請安，二少奶奶長得可真美啊！」王氏長得很富態，四十多歲的樣子，白皙的臉上看不到一絲皺紋，打扮也很得體，後面跟著的兩個丫鬟也是舉止有度，穿著不俗，一看也是有頭有臉的。

她們也同時給錦娘請安，個子高些的，長相秀氣溫婉的名喚珠兒，另一個個子稍矮，一雙眼睛大而明亮，顯得機靈可愛，神情也略顯嬌憨，名喚玉兒，她們原是冷華庭的貼身丫鬟，每日服侍冷華庭起居飲食。

而那位王嬤嬤則是王妃身邊的管事嬤嬤，也是府裡有名的燕喜婆婆。

錦娘一聽她是王妃身邊的人，立即面色肅然，恭敬地請她入座，又讓秀姑拿了個大荷包，錦娘親自塞到王嬤嬤手裡，又打了兩個荷包給珠兒和玉兒，心裡卻活動開了。王嬤嬤是府裡的燕喜婆婆，又是一早就過來了，是要……是要拿那元帕？

新婚第二天，婆婆是會派燕喜婆婆來查驗的，一是看兩人是否圓房，再者便是要看新娘是否為處兒，可是……他們根本就沒有圓房嘛，這……這若真拋了那羞恥心告訴王嬤嬤事實，怕是王妃知道了也會不喜吧，同床卻沒有行那周公之禮，只能說明二少爺對新娶的娘子不滿意。一個不被丈夫寵愛的新娘……在府裡定是會遭白眼啊。錦娘一時難住了，有些幽怨地看向靜靜的紗帳。

坐了一會子，王嬤嬤有點坐不住了。「既然二少爺沒起，那我一會子再來，少奶奶可別誤了前面的事啊。」說罷便笑著起身。

錦娘聽了忙道：「那好，煩勞嬤嬤久等了，一會子二少爺起了，我就和爺一起去前面，您老放心吧，不會誤了事的。」

錦娘微鬆了口氣，至少暫時過關了呀，又看向紗帳裡，床上的人仍是紋絲不動，不由氣惱。又不是豬，屋裡這麼多人說話也沒醒來？

她回頭對珠兒玉兒兩個一笑道：「我去請爺起來，妳們兩個幫著去看看早膳好了沒，早上我想清淡一些就好。」

珠兒玉兒兩個便相視一眼，笑著退了出去。

屋裡便剩下她和床上那發出綿長呼吸的人。

錦娘幾步便走到床前，一把撩起紗帳來，觸目卻正是那雙清亮的眸子無辜地看著自己，讓她滿腔的怒火瞬間熄滅，要出口的話也變得遲疑起來。

「你……你要起床嗎？」錦娘不由在心裡罵自己無用，明明是要找他算帳的，偏生被他的眼神迷住，連話都說不利索了。

冷華庭聳了聳鼻子，惺松著睡眼，樣子慵懶，說出的話卻很是可惡。「娘子剛才氣勢洶洶的，是想質問為夫昨夜沒與妳洞房嗎？」

錦娘原被他那魅惑的樣子弄得傻了，一聽他這話是又氣又羞，衝過去一把就掀了他的被子吼道：「起床了！一會子要去敬茶呢，誰要跟你這妖孽洞房啊?!」

冷華庭還從未見過如此凶悍的女子，竟然敢掀他的被子，罵他妖孽……不由嘴一癟，黑亮的眸子立即水霧瀰漫，如受驚的鹿般不知所措地看著錦娘，一副泫然欲泣的樣子。「娘子，妳……欺負我！」

錦娘聽得一滯，正提醒自己不要被這廝的外表給迷惑了，外面就傳來王妃的喚聲。「錦娘，庭兒還沒起嗎？」

錦娘立即換了副笑臉，溫婉優雅地走到門口去給王妃開門。一掀簾子，王妃微笑著站在門外，身後跟著王嬤嬤，還有一個看似有身分的大丫頭。

忙恭身對王妃行了禮，說道：「媳婦正要去給母妃和父王請安的，在服侍二爺請床呢，您竟親自來了，這可真是折煞媳婦了。」

王妃笑著上下打量著錦娘，見她一身紅穿得喜氣，容貌也是嬌俏可人，帶著甜甜的笑容立在門面，舉止大方得體，話也說得圓融，微點了點頭道：「無事的，妳才來，不知道庭兒的脾氣，他有時愛鬧點小彆扭的，王爺和府裡的親眷們都到了，怕妳叫不起他，我就過來了。」

錦娘聽了心裡感動得淚流滿面。真是知子莫若母啊，那妖孽哪裡就只一點小彆扭，明明就是彆扭死了。

面上卻是裝出驚慌。「唉呀，親戚們都來了嗎？真是不好意思，讓父王和親戚們久等了，是媳婦的不是。娘，您等著，媳婦這就去請二爺起來。」

「不關妳的事的，我去叫庭兒起來。」王妃笑著便往屋裡走。王嬤嬤也很見機地跟了進去，錦娘心裡就慌張了起來。看這架式定是等冷華庭一起來，就要查驗被單了，怎麼辦？

忍不住往床上瞟一眼，卻見床上那個扯了被子往身上一裹，在被子裡咕噥道：「我不起，就不起。」一副耍賴撒嬌的樣子，不由驚得瞪大了眼。原來這廝不只會在自己面前裝小孩，就是在王妃面前也這樣，還……有過之無不及！

王妃急了，幾步走到床前，溫柔地哄道：「小庭乖，今天是新媳婦進門的第一天，得去敬茶認親，一大堆子親戚都在廳裡等著呢。你不去，人家會怪新媳婦不懂事的，就起了今兒早，明兒就由得你睡了，啊？」

被子裡面的人聽了拱了拱，嗡聲嗡氣地道：「不起，當我不知道呢，妳們就是想我起了後來查功課。」

王妃聽了卻是有些尷尬，扯了扯被子哄道：「小庭，娘沒騙你，前面確實是來了好多客，都在前院等著呢。」

床上的人一聽，猛地掀了被子坐了起來。「那不許查功課。」

王妃聽了便笑，寵溺地摸了摸他的頭。「不查，不過，小庭告訴娘，你昨晚……做了功課沒？」

「沒有。」回答得很乾脆，還一副理直氣壯的樣子。錦娘聽他們母子那話裡的意思，似乎那功課會是……不由羞紅了臉。

王妃一見這情形就有些詫異了。自家兒子不懂人事，媳婦看來是懂的，怎麼會……沒做？

「為什麼？不是派了燕喜嬤嬤教過你了嗎？還……還給你看了書。」

冷華庭一聽就低了頭，臉色一紅，怯怯地抬頭，委屈地看著王妃，半晌才擠出一句話。「小庭……小庭不喜歡脫衣服，脫光衣服……好羞人。」一聲音越說越細，後面幾不可聞，話還沒說完又在扯被子，想要拿被子蒙頭。

錦娘卻是聽得雞皮疙瘩掉了一地。這廝裝小孩的本事快爐火純青了，也虧他想得出這個理由來，不過，心裡倒是鬆了一口氣。至少，這樣王妃就不會認為沒有圓房是因為他不待見自己。

王妃聽了果然一臉的愕然和無奈，扯住冷華庭的被子，哄道：「那算了，反正日子長著呢，娘知道了，不讓人查了就是，快快起吧，一會子親戚們等久了會說媳婦不賢慧的。」

冷華庭聽了立即起床，明亮的眼看向錦娘，說道：「喔，那小庭起床了，娘子是賢慧的，小庭喜歡和娘子睡覺。」

錦娘差點沒被自己的口水嗆到，什麼叫喜歡和自己睡覺？這廝竟然能將如此曖昧的事情這麼直白地說了出來，不遐想都不行，偏偏他還一副單純無辜的樣子。

王妃聽了抿嘴直笑，又吩咐了幾句，帶著人先走了。

錦娘認命地去服侍冷華庭起床，冷華庭卻看著她似笑非笑，很順從地讓錦娘幫自己穿衣，卻漫不經心地問了句：「娘子，妳可喜歡和我睡覺？」

錦娘手一僵，立即被他氣得憋紅了臉，剛要罵他無恥，他卻突然捉住了她的手，將她扯進懷裡，就勢往床上一滾，壓住了她。

「昨晚的功課沒做，娘子似乎很高興。」

他將她壓在身下，墨玉般的眸裡帶著絲侵略和譏笑，溫熱的氣息撲在她脖子上，癢癢麻麻，便像有條蟲子在心坎上爬似的。那張美得令人窒息的臉離得如此之近，錦娘一時忘了生氣，忘了反抗，更忘了回答，呆呆地看著他，腦子裡糊成了團。

他又將臉逼近，筆挺的鼻子在她的鼻尖上蹭了蹭，一張嘴，咬了錦娘一口。

一陣刺痛讓錦娘驚醒，嘴裡還帶了絲鹹鹹的血腥味，不由火大，伸手便去捶他，張口就罵：「混——」他卻用手按住了她的唇，嘴角勾起一抹邪魅的笑來。「妖孽這個稱呼是我的底線，不許再給冠上別的名字。」

說罷，手一鬆，放了錦娘，從床上彈坐起來，對外頭喊了一聲：「人呢？」

門外的珠兒和玉兒立即走了進來，恭謹地服侍他穿衣、淨面。

錦娘只好忍住氣，斂了怒火，裝作若無其事的樣子出了內屋，卻一個人走到穿堂裡去，對著窗子拚命地深呼吸。

終於，冷華庭收拾妥當，被珠兒推出房門。

王妃的正廳裡果然坐了好多人，錦娘一抬眼，便看到幾十雙眼睛正齊齊看著自己。長這麼大沒有被人如此注視過，錦娘微微有些緊張，垂在輪椅邊的手卻被納入一隻厚實溫暖的大掌裡，心緒立即安寧了許多，也不掙扎，就任那隻手將自己握緊。

「喲，瞧瞧，二少爺和二少奶奶可真是伉儷情深啊，兩人手牽手進來的呢。」一個聲音甜美的中年美婦笑著說道。

錦娘循聲看過去，只見那美婦三十多歲的樣子，與冷華堂有些相似，著一身華麗的宮裝，看樣子分位不低。正前堂坐著一位老太太，看來六、七十歲的年紀，慈眉善目的，手裡拿著一串念珠，正用審視的眼光打量著錦娘。

坐在老婦人身邊的王爺便皺了眉，輕斥道：「少說些話。」

那宮裝麗人便撇撇嘴，說道：「王爺，妾身是誇新媳婦呢，一來就得了咱庭兒的心，要說庭兒平日可不太理人的，難得找了個中意的。」

老婦人聽了便點了點頭，說道：「嗯，也是，庭兒這孩子脾氣是怪了點，一般人還真合不來，難得他喜歡新媳婦。」

王妃皺了皺眉。她最不喜歡別人拿小庭的脾氣說事，但老太太是長輩，她也不好對老太太如何，只好對錦娘說道：「錦娘，來，先引妳認人。」帶她來到老夫人面前道：「來，乖兒媳，先給老夫人磕個頭。」

錦娘便看了冷華庭一眼，輕聲說道：「相公，妾身代你多磕個頭。」

此言一出，不只是冷華庭，就是一屋子的其他人都滯了滯。

冷華庭抬眼看錦娘，只見她清亮的眼子裡有著安撫和鼓勵，不由微微勾唇，默默地鬆開她的手。

一邊的碧玉就拿了錦墊子放在老夫人面前，錦娘便跪了下去，咚咚咚地磕了六個響頭，磕到第三個時，便聽到王妃在身邊輕呼。「孩子……」

但老夫人並沒阻止，王妃便只能眼睜睜看著錦娘傻傻地磕下去。

錦娘抬起頭，額頭上已經磕出了個青紫色的印子，碧玉忙端了沏好的茶遞到她手裡，錦娘恭恭敬敬地呈上，老夫人終於有些動容，親手接過茶杯，輕抿了口道：「嗯，這孩子既有情義又孝順。」說著，自手上取下一對玉鐲，放在茶盤裡。

錦娘又拿過一個手帕包著的東西，小心打開，裡面是一雙她在娘家裡織好的羊毛手套，雙手呈上，說道：「天涼了，孫兒織了給老夫人禦寒。」

老夫人將兩隻全戴上，細細的線密密地織，柔軟又暖和，而且一點也不礙事。老夫人平日出了門，戴的都是手筒，兩邊捲了毛的，兩手抄在一個毛筒子裡雖然也暖和，但若想做點什麼，手拿出來就冷，這個果然方便又適用。老夫人終於眉花眼笑起來。「妳還真是個有心的孩子，怪不得連庭兒那孩子都喜歡妳。」

錦娘聽了臉微紅，卻輕聲道：「相公很好。」

那妖孽雖然可惡，可他是自己的相公，錦娘聽別人說他的不是，心裡便微感不豫。

一旁的王妃卻是眼睛一紅，看著錦娘就錯不開眼。

錦娘起了身，碧玉將墊子放在王爺腳下，錦娘納頭又要拜，一雙大手卻及時扶住她。

「敬茶便可。」

新媳婦進門，對嫡親的父母長輩是必須要磕頭的，王爺卻看著她額前的那塊青紫微微有些心疼。難得這孩子義氣，肯為庭兒擔當，再讓她磕下去，頭都會暈了去。

邊上便聽得劉氏輕哼了一聲。「哈，王爺可真是心疼庭兒媳婦。」

言下之意便是對其他媳婦不公了，聽說世子冷華堂的正妻是位郡主娘娘，不知道今天在座嗎？

錦娘正在想要不要還是把這禮行完算了，省得惹人非議，就聽得身後有個悅耳的聲音道：「姨娘，父王也是看弟妹剛才磕了六個響頭了呢。當初媳婦進門時，可沒像弟妹這般傻乎乎地磕這麼起勁，知道的呢，說她是在磕頭，不知道的以為她在那兒跟地板較勁呢。」

此言一出，滿屋皆笑了起來，錦娘不由回頭，便觸到了雙漂亮明媚的杏眼，正對她微眨著，看她笑得友好，錦娘也回了個甜甜的笑，心知她明面上是在調笑自己，其實是在解圍，免了自己再磕頭的苦。她這麼一說，王妃那兒的頭肯定也是免了的，看來，六個換九個，倒是值得。

碧玉端了茶給錦娘，錦娘雙手舉高，王爺端了茶喝了，自懷裡拿了塊玉牌鄭重地放在托盤裡，熱鬧的廳堂裡突然變得鴉雀無聲，驟然靜下來，讓錦娘有些不適。她凝神看手裡的那塊玉牌，墨黑的玉泛著幽冷的微光，雖說也是極品，但能進得這個廳裡的，都是簡親王府的直系，何種寶貝沒有見過，至於為這塊玉抽氣嗎？

就聽老夫人沈聲說道：「王爺，你可是決定好了？」

王爺抬手對老夫人行了一禮，說道：「這原就該是庭兒的，兒子作這決定。」老太太便輕哼了一聲，轉而又喟然長嘆。「算了，你……定是有你的道理的，我老了，管不了這麼多了，你看著辦吧。」

錦娘便知道這塊玉牌定是有何種特殊意義，忙好生收好。

簡親王的二弟、冷府的二老爺，長得與王爺倒有七、八分相似，只是相貌更為儒雅一些，頷下留著一縷鬍鬚，顯出中年人的精明與穩重，雙目閃著睿智的光芒。「王爺，此舉怕是不妥吧，畢竟，堂兒才是世子……」

王爺清亮的眼睛犀利地看向他。「沒錯，堂兒是世子，但堂兒也是庶出。」

二老爺聽得一滯，半晌才道：「可是庭兒——」

王爺把手一揮，制止他道：「二弟，小輩們都在呢，此事不用再議，本王已經決定了。」

二老爺便看向廳裡一直優雅坐著的世子冷華堂，見他臉上仍掛著淡淡微笑，只是眼裡一閃而過的陰戾讓他神情微微改變。此事，果然不適合在這裡說啊。

一直坐在廳堂裡沒說話的冷華庭此時臉上露出了不耐，自己推了輪椅上前，冷冷對王爺道：「還要讓我娘子跪多久？」

王爺一怔，隨即轉了笑臉，對冷華庭溫柔地哄道：「不會多久的。」又低頭對錦娘道：「快快起來吧。」

錦娘又送了雙羊皮手套給王爺，起了身，又到王妃面前，作勢要磕頭，王妃已經扶住，笑道：「說了不讓妳磕了，看，再磕庭兒可會怪母妃不心疼兒媳呢。」

錦娘聽了便笑，接過碧玉手裡的茶給王妃呈上。王妃賞的是個紫金項圈，中間綴著一個祖母綠的寶石，一看也是價值連城的。

錦娘微笑著謝過並收好。正主兒都見過了，自然是要認叔輩的。由於剛才的打趣，錦娘也省下不少事，被王妃親自帶著一個一個地見了，托著個盤子，見面禮收了一大堆。

簡親王共有三兄弟，只得簡親王一個是嫡長子，所以是名正言順的王位繼承人，而先前王妃介紹的二叔和三叔兩個都是庶出，但因著老夫人的關係，三家人並沒有分府，全在一個府裡頭住著，只是分了三個大院子。

簡親王住的是主院，而二老爺住在東院，三老爺住西院，三院之間雖有院牆隔著，但共著一個大湖，又有小門連著，所以，平日裡倒是來往方便得很。

而簡親王的父親也有兩兄弟，分了府，但也就在一條街上，二老太爺雖沒有襲位，但也是封了長伯侯的，如今二老太爺已經歿了，長子繼了爵，也就是現在的四叔，四嬸子也是侯夫人，剛才正是她笑話著說要把紅包一起拿出來的。

錦娘正托著盤子走到四嬸面前，四嬸一看就是個精明厲害的人，親親熱熱地拉了錦娘的手，小聲道：「姪媳婦，妳剛才送給老夫人的那是啥？」

「回四嬸子的話，是雙手套，用線織的，其實，也就是和咱們常戴的手筒差不多，只是分成了五個手指了。」錦娘笑著回道。

「妳手還真巧，怪不得沒過門時，妳婆婆就常誇讚著呢。」四嬸子仍是親熱地拉著錦娘的手笑著，眼裡卻露出絲冷意。她話都問出口了，若是會來事的，立即便會順著自己的話頭說送自己一雙，可這新姪媳卻是個厲害的，也不是個啥子值錢物，這麼小氣巴拉的，庶出的就是小家子氣些。

臉上的笑容不減，只是紅包拿出來後，卻是丟進盤子裡的，很有點賞了叫花子的氣勢。

一旁的王妃見了眼神微凝。

第十六章

二叔二嬸早就準備好了紅包。二嬸子神情有些冷，舉止優雅有度，眼神清冽，聽說嫁過來前，是京裡有名的才女，怪不得眼裡有些挾不進人。

最後見的是世子冷華堂和大嫂。世子倒是早就熟識了，只是郡主她還是第一次見，十七、八歲的樣子，長得明麗動人，漂亮的杏眼彷彿會說話一般，靈活又俏皮，觀之既可愛又可親。錦娘腦子裡就想起太子妃口裡的「枚兒」，這位郡主還是太子妃的妹妹，身分可真是貴不可言了，怪不得那天在寧王府，冷華堂對著孫玉娘會那樣氣急敗壞。男人在外偷偷腥玩一玩便可，但被人抓到，怎麼對得起家裡這位身貴貌美的嬌妻？

「弟妹，以後妳也要教我織那手套，趕明兒，我學會了，也送一雙給我娘親去。」郡主一副嬌俏活潑的樣子，熱情地拉著錦娘的手道。

錦娘笑著點了頭，剛要開口說話，便聽劉姨娘冷聲說道：「學那些個東西做什麼？妳可是堂堂的郡主娘娘，要什麼到針線坊說一聲就是，啥都能給妳做出來，何必費那個神。」

郡主聽了眉頭微皺，卻沒理睬劉姨娘，仍是拉著錦娘說道：「妳只管教我，好不好的，我自己清楚。我都這麼大個人了，難不成半點眼力都沒？」

言下之意一點也不拿劉姨娘的話當回事。被自己媳婦當眾搶白了，劉姨娘臉上一陣紅一陣白的，回過身，卻正看到王爺清冷的眼掃了過來，她撇了撇嘴，端了桌上的茶喝了起來。

冷華堂一直靜靜地站在一旁，臉上掛著溫潤的笑容，郡主搶白他的娘親時，他只微抬了抬眉看了郡主一眼，眼裡並無責備，反而有絲欣賞，而郡主說話時，偶爾也會回頭看他一眼，眉眼靈動間，可以看出兩個關係不錯。

錦娘便想起不久後玉娘也要嫁進來，郡主看著嬌憨可人，又得了冷華堂的心，不知道玉娘來後，要如何在他們之間插腳進去。

王妃特意從疏到親，帶著錦娘認了個轉兒，那邊冷華庭早等得不耐煩了，見錦娘眉花眼笑地端著托盤站回他身邊，一副財迷的樣子，不由抬頭白了她一眼。

錦娘轉身將托盤交給秀姑，低頭時，正好看到某人不滿地嗔她，她不以為意。長得漂亮就是好啊，就算是生氣也是另一種風情，忽略他的情緒便好，秀色可餐，秀色可餐啊！

「見完了，回院裡去，我餓死了。」冷華庭在大廳裡坐了半個時辰，已經是他的極限了，若不是怕以後錦娘在府裡邊人都認不全，他才懶得陪在這裡讓人當風景看呢。

錦娘聽了很是無奈，不好意思地看向王爺和王妃，王妃知道自家兒子的脾氣，便笑道：「早上沒吃就過來了吧？」

「是啊，肚子正餓著。」錦娘老實地答了。

「不是說餓了嗎？走，推我回去，我要吃蝦餃。」冷華庭將錦娘的手一扯，將她拉得一踉蹌，差點歪到他懷裡去，不由怒了，卻又不好發作，咬牙小聲嘟囔了一句：「死妖孽！」

她聲音雖小，冷華庭卻是聽得清楚，看她一副明明氣恨卻又不得不忍，憋著小臉的模樣，不由勾了唇，也小聲回了句：「花癡。」

因著錦娘是將身子歪在冷華庭懷裡說的，兩人談話別人自是不知道，王妃見兒子又發小孩子脾氣，凶巴巴地對著媳婦，心裡有些過意不去，輕言道：「既是餓了，就快些回去用些，莫要餓著了。」

冷華堂靜靜地站在一旁看著。王妃可能沒看清錦娘與小庭，他卻是看見了的，小倆口看似不對盤，但眉眼間流轉的情意怕是連他們自己也不清楚，他突然就感到心像被人用針鑽了個小孔，漏了氣，透了風，涼到了底。

回去的路上，秀姑提了一大包的東西，和錦娘跟在後頭。錦娘看著前面的輪椅，總覺得哪裡不太對勁，腦子裡使勁回憶著前世見過的輪椅模樣。

冷華庭的輪椅是木製的輪子，輪中也是木製的軸，中間更沒有軸承，滾動起來有嘎吱嘎吱的聲音，而且遇到轉彎或是拐角時也不方便轉動，他一個大男人，雖說有奴有僕地服侍著，但總有想要自己行動的時候吧？總讓人推著也不行，若是能改動下那個輪子……

冷謙推著冷華庭進了院後，步子便放慢了，特意等著後面的錦娘。錦娘幾步跟了上去，歪了頭又去瞄那輪子。怪不得推動時會叫，輪子與軸之間沒有軸承，轉動起來就不利索，全靠木軸與木輪之間的磨合才能轉動，但木又不耐磨，很容易壞，想必這輪子過不了十天半月就得換，還真是麻煩呢。

雖然已是初冬，但是太陽還是懶洋洋地露了臉，院子裡栽著四季青和桂花樹，有風瑟瑟吹來，拂起錦娘鬢間一縷髮絲，隨風飛揚起來。陽光下，她小臉凍得紅撲撲的，兩眼卻燦亮若星，秀氣的雙眉微微蹙緊，若有所思，那樣認真，還有那極亮的眼睛，都……很可愛，對，可愛，一天之內他對她用了這個詞語兩次了。

「我的輪子上開了花嗎？」他戲謔地看著她，開口說道。

錦娘被他說得一愣，正想著要如何換一根鐵軸呢，突然被他打斷，有些惱火，不由瞪了他一眼，卻道：「你的輪子是開不了花，不過，我想在上面繡朵花，不成嗎？」

說著，甩下他逕自上了臺階，哪裡有半點賢淑妻子的樣子。冷華庭不由凝了眼，很想罵她兩句，卻又想起她額頭上磕出來的印子，想著她說的那句話：「相公，我幫你磕！」心就沒來由地軟，軟得有些酥癢，作勢了半天，也就吐了兩字。

「笨蛋。」

進了屋，錦娘便看到自己幾個丫頭正忙得火熱呢，卻有些沒章法，幾個人擠在一起，也沒個為頭的，秀姑跟在自己身邊，她們幾個就各自為政了，不由皺了眉。

錦娘正要開口說幾句，卻見那幾個忙得正起勁的全都像被施了法、定了身似的，一致看向她身後，目不轉睛。錦娘回頭，就見冷謙正推了冷華庭進來，門口的光線灑在他絕美精緻的臉上，像是鍍了一層金輝，襯得那張臉更加俊美。

原來不止是她一個人會對這妖孽發花癡啊，至少自己那會子還沒流口水吧。幾個人中，也就四兒和豐兒好一點，只是看呆了，並沒出什麼醜態。平兒的臉紅到了耳根，手裡原拿著的一件冬衣滑掉了也不知道，而春紅竟是張大了嘴，半天也沒閉上，柳綠稍好一點，但那雙杏眼裡正飛著春意。錦娘終於圓滿了，高興地說了聲：「收拾收拾，給二爺擺飯。」

「阿謙，把那兩個最醜的給我丟出去，看著礙眼。」冷華庭嫌惡地指著平兒和春紅兩個對冷謙道。

冷謙如影子一樣，閃進了屋裡，一手一個揪了兩人的衣領雙手一扔，便聽到屋外兩聲慘叫。

動作太快，錦娘都沒來得及反應，人已經被冷謙扔出去了。聽那叫聲，怕是摔得不輕，錦娘氣得快要炸了，衝著冷華庭就喊：「你……你混蛋！」

冷華庭臉一垮，眼圈就紅了，霧濛濛的，怯生生地說道：「娘子，妳罵我……」

錦娘聽得一滯，小腿就有些發顫。又來這一招，偏他一副我見猶憐的樣子讓她心軟，剛才在大廳裡，一屋子的親族除了王爺和王妃兩個，大家對他都不待見，目光裡多帶了輕視。原是正經的嫡子、王位繼承人，又生得風流無比，突然厄運降臨變成了殘疾，心性上也難免乖戾。瞧這一大家子，個個都不是好相與的，他之所以裝也是為了保護自己吧，想到這兒，錦娘心就軟了，慢慢走向他。

屋裡四兒幾個原是被冷謙那一手嚇到，這會子見少奶奶對著新姑爺吼，她們又擔心又覺得解氣，但沒想到少奶奶一吼，轉瞬就見姑爺一副楚楚可憐的樣子，她們立即就被新姑爺的模樣弄得心軟如絲。少奶奶也真是的，至於為著一點子事嚇姑爺嗎？瞧姑爺那樣子多可憐，呀少奶奶這是要去做什麼？不會打姑爺吧？瞧著姑爺好像很怕少奶奶呢。

錦娘還沒走近冷華庭的輪椅，滿兒和柳綠兩個已經快步上前，一把拖住她。「少奶奶，不是說餓了嗎？奴婢們這就幫您熱粥去。」

那邊，四兒就很有眼力地去推冷華庭的輪椅，好將他們兩口子分開一點。才進門第一天呢，犯不著為了奴婢們吵嘴。

外面的平兒和春紅兩個早就自己爬起來了，摸著摔腫的屁股一拐一拐地回了屋，在門邊，看到冷峻的冷謙都是一凜，像看到惡神一樣，撇到一邊去，與冷謙離遠一點。

冷華庭斜眼瞟了平兒兩個，見她們倆都怯生生的，卻拿眼偷睨自己，立即臉一沈，對錦娘道：「這屋子裡人太多，看著晃眼，娘子，明兒讓她們兩個去院子外頭掃地吧。」

錦娘一愣。第一天就要貶自己的丫頭出去，雖然心裡不高興，但他是她的夫，在丫頭面前，她必須給他面子，只好點了頭，對平兒和春紅道：「妳們就在外面掃一個月的地吧。」

平兒和春紅兩個一聽，眼淚都快出來了。她們原先可是大丫頭來的，去外院掃地丟人不說，還從一等降為了三等，那怎麼可以？還好，少奶奶說了，只是一個月。

把冷華庭送到裡屋，錦娘就沈著臉出來，坐到了正位上。

「今兒把這屋裡的事給分派下，秀姑不在，妳們幾個便像無頭蒼蠅似的，做事亂糟糟的。」

在孫府裡，錦娘很少這樣斥責她們的，這會子珠兒和玉兒也在，原就失了面子的，再被錦娘一罵，平兒幾個就更覺得沒臉，一個一個都站好，低了頭。

錦娘看她們都老實了，便又道：「以後，四兒和平兒兩個專管著我屋裡的事，秀姑是主管，有什麼事拿主意就找秀姑，春紅和柳綠兩個輪班管屋裡的小丫頭們。」

平兒聽得一喜，心想爺罰了她，但少奶奶畢竟還是念著曾經在府裡一起受過苦的情分，並沒有外待她。四兒倒是沒什麼，只是覺得平兒有些變了，不似原來在府裡時沈穩了，以為少奶奶會換了老實的豐兒來替平兒的，沒想到……

春紅、柳綠兩個原就是大夫人給少奶奶的，本就沒想過能得少奶奶的重用，不過，今兒看到了爺，爺長得可真是、真是太俊了，若是能天天近著身服侍爺，那……總是會有希望的。

四人忙躬身謝了，站到了旁。

錦娘又看向滿兒和豐兒。滿兒剛才也是被冷華庭的美貌煞到，不過，倒沒有太過分的舉動，豐兒沈穩多了，看著實誠。「妳們兩個就輪著守夜吧，跟著四兒和平兒兩個打下手，二等的月例。」

「珠兒、玉兒，妳們兩個仍做原來的事，只是，院裡還有不少粗使婆子和灑掃的小丫頭們，妳們兩個都熟，就幫我管著吧。」
珠兒、玉兒聽了，相視一眼，便恭敬地應了。
吩咐完後，錦娘讓大家各做各事去，自己回了屋去整理今兒得的賞了。
東西都存放好了，只有那塊黑玉讓錦娘有些為難，她拿著那塊玉好看了一陣，又對著光高高舉起，左照右照的，以為能發現啥秘密。
「那裡面不會藏一錢金子。」冷華庭似笑非笑地斜了眼看錦娘，譏諷道。
錦娘啐了他一口，懶得理他，拿著黑玉鄭重地包好，想要放到箱子裡去。
「但藏著金山。」
她聽得差點絆了腳，轉頭驚訝地看他。「金山？」
「沒想到，他會捨得把黑玉令交到妳的手裡，還是當著所有親戚們的面，看來，他還真的很中意妳啊。」冷華庭推了輪子到床邊，冷笑著說道。
「有什麼不對嗎？」
「沒有，沒啥不對，不過，找個別人找不到的地方收了就是，別到時金山沒挖到，倒被人偷了，反倒要我跟著賠，那我可不幹的。」
錦娘一聽，更覺得這塊玉不簡單。先前在大廳裡時，就引得好多人關注，莫不是這塊黑玉裡真藏著金山呢？或許，裡面有藏寶圖？
「相公，要不你收著吧，別哪天真被偷了。」錦娘拿了玉遞給冷華庭。

冷華庭眉毛一揚，黑墨般的眼裡閃過一絲詫異。「妳不想要？拿著它保不齊就是拿到了座金山呢？」

「錢嘛，夠用就行，太多了招人忌，再說了，你不是我相公嗎？我的就是你的，你的……當然也是我的，你拿著也一樣。」錦娘沒心沒肺地笑著說道。

冷華庭聽了就凝了眼，瞳仁變得更黑了，半晌才勾了唇笑道：「樣子真醜啊，只是……」

又說我醜，你了不起啊！錦娘被他說得心火一冒，正要回罵，就聽他悠悠地說道：「很可愛……」

錦娘一口氣又被他的話給噎了回去，堵在心裡彆扭著，上不得下不去，不知是該高興還是該生氣，不由憋紅了臉，瞪著他，將那黑玉往他懷裡一塞，扭頭去收拾東西了。

「娘子，妳又生氣了嗎？」他的語調又變得怯怯的了。

錦娘不由火氣更盛，也不轉頭，嗡聲嗡氣地說道：「妾身醜呢，配不上妖孽相公，別叫娘子啊，怕噁心死你。」

「就算噁心，我也會忍個兩、三天的，再醜，看久就習慣了啊，娘……子。」冷華庭故意拖長了聲音叫她。

錦娘知道鬥不過他，當他的話是耳邊風，吹過就好，仍是做著自己的事不理他。

冷華庭笑了笑，推著輪椅將黑玉遞回給她，語氣卻是前所未有地鄭重。「好生收著吧，他既是給妳，就是相信妳能保管好它的。」

錦娘便接了過來，想了想拿了根線穿了戴在脖子上。自己天天守著，總不會在府裡還有人來搶吧？

冷華庭打了呵欠，全身一陣乏力，微皺了眉，心道，不會這會子發作了吧，不行，得快些到床上去。

心裡一急，手推空了輪子，身子就往前面一歪，撲在錦娘身上。

錦娘以為他又在惡作劇，不由氣惱地將身子一偏，冷華庭便摔在了地上，她回過頭時，就看到他臉痛苦地皺成了一團，雙目泛紅，兩手緊緊抱著雙腿，蜷縮在一起。

她魂都嚇出來了。「相公、相公，這是怎麼了？」

冷華庭強撐著意志，微睜了眼，就看見錦娘一臉急切，想笑卻笑不出來。「扶……扶我上床。」腿上的痛很快就會漫至全身，而且越來越燒了，必須上床去。

錦娘吃力地扶他，問道：「要不要叫冷謙來？」

冷謙剛才去了王爺那兒了，一會子哪裡能回來？外面的人，他一個也信不過。

「扶我上床……」他很吃力地說道，手攀著錦娘的肩，錦娘也拚了命地將他往床上拖。

到了床邊，冷華庭再也控制不住，身子一軟，連帶著錦娘一起滾到了床上，神智開始渙散。

錦娘被他重重地壓在身下，翻不得身，只好奮力支起腳去頂開他。

冷華庭眸子已呈現妖異的紅色，渾身發燒，四肢不停地抖動，身子也開始抽筋，她回身就想出去叫人，衣襟卻被他死死地拽著，抓在手裡，虛弱地對她搖頭。

錦娘心裡怔了怔。他……不想讓人知道他在發病？便問他：「可有藥？」

冷華庭又搖了搖頭，就聽他道：「妳走開，除了……除了阿謙，不要讓……任何人進來。」

他身上觸手燙人，應該是高燒了，也不知這是什麼病，錦娘不由慌了神，高燒過四十二度就會死人的，又不許叫人來救，這可怎麼辦？

床上的冷華庭還在抽搐著，臉色通紅，更顯得妖魅了，倒是沒有亂動，也沒發出聲音，只是死死地咬著牙，看來已經痛苦到了極致。這怪物卻是連哼一聲都不肯，夠倔的。

錦娘就急急地去搬了一大罈酒來，伸手就去撕他的衣，他還有一些意識，不解地想要揮開她的手，錦娘啪地一下打掉，說道：「我給你降體溫，不然，你會燒死的。」

說著用力一扯，袍子的絆扣就開了。錦娘拚命地將他的胸衣扯開，拿了帕子沾著酒往他身上搽，還有額頭上，看他的衣服難得脫下了，乾脆搬了酒罈子往他身上淋，一時屋裡酒香四溢，錦娘卻在想著，若是有酒精就好，酒精是最能帶走體溫的。

冷華庭被她用酒澆了個透濕，不過，身上逐漸清涼，確實好過了許多，那一陣陣抽搐的痛苦也減輕了不少，等到疼痛稍減，眼睛也沒燒得那麼紅了，他便翻身坐起，用手搬著腿盤起，手上掐了一訣，開始運氣，想要將毒素壓回腿部。

錦娘看他能自己坐起來了，不由微微鬆了口氣，靜靜地站在一旁守著，看他身上漸漸升起一團白氣，想來是運功發力，酒水蒸發的效果吧。

約莫半個時辰過去，冷華庭終於收了手，整個人如脫力了一般倒在了床上，錦娘忙撲過去看，卻觸到一雙晶亮的眸子，幽如深潭一般，錦娘不由又癡了。

「謝謝妳。」聲音帶著倦意，卻也有些慵懶。他突然變得客氣，錦娘倒有些不適應，也有點不自在，正想要說些什麼，他又道：「雖然又醜又笨，不過，還是有些用處的。」

錦娘都無力了，也懶得氣，找到自己嫁妝給他換衣服。新房裡他原來的什物她都不知道擺在哪裡，幸好自己臨嫁時給他做了幾件，只是不知道合不合身。

她又打了盆水，洗了棉巾子給冷華庭擦身子。

衣服拿著放在床頭，冷華庭在床上閉目休息。每一次發作都差不多要抽乾他全身的力氣，要好一會子才能緩過勁來，不過，今天這一回倒是讓這丫頭給整得比以往少了半個時辰的樣子，倒還有些精神，不然，早昏睡過去了。

錦娘把東西準備齊整後，便伸手幫冷華庭脫衣服。

冷華庭猛地揪住自己的領子，紅了臉，眼神有些躲閃，衝口喝道：「妳幹什麼？」

錦娘一怔，以為他又在裝純潔。被他騙過太多次了，實在沒心思理會，剛才那一陣子，她也是累出一身汗，只想早些幫他弄妥當了，自己也可以休息會兒。

她不理他，繼續去解他的領扣。

「妳……妳這女人，真是……真是……」冷華庭的臉紅得像開得濃妍的山茶花，眼神有些發飄，不敢看錦娘。

錦娘惱了，喝道：「換衣服，裝什麼裝?!」這廝真是，又不拿奧斯卡獎，咋這麼愛演呢？

「妳……妳……不知羞。」冷華庭的臉紅得快沁得出水來，一雙鳳眸波光流轉，身子向床裡移去。

錦娘氣得將拿來的衣服往他身上一摔，自己衝到一旁去了。「我不知羞？那你自己換好了，真是狗咬呂洞賓，不識好人心！」

錦娘走後，冷華庭輕吁了一口氣，心裡有些愧意，偷偷瞄了瞄帳外的錦娘，口裡卻仍嘀咕。「真是粗俗，哪裡像是大家閨秀出身的。」

錦娘氣得當耳邊風，扭過頭去不理他。

冷華庭快速地換衣服。雖然……好吧，他是害羞，但也沒到這個地步，只是每次自己發病後，皮膚就會出現如龍紋一樣的印子，得一、兩天才會消褪，他不想讓她看到自己的醜態，她……其實很喜歡自己的外貌吧，剛才她伸手那一瞬，他突然很在乎自己在她心裡的印象，連自己都不知道為什麼。

那兩日，錦娘與冷華庭晚上雖是同床共枕，卻相安無事，錦娘不想太早成人，而冷華庭則是不想讓錦娘看到自己身上的花紋。再說，錦娘也總覺得，沒有愛就同房，心裡有點不能接受。她可是有著現代靈魂的人，認為只有相愛的人才能一起做那件事，不然，與牲畜又有何異？

這天，錦娘推著冷華庭在園子裡散著步。初冬的天氣有點寒，瑟瑟的風吹在臉上有些像冰刀子，好在身上穿得厚厚的，只是手冷，她便將袖子扯長了些，手收進袖子裡，捲著衣袖去推輪椅。

低下頭，卻見冷華庭絕美的臉凍得紅了，眼神悠長，一副心不在焉的樣子，穿著自己那天給他換的藏青色長袍。這廝那天穿上時，還說做工太差，色調老氣，可偏偏穿上後連著幾天也不肯換，明明就很喜歡的嘛，偏要嘴臭，就不肯說句好聽的來。

一人一椅隨意地在園子裡走著，兩個人都靜靜的，沒人說話，卻也不覺沈寂。到了一處亭子前，錦娘有些累了，將輪椅停下，自己坐到一旁的石凳上，搓著兩隻手，又開始看著輪椅下的輪子發呆，太難推了，總要能改進了才好。

冷華庭見她突然停了，也不問他，就那樣自在地坐在一旁，看著自己的輪椅發呆，小臉凍得有些發紫，眼睛卻是極亮，滴溜溜地轉著，不知道在打什麼主意。他嘴角一勾，突然就伸了手去將她往懷裡一扯。

錦娘猝不及防，身子一歪，被他帶到了懷裡，嚇得就要叫，他俯了身，溫熱的鼻息噴進她頸間，笑道：「又不是第一次抱了，記得上一次妳還很喜歡呢。」

錦娘想起在寧王府那棵大樹上的事來，不由怒火中燒，抬了眼看著他，咬牙切齒道：「虧你還記得呢，那次差點嚇死我，死妖孽，總有一天我得治你一回！」

冷華庭聽了哈哈大笑，伸手捏住她的耳朵，輕輕揉著，嘴裡卻道：「想治我？行啊，就看妳有這本事沒。」卻是揉完錦娘一隻耳朵後，又去捏了她另一隻，接著揉。

耳朵上傳來溫熱酥癢的感覺，很舒服，也開始發熱。他的動作太過輕柔，就像在撫摸一件心愛的藝品。先前錦娘只以為他又在逗弄自己，漸漸地，耳朵傳來的熱度讓她覺得很舒服，也就懶得掙扎，乾脆趴在他懷裡寐著。他的胸膛結實而溫暖，幫她擋住了寒風，讓她有種昏然欲睡的感覺。

「錦娘……」朦朧中，聽到他在叫她，錦娘微瞇了眼，就見他墨玉般的眸中一絲溫柔漸漸蕩漾開來，下意識地「嗯」了聲。

「妳嫌棄我是瘸子嗎？」他又問了句。

他的聲音很輕，像在飄著一樣，如歌一樣動聽。錦娘開始沒在意，半晌才回過神他是在說什麼，立即睜大了眼。

許是她那片刻的遲疑讓他介意了，錦娘見他美麗的鳳眼黯了下來，裡面夾了絲傷痛和自卑，雖然只是一瞬即逝，但她還是捕捉到了。她猛地從他懷裡坐起，清亮的眼睛定定地看著他，一字一句地說道：「你覺得你是瘸子嗎？」

冷華庭聽得一怔。他的腿是殘的，那是顯而易見的事實，可是，他從未就此屈服過，從不肯承認自己是殘疾。就算是真殘了又怎麼樣？他一直心高氣傲，對別人的憐憫和輕視向來不屑一顧，他相信自己一定能醫好，而且，也能找出那個暗害他的人，將自己的痛苦十倍奉還給他！

她……看得出來他的心思？她明白他的不甘和驕傲？不然，怎會如此相問？

見他怔忡，錦娘又道：「只要心不殘，哪怕半身不遂又如何？別人眼裡，你是殘或是健全，那是別人的看法，與你無關，你還是你，何必在乎別人的看法！」

冷華庭幽暗的鳳眼立即亮了起來，眼睛灼灼地看著錦娘。第一次有人如此跟他談論這個問題，事實上，也沒人敢跟他談這個問題，他其實一直在逃避，不敢與人說起身體之事。今天是天氣太好了嗎？明明就颳著北風，夠冷的。是她剛才如小貓一般蜷在自己懷裡，那一刻的安寧讓他失了戒心？抑或是前幾天自己發病時，她機智卻又強悍地潑了自己一身酒，卻減了他一半的發病時間？再或者是……

錦娘也定定地看著他，懷著期待。如果，他能就此對自己敞了心扉，或許他們能一起努力，能找到醫治他身體裡的毒的方法，又或者他以後能站了起來，兩人一起牽手面對紛雜的人世，走向將來。

但冷華庭移開了目光，聲音平靜地說道：「天好冷，推我回去。」

錦娘就怔住了，那滿懷的期望便梗在了胸膛裡，不上不下的，讓她好生惱火。這廝總在她激動時，弄一盆冰來澆滅她的希望。妖孽就是不能用常人的思想去理解。

瞪了他一眼，站起身來又去推車，卻瞥見他的手掌側皮膚顏色有異，一把將他的手抓起，再看時，鼻子便有些發酸。

他手掌底處因長年推輪椅，已經磨出厚厚的一層繭，許是冬天太冷，又沒有好好保養，竟然開始龜裂，裂縫大處有的滲出血來。

「你……你不疼嗎？」她握著他的手有些發顫，聲音也開始抖了起來。

冷華庭猝然被她抓住了手，有些無措，見她認真又心疼的樣子，一時有些捨不得縮回手。被人心疼的感覺讓他有絲眷戀，而她微顫的聲音就像一片羽毛輕柔地在心間滑過，癢癢的，卻很……柔軟，很舒服。

「習慣了。」他還是縮回了手。痛，早就習慣了，不習慣的是別人的關懷和溫暖。「妳不是還要去母妃那兒嗎？快回吧。」自己推著車就走，聲音有些發乾。明明就是感動，卻還想要裝出不以為然，平日裡裝慣了的他，今天在她面前總是屢次露餡，他想快些遠離她才好。

「噯，你的手不能再推了，這個破椅子也得改改了，太老舊了。」錦娘半晌才反應過來他走了，提了裙在後面追著喊道。

見他沒吱聲，又道：「我看了好幾天了，這輪子上的軸得換根鐵的，再在輪盤那裡加一個滾珠的軸承進去，那樣滾動起來就快多了。還有啊，椅子後座那裡得設一個機關，可以升上、放下，而且還能向後仰，應該再加個支架啥的……」一路走，便一路碎碎唸。

不遠處跟著的冷謙卻是全聽了進去，越聽，那張冷峻得不帶半點感情的雙眸裡便越是發亮，到後來，竟然有絲興奮起來。

第十七章

錦娘送冷華庭回了屋後，王妃打發人來請她過去，她便帶著四兒去了王妃院子裡。王妃正與四嬸子在一起說話，錦娘上前去給王妃和四嬸行了禮。

「快坐吧，這小臉怎麼凍得紅撲撲的？」王妃笑著問道，指了邊上的繡凳讓錦娘坐。

「回母妃的話，應該是風吹的吧。」錦娘接過碧玉送過來的茶，笑著回道。

「跟娘說話不用這麼客氣，也別叫母妃了，怪外道的，就叫娘吧，庭兒平日裡也是這麼叫著的。」王妃笑得和藹，看了眼四嬸子後，說道。

錦娘聽了笑笑，從善如流地叫了聲：「是，娘。」

坐著說了會子閒話後，王妃看了一邊一直拿眼睃她的四太太後道：「錦娘，要說還真是對不住妳。」

錦娘聽得一愣。這話從何而來？抬了眼去看王妃。

「按說，三日就該讓妳回門去的，可是……庭兒……妳也知道，他脾氣不太好，不喜歡見生人，妳……妳就多擔待些吧，好在前兒我也把回門禮都備好送過去了，也給親家太太和夫人都致了歉，老太太就是有些惦記妳，妳娘也是一樣，好在回來的人說，她們身子都好著呢，叫妳不用惦念。」王妃想了想，便笑著說道。

原來是這事。錦娘前天就該行回門禮的，那日原也是準備好了的，只是冷華庭不想去，錦娘也理解他的心情，在這個府裡，他已經常遭別人異樣的眼光，若是去了相府，他那絕美的外表再加上腿上的殘疾，都會成為府裡的話題，她也不願意人家像看稀罕物一樣圍觀他，所以倒沒怎麼在意，只要她想回去時，能准了她回娘家一趟就成了。

「謝謝娘想得周到，娘，回不回門子都沒關係的，媳婦只要相公過得開心就好了。」錦娘笑著說道。

王妃聽了很滿意，錦娘很善解人意，是個好相與的，便笑了。

四嬸子也誇道：「看吧，我就說她是個通情的，嫂嫂剛才還在擔心呢，又是白操心了吧。」說著拿帕子掩嘴笑，看了眼錦娘後又道：「那件事啊，嫂子不如一併也說了吧，姪媳一定不會有意見的。」

王妃聽了有些猶豫，似乎不好意思開口，錦娘見她為難，便道：「娘有什麼事，儘管吩咐就是，媳婦一定想辦法辦到。」

「妳四嬸子還真沒說錯，妳就是個通情的，知道為人分憂，不過，這件事倒不是為難妳的，說白了，倒是為了妳和庭兒將來好呢。」

錦娘聽得愕然。「娘的心當然是為著媳婦和相公好的，只是，不知道是什麼事呢？」

那邊四嬸子就開了口了，看著錦娘的眼裡就有些曖昧。「妳婆婆是怕妳害羞呢！嘻嘻，其實有啥害羞的，女人家嘛，總有那一遭的。」

話說到這裡，錦娘就有些了然。莫非王嬤嬤今早已經發現自己與冷華庭沒有同房了？

「唉呀，妳和庭兒已經成親多日了，只是一直沒圓房，王嫂也是擔心呢。」四嬸子繼續道。

說到冷華庭，王妃臉上便有些不自在了，接著四嬸子的話說道：「其實這事也不能怪妳，是庭兒他……不太懂事，以前，王爺和娘都覺得他小，不懂事，有些事就沒太教過他，後來，你們新婚時，倒是請了燕喜嬤嬤去教，可是……如今妳也年紀小，又不能強迫妳去做什麼，那就只能一個辦法了。」說到此處，又頓了下來，細細地看著錦娘的臉色。

錦娘儘量讓自己保持著平靜，微笑地聽著。

「今兒四嬸子也是好心，她聽說你們沒有圓房，便送了兩個丫頭來，模樣還不錯，性情也是好的，以後妳也多兩個人服侍也好。」

錦娘心裡一陣鬱悶，卻又不敢當面拒絕，臉上還保持著微笑，卻無法掩飾眼裡的怒氣，她不由睨了四嬸子一眼。不就是一雙手套嗎？至於故意送兩個人來給她添堵？

王妃在等錦娘的回答，四嬸子則一副看好戲的樣子，眼角眉梢都是譏笑，錦娘腦子飛快地轉著，當著王妃的面拒絕是不行的，先應下了再說，自己進門沒幾天，可不想就中了四嬸子的計，讓王妃為這事跟自己生了膈應，只是回去後，得去找冷華庭上上課去。那妖孽有時雖然很可惡，但既然自己嫁給了他，他就是自己的，誰也別妄想。

想好後，錦娘便展顏一笑，對王妃道：「既是四嬸子的一片好意，那媳婦就收下那兩個人了。」

回到院子，冷謙正在院子裡搗鼓著什麼，錦娘回來，一向冷臉少言的冷謙對錦娘行了一禮，說道：「少奶奶，在下有事相問。」

冷謙是冷華庭的貼身侍衛，並不是奴才。

錦娘有些詫異，停了步子問道：「冷侍衛有何事？請說。」

冷謙拱手道：「在下先前聽少奶奶說，可以給少爺的輪椅換根軸，還有軸承，在下不知軸承是什麼樣的，不知道少奶奶能畫個圖樣給在下看看嗎？」

錦娘怔了怔，沒想到冷謙那樣冷的性子竟然也是個有心的，而且對冷華庭很關心啊，那天看他扔平兒兩個時，一手功夫也很硬，不知道他跟了冷華庭多少年了。

「好的，我這就去給你畫張草圖來，不過，冷侍衛，你是自己會做還是……」錦娘又問道。

「我送去將作營做。」冷謙答道。

「好，那一會子我畫，你來看好嗎？」錦娘笑著說道。

冷謙聽得一怔，冷峻的臉上微微有些不自在。

「冷侍衛，少奶奶的意思是，她畫時你在邊上看著，她就邊畫邊跟你講解，你拿去將作營時，師傅們也看得明白一些啊。」四兒在一邊解釋道。

冷謙這才鬆了口氣，酷酷地點點頭，又去琢磨地上那一堆子東西去了。

錦娘回到裡屋，就見冷華庭正在桌邊寫著什麼，而平兒便在一旁幫他磨墨，一手挽著紗袖，另一隻輕輕地磨著，唇角微揚，杏眼含笑，脈脈地看著冷華庭就不錯眼，連錦娘進來了都沒發現。

錦娘走近，歪了頭想看冷華庭寫什麼，卻見那廝快速地將身子一偏，丟了筆，另一隻手扯了桌上的紙揉成了團，錦娘只來得及看到那些字排成詩狀，內容一個也沒看清，不由氣得瞪了眼，心裡冷哼道：紅袖添香寫情詩給小三？看正經老婆來了就偷偷收掉，太過分了！

心裡堵著氣，語氣就不太好了，卻是冷笑道：「恭喜相公，賀喜相公。」

平兒這才發現少奶奶回來了，忙收斂了心神來給錦娘行禮，錦娘斜眼睨了下她，平兒臉上就微微有些不自在，紅了臉退到一邊，卻沒出去，眼睛還是時不時地往冷華庭身上膩。

「喜從何來？」冷華庭聲音淡淡的。

「四嬸子給相公送了兩個上好的佳人來了，妾身想著，選個好日子送到相公屋裡，給她們開臉。」錦娘含笑說道，只是一雙清亮的眼裡冒著火苗。外面的還沒想法子弄走呢，屋裡就有了個想偷腥的，娘的，這不是小三啊，還有小四、小五，保不齊日子長了，要排到十位數了，不早些預防著，以後那日子就沒法過了。

「我的屋裡？我屋裡不也是娘子妳屋裡嗎？」冷華庭聽了面色無異，語氣仍是淡淡的。

「到時，妾身給你們騰位置，相公只管快活著就是。」錦娘牙齒又在發癢了。

「娘子可真賢慧，嗯，人呢？來了沒？」冷華庭聽了唇角微勾，俊美的臉上帶上笑意。

「哼，是啊，妾身不賢慧行嗎？相公是天呢。」錦娘忍不住話語就越發地酸了，實在心煩意亂得很，對著平兒道：「妳總杵在那兒做什麼，出去做事。」

平兒聽得錯愕。錦娘自那次落水上來後，就從未對她們幾個大小聲過，今兒這是怎麼了？

她飛眼看了下少爺，少爺今兒不像平日那樣討厭她，還特意叫了她去裡屋幫著磨墨，心裡那個喜啊，一顆心就快要跳出去了。

守在爺的身邊，看他優雅地提筆，那張臉真是俊美，看著看著她就忍不住臉熱心慌，若是……若是真成了爺的人，在簡親王府裡做個姨娘，那是何等地體面和尊貴？回門子時，幾個嫂子還不都得巴結著她？

可是再拿眼睨爺，爺就沒半點反應，她心裡又有些失落了，低了頭，一臉委屈地退了出去。

平兒走了，屋裡就只剩小倆口，錦娘也不用端著了，一屁股坐在冷華庭對面，怒目嗔睨著他。「沒來，你著急啊?!」

冷華庭就抬眼看她，眼裡似笑非笑。「我不急，是娘子急，娘子不是想快些給我多弄幾個人到屋裡嗎？」

錦娘一聽怒了，倏地一下站了起來。「你們男人自己貪吃好色，還非得逼我們女人大方賢慧？我今天跟你說，我不是那賢慧的主，我才不裝大方給你弄人進來呢！」

冷華庭鳳眼裡有抹促狹的笑意。沒想到這丫頭還是個火銃子，一點就爆呢，不過有話說在明面上，不似府裡其他女人，天天裝溫柔賢淑，背地裡耍陰弄渾地害人。

「我以為娘子不是在裝大方，根本就是真的很大方啊。」他仍是似笑非笑的樣子，錦娘發氣吼他，他也不當回事，不惱不火的，這樣子讓錦娘火氣更大。

「別的事可以大方，這事我可小氣得緊，你……你別陰不陰陽不陽的，把話說清楚！」錦娘的聲音也提高了幾度，冷華庭終於皺了下眉，伸手一把將她扯進自己懷裡，拿手去捂她嘴。

「小聲點，就算不賢慧也不用扯著嗓子告訴全院裡的人聽見吧。」他難得地認真了些。

錦娘被他捂住了嘴，鼻間聞到他手上淡淡的墨香，應是剛才寫了字的緣故，又想起他讓平兒磨墨，心裡就酸溜溜的，用力去掰他的手。

「娘子……別動……」他的喉間逸出略帶了沙啞的呼聲，抱著她的手臂也收緊了，似要將她貼進身體裡去似的，這聲音曖昧得很，讓錦娘沒來由地眉頭一皺，心裡也跟著慌了起來，下意識就想從他懷裡起來，又掙扎了幾下。

他的臉就俯了下來，帶著絲幽幽的藥香，貼在她的頸窩裡，似在囈語，聲音輕得像飄在風中的花瓣。「娘子，妳……是不是吃醋了？不大方，是因為在乎對嗎？」

呃……這好像是兩碼子事，他們是夫妻，在錦娘眼裡，不管愛與不愛，夫妻就該是一對一的，容不得有第三個人進來，不愛可以離婚，但不能有外遇，這是她來自現代的觀念，已經根深柢固，就算在這裡混了小半年，看多了一夫多妻，面對自己的婚姻時，她的腦子裡還是這麼想著的。

她半天沒有作聲，冷華庭溫熱的心又開始往下沈。自己是怎麼了，怎麼看她插著腰毫無形象的吃醋，一副潑婦的樣子反而會動了心呢？還有，她的身子在自己懷裡一動，身體竟然就有了感覺，還……頭腦發熱說了那些話？是自作多情了吧，多少年了，難道還不明白，女人也好，男人也罷，他們看中的只是自己的身分和外表，有幾個是在乎他的心的？

他慢慢鬆了手，一把將錦娘自身上推了下去。

錦娘猝不及防地被他推到了地上。明明剛才還深情款款，這會子又像瘋子似地推開她，先前還以為這廝只是在裝，這下錦娘確定，這廝絕對有病！想著那兩個即將進門的人，錦娘忍了忍，難得很耐著性子從地上爬了起來，坐回椅子上。

她穩了穩神，就當剛才他對自己的溫柔和粗魯都沒發生過。

「相公，那兩個人，你……真的想要收進來？」錦娘一本正經，完全不似剛才那副潑婦樣，語氣也是好言相商口吻。

冷華庭板著臉，挑了眉道：「收又如何，不收又如何？」

這話像是挑釁，錦娘深吸一口氣，儘量讓自己平靜。「收的話，從此妾身便從這主屋搬出去，相公只管盡情地收人，只當妾身是個擺設就好。」

錦娘的聲音平靜，神情鄭重，沒有半點耍賴玩笑的意思，冷華庭不由被她的態度給怔住。古往今來，怕是只有她一人會在丈夫收通房或小妾時，如此對待吧……剛剛沈下去的心又有些發熱，飄飄浮浮的。

「妳不知道這是犯了七出裡的嫉妒嗎？」他故意拿七出之條來說事。

「就當我是嫉妒吧，總之，你一天是我的丈夫，你身邊就不能有除我之外的女人，除非你休了我，不然你就只能是我一個人的，我孫錦娘就算被休棄，也絕對不允許自己的男人娶第二個女人。」錦娘說得斬釘截鐵，一雙清亮的眼睛專注地看著冷華庭。

冷華庭的心像是斷了線的風箏，在空氣中隨風飄蕩，突然有一隻手扯住了那根線，從此有了方向、有了駐足的地方，不用再流浪。

她說，他是她的男人，她的丈夫，是她一個人的？好貪心霸道的女人啊，可為什麼聽起來怪怪的，明明應該她是他的才對，不過，這話聽上去感覺不錯呢。

「娘子，妳的樣子好凶，妳……威脅我。」冷華庭的俊臉立即垮了下來，鳳眸裡又浮上一層水霧，墨玉般的眼睛睜得大大的，露出純淨無辜的神情。

又來了，又來了，總用這一招，該死！錦娘暗罵一聲，偏生就是受不了他這個模樣，委屈如受傷的小獸一般，她只覺得心軟綿綿的，明知道他在裝，就是提不起勁來氣他。乾咳了一聲後，錦娘很努力地讓自己繼續嚴肅著。「那相公，你的意思是？」

「娘子肯聽我的意思了嗎？」冷華庭俊眸裡露出驚喜，似是總算得到了她的承認，很興奮的樣子。

錦娘點了點頭。「自然是要聽相公意思的，只是——」

「那就先把平兒配個小廝，那兩個來了再說。」不等錦娘說完，冷華庭截口道。

錦娘怔了半晌，總算明白了他的意思。原來他一開始口口聲聲地說是自己急著想要往他屋裡配人，說的就是平兒？

她猛一敲自己的頭，想起那日他便說過，把平兒和春紅兩個降為三等，罰到院子裡掃大院去的，可自己卻想著畢竟是娘家帶過來的人，沒想到他就存了心了，今兒也是故意叫了平兒進來，讓自己看清平兒真面目的吧？

平兒也算得上是清秀佳人，可他瞧都不肯瞧一眼，看來他……真沒那個心思，是自己多想了。

錦娘想著自己剛才還對他吼，一時覺得既高興又愧疚起來，抬了眼，不自在地調整了下坐姿，扭捏地說道：「那……相公可有合適的人選配給平兒？」

冷華庭正端了茶喝，看她一下子又變成回小媳婦樣子，老實又乖巧起來，小聲小氣地問自己，差點就沒被那口茶給嗆到，拿了眼瞪她。「娘子可是院子裡的主母，這種事，當然娘子拿主意就好。」

錦娘又被他這話給堵了。自己才來幾天，哪裡認得小廝？她還想再說，冷華庭就打了呵欠，神情慵懶的。「娘子，我睏了，想休息。」

錦娘心知他不會再管，只好起了身，將他往床邊推去，幫他鋪被子，又扶他上床。

冷華庭就勢躺在大迎枕上，閉眼假寐著，錦娘就坐在床邊，扯了被子幫他蓋好，看著他沈靜的俊臉，還是開了口。「相公，先前我說的，你還沒答覆我呢。」

冷華庭像沒聽見一樣，眼皮子都沒動一下。錦娘嘟了嘟嘴，知道他不可能這麼快就睡了，接著道：「我不喜歡與別的女人一起分享我的丈夫。」

冷華庭終於睜開了眼，墨玉般的眸子鎖定她的眼，專注地看著，錦娘的心沒來由地就有點緊張。

「都不知道妳的腦子裡一天到晚都想些啥，以前在娘家時，不是很機靈的嗎？難不成沒人餓妳了，妳倒變傻了？」半晌，冷華庭突然自床上坐起，伸了手捏她的鼻子，邊捏邊罵，還拿眼瞪她，一副忿恨的模樣。

錦娘被他罵得莫名其妙，鼻子也被捏酸了，癢癢的，很想打噴嚏，腦子裡卻飛快地想著他的話，想了半天，只覺得腦門都疼了還是沒弄明白，只好可憐巴巴地看著他。

她難得在他面前露出柔弱的樣子，大眼清亮亮的，卻又很迷糊的樣子，他捨不得再捏她了，鬆了手，嘆了口氣，語氣卻是前所未有的軟。「妳既說了我是妳的男人，自然我就得歸妳管了，怎麼，這會子又不認帳了，想不管我？」

錦娘這下覺得鼻子不是癢，而是酸了，眼睛也有點澀澀的。在娘家時，他就費了心力保護自己，如今已經嫁給他了，他自然是更會護著，自己怎麼就沒看出來他的心意呢？還是……根本就不想信他？

她不由哽了嗓子，嗔了他一眼，撇著嘴道：「你又沒應，人家哪裡就知道你的意思了？」

冷華庭忍不住又想要捏她的鼻子，哼道：「那妳是管還是不管了？明明妳那麼大聲嚷嚷來的，這會子又不想算數了？」

錦娘臉紅撲撲的，吸了吸鼻子道：「自然是要管的，只是，你可要記得今兒這話，以後你就是我的了，只是我一個人的夫，我可是個小氣人，誰也不讓。」

冷華庭乾脆長臂一攬，一把將她勾進被子裡。「笨蛋娘子。」

錦娘就扭了扭身子，努力將頭自他懷裡抬起，試著想跟他講道理。「相公，大白天呢，有人來了可不好。」

他將她的頭往懷裡一按，冷聲哼道：「妳不是我的娘子嗎？娘子就是要陪著相公睡覺的。」

錦娘立即被他的話給雷到。這廝還真啥話都說得出來……算了，睡就睡吧，王妃不就是怕他不懂事嗎，大白天的關在一起滾床單，夠懂事的了吧……

於是，她安了心，在他懷裡拱了拱，找了個舒服的姿勢，真的閉上眼睛。

——未完，待續，請看文創風069《名門庶女》2

無鹽妖嬈

春秋戰國第一大家／玉贏

宅鬥算什麼？她要鬥就鬥大的！

且看一個憑藉機智與口才遊走各國當說客的奇女子，
如何將天下諸侯擺弄於掌心，甚至惹得趙人傾國滅她！

文創風 059 1

文創風 060 2

文創風 061 3

文創風 063 4

文創風 064 5 完

孫樂深深覺得，
長相醜陋兼身分低下的她實在很難生存下去，
因此，在進化成美人之前，
她只得以智慧求生、施縱橫權謀之術，
但說也奇怪，她醜到人見人罵，
怎麼還有人愛上她？而且還是兩個！
一個是溫文如玉的第一美男姬五，
一個是問鼎天下的楚國霸王弱兒，
兩位人中之龍都愛極了貌不驚人的她，
想想她也真有本事啊……

買《無鹽妖嬈》5，
首刷隨書贈送1～5集超美封面圖5合1書卡，
可珍藏，亦可自行裁切成5張獨立的書卡使用喔！

既然穿越又重生，就是不屈服於命運！

即使生為庶女，她也要過得比嫡女更好！

花招百出、拍案叫絕

宅門界新天后／不游泳的小魚

名門庶女

文創風 068 1

誰說生在富貴人家就是命好？她孫錦娘生在相府真是命苦！
平平是穿越，她卻穿成了個相府庶女，親娘是個懦弱妾室，
爹爹嚴肅剛正卻遠在邊關，家裡是大夫人一手遮天，
兩個嫡女姊姊最拿手的是欺負人，可憐她這個四小姐過得比丫鬟還不如，
幸好她穿來以後善用現代智慧給自己掙出一條路，
順便好好利用了封建制度的漏洞，硬是讓親娘扶正為平妻，
眼看快活日子有點苗頭了，天上卻忽然掉下來一樁婚事——
簡親王妃竟然欽點她為媳婦?!
但她要嫁的不是親王世子，而是據說脾氣古怪又殘疾的二公子，
天呀！她連這男人是圓是扁都不知就得嫁了，
成親之後，誰知又會是怎樣的日子？
她小姐還沒做多久，就要接受當妻子的考驗嗎……

文創風 069 2

洞房花燭夜，交杯酒喝了，紅蓋頭掀了，她才知自己嫁了個天下無雙的丈夫！
早已聽說冷華庭脾氣壞、心性像孩子，而且不良於行，
可沒人告訴她這男人生得比女子還好，簡直美得天怒人怨啊！
可惜他美則美矣，偏偏不讓人接近，連她這新婚妻子想靠近點，
就被他的伶牙俐齒氣得想重新投胎，苦啊……
但瞧他雖愛作弄人，有時故意裝傻，有時愛使性子，
眼裡卻偶有抹不去的愁，身上又讓奸人下毒，飽受毒發之苦，
在王府裡活得比她更尷尬辛苦，勾得她心疼；
既然嫁了，她就是冷華庭的妻，簡親王府的二少奶奶，
在這府中，丈夫是她要倚靠相伴一輩子的人，
夫妻既是唇齒相依，那麼該為丈夫爭取的，她當仁不讓，
別人若想要欺負到他倆頭上，也得看她孫錦娘答不答應……

文創風 071 3

在王府過日子真如遊戲打怪過關，天天都有層出不窮的大事小事要應付，
簡親王妃雖然疼愛自己，但上有瞧不起自己丈夫的老夫人和側妃劉姨娘，
旁有摸不清底的世子大哥和世子妃，下有暗懷鬼胎的僕人們，
還有二房、三房太太等著看王府好戲，她和冷華庭雖是一心一意過小日子，
陰謀暗算卻樣樣朝他們而來，她雖然常是急中生智、逢凶化吉，
但總也是要想個辦法反擊回去，讓人知道他們夫妻不是好惹的；
況且當年究竟是誰使計廢了丈夫的腿，害他失去世子之位，
現下又蠢蠢欲動，似乎意圖顛覆簡親王府？
府內暗潮洶湧，她出了王府，又不知怎麼招惹上裕親王世子冷青煜，
這下太子妃又召她一見，她真是裡外皆忙，一天清靜日子都難得，
幸好冷華庭處處呵護，甚至願意為了她拚命恢復身子，
或許一時半刻他倆還不能安生，但有夫如此，
她穿越後的人生看來也有幸福可言……

文創風 068

名門庶女 1

國家圖書館出版品預行編目資料

名門庶女 / 不游泳的小魚著. --
初版. -- 臺北市 : 狗屋, 民102.02-
冊 ; 公分. --(文創風)
ISBN 978-986-328-005-7(第1冊:平裝). --

857.7　　101027936

著作者　不游泳的小魚
編輯　戴傳欣
校對　黃薇霓　林若馨
發行所　狗屋出版社有限公司
地址　台北市104中山區龍江路71巷15號1樓
電話　02-2776-5889～0
發行字號　局版台業字845號
法律顧問　蕭雄淋律師
總經銷　知遠文化事業有限公司
電話　02-2664-8800
初版　102年2月
國際書碼　ISBN-13　978-986-328-005-7
原著書名：　《庶女》，由瀟湘書院中文网(www.xxsy.net)授權出版

定價230元
狗屋劃撥帳號：19001626
網址：love.doghouse.com.tw　E-mail：love@doghouse.com.tw